ein Ullstein Buch

ein Ullstein Buch
Nr. 20066
im Verlag Ullstein GmbH,
Frankfurt/M – Berlin – Wien
Englischer Originaltitel:
Kelso of the *Paragon*
Übersetzt von Karl H. Kosmehl

Deutsche Erstausgabe

Umschlagentwurf:
Hansbernd Lindemann

Printed in Germany 1980
Gesamtherstellung: Mohndruck
Graphische Betriebe GmbH, Gütersloh
ISBN 3 548 20066 4

Juli 1980

Vom selben Autor
in der Reihe der
Ullstein Bücher:

Der junge Kelso (20052)

CIP-Kurztitelaufnahme
der Deutschen Bibliothek

White, James Dillon:
Kelsos erstes Kommando: mit d. Paragon
vor Mauritius; Roman/
James Dillon White. – [Übers. von
Karl H. Kosmehl]. – Dt. Erstausg. –
Frankfurt/M, Berlin, Wien: Ullstein, 1980.
([Ullstein-Bücher] Ullstein-Buch;
Nr. 20066) Einheitssacht.: Kelso of the
Paragon «dt.»
ISBN 3-548-20066-4

James Dillon White

Kelsos erstes Kommando

Mit der *Paragon* vor Mauritius

Roman

ein Ullstein Buch

1

Kapitän Kelso von der *Paragon* stand an der Luvseite des Achterdecks und starrte gleichmütig zur Kimm. Vor sieben Tagen waren sie von Bombay ausgelaufen. Das waren sieben Tage Aufkreuzen gegen den Passat, sieben Tage blaue See und Sonne, und in der ganzen Zeit hatten sie kein einziges Schiff gesichtet. Manchmal hatte er sich während der langen nächtlichen Wachen überlegt, ob er nicht lieber umkehren sollte; aber diese in der Einsamkeit geborenen Zweifel waren jedesmal, wenn die Sonne rotgolden aus der See stieg, wieder verflogen. Die Segelorder des Commodore lautete ganz eindeutig: »Laufen Sie baldigst aus, stoßen Sie zu dem Geleit, das von St. Helena kommt, informieren Sie den Kommandanten über die Gefahren in diesen Gewässern, und eskortieren Sie das Geleit nach Bombay!«

»Voll und bei!«

Der Steuermann, wettergegerbt und doppelt so alt wie Kelso, nickte kurz. »Voll und bei, Sir.«

Sie liefen mit hartgebraßten Rahen hoch am Wind; mit halb zugekniffenen Augen blinzelte Kelso gegen die Sonne zum leicht im Wind flatternden Stander hinauf. Die See ging nicht hoch, aber er konnte hören, wie der Gischt der Bugwelle über das Vorderkastell sprühte und ab und zu eine größere See gegen den Steven klatschte. An Deck standen die Matrosen der Wache barfüßig, mit braunen Gesichtern und Armen, schauten nach achtern und warteten auf den nächsten Befehl. In einem Fleckchen Schatten beim Vorderkastell nähte der Segelmacher emsig an seiner Leinwand. Die *Paragon* war ein neues Schiff mit einer neuen Mannschaft, und Kelso war mit beiden durchaus zufrieden.

»Hören Sie mal, Kelso, wir sind jetzt sieben Tage draußen. Meinen Sie nicht, wir sollten uns überlegen, ob wir nicht lieber umkehren?«

Kelso wandte sich um und starrte Leutnant Bradshaw, seinem Ersten Offizier, mißbilligend in das runde, verschwitzte Gesicht.

»Ich meine, wir müßten sie doch inzwischen getroffen haben, wenn sie Kurs halten. Und wenn sie in der Nacht an uns vorbeigesegelt sind . . .« Bradshaw schien ehrlich besorgt zu sein.

»Die sind nicht in der Nacht an uns vorbeigesegelt! Ein Company*)-Geleit bleibt nachts beigedreht liegen, das wissen Sie genau!«

»Also dann bei Tage, wenn sie vom Kurs abgekommen sind . . .«

»Das Kommando über das Geleit hat Commodore Braithwaite. Der kommt nicht vom Kurs ab.«

Unsicher nickte Bradshaw und wischte sich die Stirn mit dem Taschentuch. »Na schön, wenn Sie meinen?«

»Ja, das meine ich. Und außerdem – sagen Sie gefälligst ›Sir‹ zu mir«, schloß Kelso unvermittelt und mit gesenkter Stimme.

Der arme Bradshaw, ein netter, freundlicher, wenn auch nicht allzu intelligenter junger Mann, ließ sofort schuldbewußt den Kopf hängen. Es fiel ihm schwer, zu vergessen, daß Kelso und er noch vor ein paar Monaten Leutnants auf dem Indienfahrer *Shropshire* gewesen waren.**) »Mein lieber Kelso – Sir, wollte ich sagen –, es tut mir wirklich außerordentlich leid. Sie glauben doch hoffentlich nicht . . . Ich meine, ich habe auch nicht eine Sekunde daran gedacht . . .«

Kelso gestattete sich ein kurzes Lächeln, und sein hartes Boxergesicht bekam einen Anflug von Freundlichkeit. »Ich weiß schon. Manchmal fällt es mir selber schwer.«

»Segel Steuerbord voraus!« rief der Ausguck im Masttopp, und sie wechselten einen raschen Blick.

»Rumpf ist noch unter der Kimm, Sir. Zwei Strich nach Steuerbord.«

Kelso wandte sich um und sagte so beiläufig, wie es ihm nur gelingen wollte, zum Midshipman***) der Wache: »Hinauf mit Ihnen, Mr. Winston. Nehmen Sie ein Glas mit, und melden Sie alles, was Sie sehen.«

Eilig rannte der Midshipman zum Vorschiff und sprang in die Wanten. Aufgeregt rief Bradshaw: »Das müssen sie sein, Sir! Sie sind etwas spät dran, aber wir haben sie endlich erwischt!«

*) Ostindische Handels-Gesellschaft, 1600 gegründet, 1708 neu organisiert. Damals eine außerordentlich mächtige private Seefahrts- und Handelsunternehmung mit Hauptsitz in London, von der die Kolonisierung Indiens ausging. (Anm.d.Übers.)

**) siehe *Der junge Kelso*, Ullstein Buch Nr. 20052

***) Seekadett oder Fähnrich zur See: Offiziersanwärter (Anm. d. Übers.)

»Wollen es hoffen.«

Bradshaw wurde rot und fuhr unsicher fort: »Freut mich außerordentlich, Sir – Ihretwegen. Ich meine, gerade auf Ihrer ersten Reise . . .«

»Danke.«

Kelso stand nach Seemannsart breitbeinig, die Hände auf dem Rücken, an Deck und wartete, bis der Midshipman aufgeentert war, bei der Püttingswant herauskam und die schwindelnde Höhe der Oberbramrah erreicht hatte. Er war sich bewußt, daß er angespannt nach oben horchte und auf den Ruf wartete, der ihm sagen würde, ob seine erste Reise erfolgreich war. Auch die Männer an Deck warteten gespannt; manche kletterten sogar auf das Schanzkleid, um besser sehen zu können.

»Mr. Larkins! Was machen die Leute da? Wissen sie nicht, daß sie auf Wache sind? Zurück mit ihnen auf ihre Stationen, aber sofort, bitte!«

Kelso ärgerte sich über seine Nervosität und noch mehr darüber, daß er sie an seinen Leuten ausließ. Nach sieben Tagen langweiligen und manchmal schwierigen Kreuzens freuten sie sich bestimmt, daß ein Kurswechsel in Aussicht stand und sie vorm Wind segeln konnten. Doch trotz dieses Anfluges von Selbstkritik vergaß Kelso nicht, daß die Meldung vom Masttopp wirklich höchst wichtig war. Bradshaw nahm zwar ohne weiteres an, daß dieses Schiff dort an der Kimm zu dem Konvoi gehörte, nach dem sie Ausschau hielten, aber das mußte nicht stimmen. Es konnte alles mögliche sein: kein schwerbeladener Indienfahrer, wie sie hofften, sondern ein Freibeuter*) oder ein Malabar-Pirat. Oder ein französisches Kriegsschiff. Nach den letzten Nachrichten aus St. Helena dauerte der unsichere Friede mit Frankreich zwar noch an. Aber wie lange? Wenn Depeschen aus London achtzehn Monate bis Bombay brauchten, konnte niemand mit Sicherheit sagen, ob ein Franzose auf hoher See Freund oder Feind war.

»Captain, Sir!« Schrill und klar kam Winstons Stimme vom Masttopp. »Sie steht noch unter der Kimm, aber nach den Rahen

*) Freibeuter benutzten – im Gegensatz zu den durch Kaperbriefe ihrer Regierung ausgewiesenen Kaperkapitänen – das Kriegsrecht nur als Vorwand und galten wie die Piraten als Seeräuber (Anm. d. Red.)

und dem Schnitt der Oberbramsegel ist sie eins von unseren Schiffen.«

Oder ein französisches Linienschiff. Auf zwanzig Meilen Distanz war das schwer zu unterscheiden.

»Wie viele Schiffe?«

»Nur dieses eine, Sir. Bisher.«

Wahrscheinlich kamen bald noch mehr über die Kimm. Ein kluger Geleitzugkommandant hätte sein schnellstes Schiff als Späher vorausgeschickt. Allerdings war das in diesem Falle kaum nötig, denn das aufkommende Schiff segelte vor dem Wind und hatte somit bei eventueller Feindberührung sowieso den Vorteil.

Eine Minute überlegte Kelso und berechnete, wann die beiden Schiffe frühestens auf gleicher Höhe sein konnten. Der Indienfahrer – wenn es einer war – mußte schwer geladen haben; doch bei den ungewöhnlich langen Rahen und der riesigen Segelfläche machte er vermutlich seine zwölf Knoten*). Also anderthalb Stunden, kalkulierte Kelso; wahrscheinlich weniger.

»Mr. Larkins, lassen Sie bitte Essen fassen!«

»Jawohl, Sir: Essen fassen!«

Als die Pfeife schrillte, kam Bradshaw von der Leereling herüber, wo er sich angestrengt, aber vergeblich bemüht hatte, das ferne Schiff im Glas auszumachen.

»Sie lassen ja so früh Essen fassen, Sir. Sie rechnen doch nicht etwa mit Schwierigkeiten?«

»Ich rechne nicht damit, aber andererseits will ich mich auch nicht überraschen lassen.«

»Ja, aber wenn es einer von uns ist . . .«

»Das muß sich erst herausstellen«, erwiderte Kelso kurz und wandte sich ab. Er kannte Bradshaw schon lange, sie hatten Strapazen miteinander durchgemacht und Abenteuer bestanden; doch jetzt fragte er sich manchmal, ob nicht freundschaftliche Gefühle seine Menschenkenntnis getrübt hatten, als er sich Bradshaw als Ersten Offizier ausgesucht hatte.

Bei Leutnant Fenton, der soeben den Niedergang heraufkam, hatte er solche Zweifel nicht. Der war mager, wortkarg und lächelte selten, aber er war ein Seemann aus Passion.

*) Geschwindigkeitsangabe: 1 Knoten = 1 Seemeile (1,85 km) pro Stunde.

»Melde mich zum Dienst, Sir.«

»Danke, Mr. Fenton, aber ich habe gerade ›Alle Mann Essen fassen‹ pfeifen lassen. Haben Sie schon gegessen?«

»Jawohl, Sir, gleich als ich die Meldung des Ausgucks hörte.«

Kelso nickte anerkennend. Kein Zweifel, Fenton war ein erstklassiger Offizier. »Dann werde ich Mr. Bradshaw essen schikken.«

»Jawohl, Sir. Und Sie selbst?«

»Padstow kann mir etwas an Deck bringen.«

Es würde noch eine Stunde oder mehr dauern, bis sie in Schußweite des aufkommenden Schiffes sein würden, doch bei dieser Mission, seinem ersten Kommando als Kapitän, wollte er nichts dem Zufall überlassen.

Trotz des vorlichen Windes machte die *Paragon* gute Fahrt. Der Steuermann hatte jetzt ein Schiff in Sicht und damit einen bestimmten Ansteuerungspunkt an der Kimm, und so segelte er noch höher am Wind, knapp sechs Strich, einen langen Schlag nach dem anderen; die Wache belegte Brassen und Schoten so dicht und das Schiff holte so stark über, daß selbst die befahrensten Matrosen nach Pollern oder Ringbolzen griffen, um sich festzuhalten; mancher, der nicht aufpaßte, rutschte in die Speigatten. Zeitweise schien es, als ob der Steuermann dem Schiff zuviel zumutete, doch nach jeder Wende richtete sich die *Paragon* langsam und würdevoll wieder auf und legte sich dann mit der gleichen Selbstsicherheit auf den neuen Bug.

Sie ist ein gutes Schiff, überlegte Kelso sachlich; ein neues Schiff, das beste, wenn auch nicht das größte Kampfschiff der Company-Marine*) von Bombay. Und sie war sein Schiff! Aus schierer Lebensfreude mußte er plötzlich lächeln; doch dann dachte er an die Situation und zog grimmig die Brauen zusammen. »Mr. Winston!« rief er gespannt durch die hohlen Hände zum Masttopp hinauf. »Was sehen Sie?«

»Ganz entschieden eine von uns, Sir. Die alte *St. George*, glaube ich.«

Commodore Braithwaites Flaggschiff also, das berühmteste Company-Schiff der Zeit. Kelso hatte sie einmal in Gravesend gese-

*) Eine Art privater Kriegsflotte zum Schutz der unbeholfenen, leicht verwundbaren Handelsschiffe der Gesellschaft (Anm. d. Übers.)

hen, an der Spitze eines Konvois, eine Königin unter knicksenden Hofdamen – nie würde er diesen Anblick vergessen.

Jetzt war sie allein. Das fand er einigermaßen rätselhaft, denn die *St. George* war kein schnelles Schiff, und Commodore Braithwaite hätte den Rest des Konvois kaum sich selbst überlassen.

Gegen den Wind schrie er in den Mast hinauf: »Was sehen Sie noch?«

»Nichts weiter, Sir.« Die schrille Knabenstimme klang schwach wie der Schrei einer fernen Möwe. »Sie steht jetzt voll über der Kimm. Aber hinter ihr ist kein Schiff mehr zu sehen.«

Kelso mußte eine Entscheidung treffen. Auf die Heckreling gestützt, sah er genau, daß die Männer der Deckswache, der Bootsmann am Besanmast, der Steuermann am Ruder ihn gespannt anblickten. Nur Fenton stand, anscheinend ohne etwas von Kelsos Dilemma zu merken, an der Leereling und spähte nach oben in die Takelage.

»Mr. Fenton«, sagte Kelso, »machen Sie bitte Klarschiff zum Gefecht.«

Während die Trommel wirbelte und die Freiwache eilig an Deck stürzte, fragte sich Kelso, ob er nicht übervorsichtig war. Doch das aufkommende Schiff, welcher Nationalität es auch sein mochte, war mehr als doppelt so groß wie seins. Es mußte mehr Feuerkraft haben, mehr Eisen an Bord. Und es hatte den Windvorteil.

Kritisch sah er zu, wie die Männer, von den Deckoffizieren angetrieben, die Planken naßspritzten und mit Sand bestreuten, die Kanonen des Hauptdecks ausrannten, Pulver und Kugeln aus der Pulverlast nach oben schafften. Craig, der Artillerieoffizier, ging von einem Geschütz zum anderen. In der Senke des Batteriedecks stand Hauptmann Tregowan mit seinen Seesoldaten in Bereitschaft.

»Schiff klar zum Gefecht, Sir.«

»Schön, Mr. Fenton.« Er sah auf seine Uhr. »Aber es hat immer noch fünf Minuten zu lange gedauert.«

Der Anblick Bradshaws, der soeben den Niedergang heraufgekeucht kam, war nicht dazu angetan, Kelsos Laune zu heben. Der Erste Offizier legte Wert aufs Essen, und es war Kelso nicht ganz klar, ob er gleich beim ersten Trommelwirbel an Deck geeilt war oder erst zu Ende gegessen hatte. Jedenfalls hatte er noch ein paar

Krümel Schiffszwieback auf den Lippen.

»Melde mich zum Dienst, Sir. Was ist denn los?«

»Ich habe Klarschiff zum Gefecht befohlen –«, Kelso hielt bedeutungsvoll inne –, »und zwar vor zehn Minuten.«

»Jawohl, Sir, gewiß. Ich hatte gerade angefangen zu essen.«

»In Zukunft, Mr. Bradshaw«, sagte Kelso scharf, »werden Sie sofort an Deck kommen – ganz egal, was Sie gerade tun.«

»Jawohl, Sir, natürlich; aber das Schiff ist ja noch so weit weg, und dann ist es doch eins von uns . . .« Der arme Bradshaw machte wenigstens ein schuldbewußtes Gesicht.

Doch Kelso starrte ihn ärgerlich an. »Stellen Sie etwa meine Befehle infrage, Mr. Bradshaw?«

»Nein, natürlich nicht, Sir, ich meinte nur . . .« Verwirrt hielt er inne. »Entschuldigung, Sir.«

Jetzt war der Indienfahrer mit bloßem Auge zu sehen. Er war zwar immer noch ein kleiner Fleck am Horizont, doch wurde dieser Fleck von Minute zu Minute größer. Da die Leute sich auf Gefechtsstationen befanden, hatten sie nicht viel Zeit, sein Aufkommen zu beobachten, aber sobald die Rahen belegt waren und die Segel wieder voll standen, starrten hundert suchende Augen in die Bläue von See und Himmel.

Nun aber war das Schiff schon so nahe, daß man den stumpfen Bug, den Bugspriet und die eindrucksvolle Schönheit der Takelage erkennen konnte. Durch sein Teleskop sah Kelso, wie Bugspriet und Klüverbaum in jedes neue Wellental tauchten; auch die doppelte, milchweiße Linie der Bugwelle konnte er ausmachen: ein großes, imposantes Schiff, jedoch höchst verwundbar im Kampf mit kleinen Schiffen. Eine mahrattische Dhau oder Feluke*), eine Piraten-Schaluppe oder sogar seine eigene *Paragon* konnten es leicht ausmanövrieren – vorausgesetzt, daß sie das schwere Eisen seiner Kanonen mieden.

»Nun, wenigstens hat sie es nicht für nötig gehalten, Klarschiff zu machen.«

Kelso hörte Bradshaws Kommentar, der hoffentlich nicht boshaft gemeint war, und fragte sich wieder, ob er nicht übervorsichtig war. Erleichtert hörte er Fentons Erwiderung: »Das heißt, man

*) ein-, bezw. zweimastige schnelle Fahrzeuge mit Lateinersegel (Anm. d. Übers.)

sieht ihr nicht an, ob sie gefechtsklar gemacht hat oder nicht.«

So stand es nämlich. Ein gerissener Kommandant konnte ein kleineres Schiff in seine Nähe locken, indem er seine wahren Absichten tarnte. Auf zwei Kabellängen*) – und schon gar nicht auf zwei Meilen – konnte niemand sehen, ob die Decks mit Sand bestreut waren. Daß die Stückpforten geschlossen waren, hatte nichts zu bedeuten. Dahinter konnten gut ausgebildete Geschützbedienungen mit glimmenden Lunten an den Kanonen warten, und wenn dann der Befehl kam, brauchten sie noch nicht einmal eine Minute, um die Geschütze auszurennen.

Merkwürdig war es auf jeden Fall. Commodore Braithwaite war nicht nur ein erfahrener Seemann; er hatte während der turbulentesten Periode der Company mehrere ihrer Schiffe kommandiert. Kelso wußte, was alles passiert war: mit der *Maid of Kent* und der *London* aus Blackenwall, den Fregatten *Elizabeth* und *Agamemnon*, der Schaluppe *Avenger*. Sie alle waren aufgebracht worden – von den Franzosen, von den Holländern oder von Piraten. Und alle waren sie danach gegen andere Schiffe der Company eingesetzt worden.

»Sie setzt Signal, Sir.« Crane, der Midshipman vom Signaldienst, hatte das Teleskop am Auge. »Das vertrauliche Signal, Sir, völlig korrekt, und nun nennt sie auch ihren Namen.«

»Schön, Mr. Crane. Bestätigen Sie, und geben Sie unseren Namen.«

Es war Zeit zur Wende, aber Kelso blieb auf dem alten Kurs, hoch an dem von Steuerbord kommenden Wind. Für ein Schiff, das den Windvorteil hatte, war ein Kurswechsel viel leichter; und auf jeden Fall wollte er sehen, wie die *St. George* reagierte. Sie war jetzt so nahe, daß er im Glas die Gestalten auf der Kampanje erkennen konnte: ein Mann in Commodore-Uniform schaute, auf die Reling gestützt, zu ihnen herüber. Neben oder vielmehr hinter ihm stand ein zweiter Offizier.

Dann sah er, wie der Commodore nach achtern verschwand; der andere Offizier folgte ihm.

Kelso richtete sein Glas auf Hauptdeck und Vorschiff. An den Decksgasten entdeckte er nichts Auffälliges. Mit ihren sonnenge-

*) 1 Kabel = 0,1 Seemeile = 185 m (Anm. d. Übers.)

bleichten Hosen und ihren neutralen Hemden konnten sie zu jedem Schiff gehören – und zu jeder Nation. Und doch kam ihm irgend etwas merkwürdig vor. Er dachte angestrengt nach; doch erst, als die beiden Schiffe auf Schußdistanz waren, fiel es ihm ein: es waren zu wenige. Bei einem Schiff von der Größe der *St. George* hätte er mindestens zwanzig Mann in jeder Wache erwartet, selbst wenn es vorm Wind segelte. Und sobald sich ein fremdes Schiff näherte, hätten es sicher doppelt so viele sein sollen. Jeder Koch, Zimmermann oder Sanitätsgast suchte sich dann einen Aussichtspunkt und machte kritische Bemerkungen über die Seemannschaft des anderen Schiffs. Doch auf dem Hauptdeck der *St. George* standen kaum ein Dutzend Matrosen.

»Signal von der *St. George*, Sir: ›Willkommen. Beziehen Sie Position zwei Kabellängen in Lee von mir!‹«

Warum in Lee? Kelsos Verdacht wuchs. Er mußte allerdings zugeben, daß es für alles, was er bisher gesehen hatte, eine simple Erklärung geben mochte. Der Mann hinter dem Commodore konnte der Zweite Offizier sein. Die Mannschaft wurde vielleicht aus Gründen der Disziplin unter Deck gehalten. Die Order ›Position in Lee beziehen‹ bedeutete vielleicht nur, daß der Kommandant übertrieben vorsichtig war. Allerdings paßte das kaum zu der Tatsache, daß die *St. George* – wenigstens soweit er sehen konnte – nicht gefechtsklar gemacht hatte.

»Signal verstanden, Sir. Soll ich bestätigen?«

»Ja, bitte, Mr. Crane. Bestätigen Sie.«

Die *St. George* drehte in den Wind und braßte ihr Großmarssegel back. Die Entfernung zwischen den beiden Schiffen betrug jetzt nur noch eine Viertelmeile.

»Nun, da scheint ja alles in Ordnung zu sein, Sir.« Bradshaw war ehrlich erfreut – Kelsos wegen –, aber Kelso hörte kaum hin. Sollte er die Order des Flaggschiffs befolgen oder nicht? Er mußte sich schnell entscheiden.

»Mr. Fenton! Mr. Craig! Mr. Tregowan!«

Gott sei Dank waren diese drei Offiziere nicht so verdutzt wie Bradshaw – oder wenn doch, so ließen sie es sich nicht anmerken. Er ging mit ihnen zur Leereling und setzte ihnen seine Bedenken auseinander: »Mr. Bradshaw, meine Herren – Sie haben gehört, was das Signal besagte. Wir sollen zwei Kabellängen in Lee Position einnehmen. Offen gestanden gefällt mir das nicht. Ich kann es jetzt nicht erklären; es ist auch durchaus möglich, daß ich mich irre. Aber an diesem Zusammentreffen kommt mir etwas verdächtig vor.«

»Aber, Sir! Das ist doch einwandfrei die *St. George* . . .« fing Bradshaw an; doch Fenton schnitt ihm das Wort ab: »Was ist Ihr Plan, Sir?«

»Ich setze mich nicht in Lee«, antwortete Kelso. »Auf zwei Kabellängen muß ich herangehen, aber wenn wir ihnen eine etwas ungeschickte Schiffsführung vorspielen, können wir uns – nun, achteraus und vielleicht sogar in Luv mogeln.«

»Aber, Sir!« protestierte Bradshaw. »Commodore Braithwaite wird schön wütend sein!«

»Das riskiere ich lieber als eine Breitseite.«

»Aber sie ist doch unser Schiff«, jammerte Bradshaw, »und das ist Commodore Braithwaite persönlich!«

»Sie mögen in beiden Punkten recht haben«, räumte Kelso grimmig ein. »In diesem Falle werde ich mich beim Commodore entschuldigen müssen.«

»Was sollen wir also tun, Sir?« fragte Fenton.

»Wenn wir beigedreht haben, wird er mich bestimmt auffordern, an Bord zu kommen, und dem muß ich leider Folge leisten. Ich habe Depeschen aus Bombay für den Commodore, die er bestimmt sehen will.«

»Sie wollen also in die Falle gehen?«

»Wenn es eine Falle ist. So oder so habe ich keine andere Möglichkeit.«

»Warum nehmen Sie nicht den Kutter, Sir, und eine Abteilung von meinen Marine-Infanteristen?« schlug Tregowan vor.

»Daran habe ich auch schon gedacht. Aber das würde nicht klappen. Wenn sie mich mit einer bewaffneten Abteilung sehen, wissen sie, daß wir etwas gemerkt haben. Der Kutter würde nie bis zum Schiff kommen.«

»Soll ich ihnen eine Breitseite verpassen, Sir?« fragte Craig hoffnungsvoll.

Kelso nickte. »Vielleicht. Auf jeden Fall müssen Sie sich bereithalten.«

»Aber sie ist doch unser Schiff!« jammerte Bradshaw wieder.

Heftig fuhr Kelso zu ihm herum. »Mr. Bradshaw! Wenn das unser Schiff ist, wie Sie sagen, und noch in britischer Hand, dann ist die Situation klar. Dann wäre das alles überflüssig.«

»Aber woher sollen wir das wissen? Wie sollen wir herausbekommen, ob sie noch in britischer Hand ist?«

»Ich gehe an Bord«, erwiderte Kelso, »in meiner Gig und mit einem Mann an den Riemen. *Ich* bekomme es schon heraus!«

2

»An die Brassen!«

Wenn er achtern in Luv der *St. George* vorbeigehen wollte, wurde es Zeit zur Wende. Um das Signal zu befolgen, hätte er noch ein paar Minuten warten müssen; doch sein Entschluß stand fest. Es gab zu viele Verdachtsmomente, als daß er seine *Paragon* in die äußerst gefährliche Lee-Position gebracht hätte, in die man sie plazieren wollte. Das Rad hatte sich gedreht, die Rahen waren gebraßt, die *Paragon* lag stetig auf dem anderen Bug. Es hatte tadellos geklappt. Nach sieben Tagen auf hoher See hätte die Mannschaft das Manöver mit verbundenen Augen ausführen können, und wenn Commodore Braithwaite tatsächlich ein freier Mann war, würde er nicht umhin können, ihren hohen Ausbildungsstand zu bewundern – abgesehen natürlich davon, daß sie nicht die befohlene Position einnahm.

Aufmerksam beobachtete Kelso den großen Indienfahrer, ob sich dort irgendwelche auffällige Aktivität entwickelte. Wenn das Schiff, wie er annahm, tatsächlich in Feindeshand war, mußte es auf sein unerwartetes Manöver sehr schnell reagieren. Andererseits konnte der Feind – wer das auch sein mochte – annehmen, daß es sich einfach um schlechte Schiffsführung handelte und daß die *Paragon* in zehn Minuten oder so wieder auf Steuerbordbug gehen mußte.

Craig, ein sehr tüchtiger Mann, trat herzu. »Geschütze feuerklar, Sir«, meldete er gelassen.

»Danke, Mr. Craig.«

Die beiden Schiffe waren jetzt fast auf gleicher Höhe und etwa eine Viertelmeile auseinander. Durch das Glas konnte Kelso Commodore Braithwaite sehen und direkt hinter ihm seinen menschlichen Schatten. Auch die anderen Offiziere auf dem Achterdeck konnte er sehen und die Decksgasten, die zu den Brassen drängten.

Er hatte einen flüchtigen Eindruck – mehr nicht – von Überraschung und Spannung. Das mochte allerdings auch unter normalen Umständen natürlich sein. Die Company war einen höheren Standard an Seemannschaft gewohnt, als er soeben vorgeführt hatte. Wenn er sich nicht vorzeitig in die Karten sehen lassen wollte, mußte er in ein paar Minuten wenigstens so tun, als gehorche er dem Befehl.

»Sie signalisieren schon wieder, Sir«, rief Bradshaw aufgeregt. »Sie haben gemerkt, daß wir nicht in Lee gehen.«

Er hatte vollkommen recht. Ein Offizier an Bord der *St. George* fuchtelte mit den Armen und wies in die befohlene Position. Als daraufhin nichts geschah, fing er an zu schreien.

»Für einen Engländer ein sehr aufgeregter Gentleman, Sir«, bemerkte Fenton.

Kelso nickte. »Wollen lieber etwas unternehmen, ehe wir ihnen zu verdächtig werden«, sagte er. »Mr. Bradshaw! Klar zum Abfallen!«

»Abfallen!«

Der Befehl war so spät gekommen, daß die *Paragon* inzwischen die *St. George* passiert hatte, und zwar in Luv. Das Rad wirbelte herum, die Rahen wurden rundgebraßt, kräftige Fäuste gaben den Brassen Lose. Die *Paragon* fuhr krängend einen Dreiviertelkreis, bis sie, zum ersten Mal seit einer Woche, vor dem Winde war.

»Großbramsegel back!«

Sie reagierte sofort. Selbst in diesem Moment der Spannung fand Kelso Zeit zu dieser Feststellung; ein Schiff, das sich besser segelte, hätte er sich nicht wünschen können. Jetzt konnte er sie, einfach durch Backstellen oder überholen der Bramsegel, in der gewünschten Position halten: achtern in Luv des Indienfahrers mit zwei Kabellängen Distanz.

»Fier ab die Gig!«

Padstow, sein Steward, der ihn begleiten sollte, saß bereits im Boot, und Kelso war durch die Fallreepspforte und mehrere Sprossen abwärts geklettert, als sie Rufe von der *St. George* hörten.

»Sir! Wir wären in der falschen Position, sagen sie!« Ängstlich und rot im Gesicht, beugte sich der arme Bradshaw über das Schanzkleid.

»So? Rufen sie tatsächlich? Ich höre nichts«, sagte Kelso und kletterte in die Gig.

Als Padstow ablegte und sie aus dem Windschatten der *Paragon* heraus waren, trafen sie auf eine ziemlich schwere See. Die Gig fing an zu tanzen wie ein Korken auf einem Mühlteich und nahm, da sie den Wind raumschots bekam, Wasser über. Kelso im Heck wurde ständig von Spritzwasser durchnäßt, doch merkte er das kaum, so gespannt beobachtete er die *St. George.* Sie drängten sich jetzt an der Reling: Commodore Braithwaite und drei Männer in Company-Uniform. Der vorhin die Arme geschwenkt und geschrien hatte, war jetzt still; Kelso vermutete, daß sie ihn erst einmal herankommen lassen wollten. Hatten sie die Absicht, ihn gefangenzunehmen, würde es nicht ohne Kampf abgehen.

»Sie glauben, es gibt 'ne Keilerei, Sir?« fragte Padstow, der sich hart in die Riemen legen mußte. Er war ein zäher Cornwall-Mann, gelegentlich frech und undiszipliniert, und hatte manchmal seine eigenen Ansichten, aber er war Kelso treu ergeben.

»Ich weiß nicht, was wir zu erwarten haben«, antwortete Kelso, ohne die *St. George* aus den Augen zu lassen, »aber komme, was wolle – ich will darauf vorbereitet sein.«

»Ganz recht, Sir«, nickte Padstow. »Und wenn's Stunk gibt, stehe ich direkt hinter Ihnen.«

Kelso gestattete sich ein Lächeln. »Nein. Du bleibst im Boot, ganz gleich, was passiert.«

»Aber, Sir . . .«

»Wenn es Ärger gibt, muß ich schnell weg. Deswegen brauche ich dich im Boot.«

Eine Jakobsleiter hing an der Leeseite der *St. George*, und Kelso, gegen die Sonne blinzelnd, sah die dunklen Gesichter an der Fallreepspforte auf ihn warten. Padstow legte die dümpelnde Gig längseits und hielt sich mit dem Riemen von der Bordwand frei.

»Falls du hörst, daß es ein Handgemenge gibt, wenn ich oben bin«, befahl Kelso, »zählst du bis zehn und ruderst dann zur *Paragon* zurück, so schnell du kannst.«

»Und Sie soll ich im Stich lassen, Sir?«

»Ja – außer du willst ein paar Jahre auf einer feindlichen Gefangenenhulk*) verbringen.«

*) Hulk: abgetakeltes Schiff, meist nur noch aus dem Rumpf bestehend

»Das würde ich schon riskieren, Sir.«

»Kann sein, aber du wirst tun, was ich sage. Ist das klar?«

»Aye, aye, Sir.«

Einen Fuß auf dem Dollbord, wartete Kelso, bis der Indienfahrer nach Steuerbord dümpelte, hielt dann mit einer Hand seinen Hut fest und packte die Strickleiter mit der anderen. Schuhe und Strümpfe tauchten ins Wasser; doch da er auf der einen Seite bereits bis auf die Haut durchnäßt war, spielte das kaum eine Rolle. In der Sonne würde er bald wieder trocknen.

Er kletterte die Leiter empor und blieb einen Moment an der Fallreepspforte stehen. Es gab keine Ehrenbezeugung, wie sie sonst üblich war, wenn ein Kapitän an Bord eines Company-Schiffes kam. Jetzt wußte er Bescheid: Die *St. George* war in Feindeshand.

Er trat auf das Hauptdeck und grüßte zur Kampanje hinauf. Dort stand Commodore Braithwaite mit zwei anderen Offizieren; ein vierter grüßte mit einem Lächeln zurück.

»Kelso von der *Paragon*«, stellte er sich vor.

Der Offizier antwortete nicht, sondern bedeutete ihm durch eine Handbewegung, aufs Achterdeck zu kommen.

Ohne zu lächeln, aber scheinbar unbesorgt ging Kelso nach achtern; seiner langen Beine wegen mußte der ihn begleitende Offizier einen kurzen Trab anschlagen, um mit ihm Schritt zu halten. Kelso stieg hinauf und salutierte vor Braithwaite. »Kapitän Kelso von der *Paragon*, Sir. Melde mich an Bord.«

»Ah, ja, Kelso. Ich habe Sie erwartet.« Der arme Braithwaite schien sich unbehaglich zu fühlen; einmal, Kelso hätte es beschworen, warf er einen raschen, verzweifelten Blick auf den Mann in Kapitänsuniform, der dicht hinter ihm stand.

»Sie haben den Befehl nicht befolgt, Captain«, blaffte ihn dieser Schatten Braithwaites vorwurfsvoll an. »Position zwei Kabellängen in Lee. Ist unser Signal nicht verstanden worden?«

»Doch«, erwiderte Kelso und fuhr, zum Commodore gewandt, fort: »Habe Ihren Befehl leider nicht befolgen können, Sir.«

»Ist das alles?« fragte der Schatten. »Wollen Sie sich nicht entschuldigen?«

Kelso wandte sich ihm zu, sah ihn starr, fast feindselig an und erwiderte gelassen: »Wir in der Company, Sir, halten nicht viel von

Entschuldigungen, wie Ihnen bekannt sein dürfte. Wenn ich Ihnen sage, daß die *Paragon* ein neues Schiff ist, hierzulande gebaut, daß meine Mannschaft erst vor einem knappen Monat angeheuert wurde und daß dies mein erstes Kommando ist, dann soll das keine Entschuldigung sein, sondern eine Erklärung. Wenn unsere Seemannschaft noch zu wünschen übrigläßt, so ist das meine Schuld, und ich übernehme die volle Verantwortung.«

Commodore Braithwaite hob die Hand. »Gewiß, gewiß! Sie haben sicherlich Ihr Bestes getan.«

»Darf ich Captain Kelso fragen, ob er nicht erwogen hat, seine Position nach Lee zu verlegen, sobald er merkte, wohin ihn seine schlechte Seemannschaft geführt hat?« fragte Braithwaites Schatten hartnäckig.

»Ich habe es erwogen«, entgegnete Kelso, »aber ich hielt es für wichtiger, so schnell wie möglich an Bord zu kommen und Commodore Braithwaite meine Depeschen zu überreichen.«

Jetzt war er ganz sicher: Braithwaite war zutiefst beunruhigt. »Depeschen? O ja ... Nun, vielleicht kommen Sie lieber mit in meine Kajüte ...«

»Wäre es nicht besser, Sir«, fragte der Schatten drohend, »wenn Captain Kelso seine Depeschen gleich hier übergäbe? Dann kann er wieder an Bord seines Schiffes und wie befohlen Position in Lee gehen.«

»Aber ...« setzte Braithwaite an, hielt jedoch plötzlich inne, als hätte ihn jemand in den Rücken gestoßen. »Ja, das ist wohl besser.«

Kelso gab sich alle Mühe, so unbesorgt zu tun, als hätte er nichts gemerkt. »Selbstverständlich, Sir. Hier sind sie.« Er steckte die Hand in die Rocktasche, zögerte dann aber. »Übrigens, Sir, wäre es mir eine große Ehre, wenn Sie mich mit Ihrem Flaggkapitän*) bekannt machen würden.«

Seine Bitte verursachte eine kurze Verwirrung. Braithwaite wandte sich halb um, überlegte es sich dann aber anders: starr und drohend stand sein Schatten hinter ihm. »Captain Smith«, murmelte Braithwaite über seine Schulter, und der Schatten, der an ir-

*) Kommandant des Flaggschiffes, also des Schiffes im Geschwader, das den Admiral oder Commodore an Bord hat (Anm. d. Übers.)

gend etwas Verborgenem herumgetastet hatte, streckte die Hand aus.

»Sehr erfreut, Sir«, sagte Kelso. »Ich muß allerdings gestehen, daß ich überrascht bin. Als ich zuletzt von der *St. George* hörte, war ihr Kommandant Captain Hardcastle.« Bei diesen Worten streifte Kelsos Blick rasch und bedeutsam den Commodore. Er wußte, und der Commodore wußte es ganz bestimmt noch besser, daß der rechtmäßige Kommandant der *St. George* der berühmte Captain Helston war. Das wußte jeder in der Company.

Und der Commodore spielte mit. »Ganz recht, Kelso«, erwiderte er. »Aber der arme Hardcastle ist im Kanal gefallen. Ein kleines Scharmützel mit den Franzosen.«

»Mit den Franzosen, Sir? Heißt das, wir haben wieder Krieg mit den Frogs?«*) Kelso sagte das in so verächtlichem Ton wie möglich und war befriedigt, als er eine verräterische Röte auf ›Captain Smiths‹ Wangen erscheinen sah.

»Ja, Mr. Kelso, wir haben wieder Krieg – leider.«

Kelso zuckte die Schultern. »Ach, ich weiß nicht, Sir. Bestimmt jagen wir sie wieder auf die Ile de France**) zurück, mit dem Schwanz zwischen den Beinen wie immer.«

»Ja, gewiß . . .« Braithwaite spähte ängstlich über seine Schulter. ›Captain Smith‹ machte ein Gesicht, als wolle er Kelso umbringen, und einer seiner Untergebenen hatte einen Laut ausgestoßen – vielleicht einen gemurmelten Fluch.

»Auch in Indien«, fuhr Kelso fort, »werden wir sie mit Leichtigkeit ins Meer treiben. Jeder weiß, daß ein Engländer fünf Frogs wert ist; es kann also nicht allzu schlimm werden.«

Braithwaite schwieg dazu; doch Kelso sah jetzt, daß er zum ersten Mal das Kinn angehoben hatte und fast bereit schien, die Pistole – oder war es ein Messer? – in seinem Rücken zu vergessen. Aber Kelso wußte auch, daß der richtige Moment noch nicht gekommen war. Es war noch zu früh, die Karten auf den Tisch zu legen. Er tastete in seiner Brusttasche nach dem an Commodore Braithwaite adressierten Umschlag, der aber, wie er selbst am besten wußte, nur

*) eigentlich *frogeaters* = Froschesser: Spottname für die Franzosen wegen ihrer Vorliebe für Froschschenkel
**) alter Name für die Insel Mauritius (Anm. d. Übers.)

leere Blätter enthielt.

»Hier sind die Depeschen, Sir. Und jetzt gehe ich, mit Ihrer Erlaubnis, wieder an Bord meines Schiffes und bringe es wie befohlen in Lee-Position.«

»Ja – hm, Mr. Kelso, ich glaube, das wird nicht mehr nötig sein.«

»Mit allem Respekt, Sir«, fuhr ›Captain Smith‹ dazwischen, »wenn die *Paragon* uns führen soll, dann muß sie in Lee stehen; und offen gesagt – nach allem, was wir von Captain Kelsos Seemannschaft gesehen haben, ist das schon wegen der Sicherheit unseres eigenen Schiffes der richtige Platz für sie.«

Braithwaite nickte widerwillig. »Also gut, Mr. Kelso. Sie können Ihr Schiff in Lee bringen.« Er schien etwas verwirrt, als sei er sich über Kelsos Absichten nicht recht klar, doch Kelso erwiderte seinen Blick mit großer Zuversicht und salutierte. »Mit Ihrer Erlaubnis, Sir.«

Er ging zur Kampanjeleiter und stieg zum Hauptdeck hinunter. Die Kanonen waren nicht ausgerannt, doch neben jeder lag ein verdächtiger, mit einer Persenning bedeckter Stapel: Pulver und Kugeln waren offenbar bereit. Trotz ihres friedlichen Äußeren konnte die *St. George* also innerhalb von Minuten gefechtsklar sein.

Doch noch hatte Kelso andere Sorgen. Längs des ganzen Decks, bis zur Fallreepspforte, standen bedrohlich aussehende Männer – ganz bestimmt Franzosen. Wenn ›Captain Smith‹ sich entschloß, ihn an Bord zu behalten, dann genügte ein Ruf, und jeder Widerstand wurde sinnlos. Kelso konnte nur hoffen, daß die angeblichen Depeschen erst geöffnet wurden, wenn er in seiner Gig außer Musketenschußweite war; doch das war zweifellos eine sehr schwache Hoffnung.

»Captain Kelso!«

Er blieb stehen, und zwei Matrosen stellten sich ihm in den Weg. Er dachte kurz daran, nach seiner Pistole zu greifen, doch mußte er überwältigt sein, ehe er einen Schuß abgeben konnte. Widerwillig wandte er sich um. ›Captain Smith‹ stand an der Kampanjetreppe.

»Sie können bei der Gelegenheit gleich Ihre Freiwache unter Deck schicken. Wir geben Signal, wenn Sie Klarschiff zum Gefecht machen sollen.«

Das war es also. Sie dachten immer noch, er ginge ihnen in die Falle. Er salutierte flüchtig. »Aye, aye, Sir.« Nun würden sie ihn vielleicht gehen lassen.

Er war nur zehn Schritt vom Fallreep entfernt. Schlimmstenfalls konnte er vorstürzen und die Leiter hinunterrutschen. Aber was dann? Zunächst würde er zwar im toten Winkel sein, doch sobald seine Gig ein Stück weg war, konnte jeder Franzose mit einer halbwegs sicheren Hand sie beide abknallen wie schwimmende Enten.

Aber erst mußten die falschen Depeschen entdeckt werden.

Jetzt stand er an der Fallreepspforte. Nur noch fünf, zehn Minuten, und er war in Sicherheit. Der Offizier, der ihn beim Anbordkommen begrüßt hatte, stand am Schanzkleid. Kelso lächelte ihm freundlich zu und murmelte: »*Bonne chance!*«

»*Bonne chance*«, gab der Franzose zurück, vermutlich ohne nachzudenken.

Kelso trat rückwärts durch die Pforte und setzte seinen Fuß auf die oberste Sprosse.

»*Chauvelin! Arrêtez cet homme!*«

Der falsche Captain Smith, der diesen Befehl hinausgeschrien hatte, rannte die Kampanjetreppe hinunter aufs Hauptdeck, ein unbeschriebenes Blatt Papier in der Hand.

»Springen Sie, Mr. Kelso! Das Schiff ist in der Hand der Franzosen!«

Kelso wartete nicht ab, was dem Commodore auf diesen Warnruf hin passieren würde. Alle Mann an Deck schienen sich zum Fallreep zu drängen; unmittelbar über ihm stand Lieutenant Chauvelin und griff bereits nach seiner Schulter.

Kelso faßte in die Rocktasche und zog seine Pistole. Er entsicherte sie mit dem Daumen und setzte dem Franzosen die Mündung an die Brust. »Jetzt, *mon brave*«, sagte er, vergaß dann aber sein Französisch, »machen wir die Fahrt gemeinsam!«

Der Franzose, eben noch so angriffslustig, erbleichte; dann begriff er, was von ihm verlangt wurde, und tat einen ersten zögernden Schritt auf das Fallreep.

»*Saisissez-les! Tirez à l'Anglais*!« brüllte ›Captain Smith‹.

Nur einer der Männer an Deck hatte eine Muskete, doch er war anscheinend so verdutzt über die veränderte Situation, daß er wie erstarrt und nur dümmlich nach unten glotzte.

»*Imbécile*!« Kurz bevor Kelso unter die vorspringende Rundung des Schiffsrumpfes glitt, wo er verhältnismäßig sicher war, sah er, wie ›Captain Smith‹ dem Mann die Muskete aus den Händen riß und in seine Richtung zielte. Die Kugel pfiff an ihm vorbei und schlug in die See.

»*Chauvelin, revenez*!« Der französische Kommandant schien zumindest entschlossen, Kelso seines Schutzschilds zu berauben. Der Franzose wollte sein rechtes Bein, das unmittelbar auf der Sprosse über Kelso stand, auf die nächsthöhere Sprosse setzen. Doch Kelso hatte jetzt keine Zeit mehr für Höflichkeiten. Er packte den Fußknöchel mit einer Hand, lehnte sich nach außen und zog. Mit einem wilden Aufschrei fiel Chauvelin rücklings ins Wasser.

Noch bevor er es klatschen hörte, rutschte Kelso das Reep so rasch und schmerzhaft hinunter, wie er als Midshipman die Großwant hinuntergeglitten war. Seine Hände und die Innenseiten seiner Knie brannten, aber er spürte es kaum. Zwanzig Fuß*) über dem Boot sprang er ab.

Die Gig wäre bei seinem harten Aufprall beinahe gekentert. Padstow, startbereit an den Riemen, stieß so heftig ab, daß sie beide auf die Bodenbretter fielen, und es dauerte ein paar Sekunden, bis das Boot klarkam. Da schlug auch schon eine Musketenkugel ins Dollbord.

»Legen Sie sich flach, Sir!« brüllte Padstow. »Die treffen uns, wenn wir nicht dicht am Schiffsrumpf bleiben!«

»Ja, gleich. Aber erst müssen wir den Franzosen auffischen.«

»Einen Frog, Sir? Können wir den nicht einfach absaufen lassen?«

»Können wir nicht, weil wir ihn brauchen. Er ist unser sicherster Passierschein zur *Paragon*!«

Gemeinsam hievten sie den armen Chauvelin an Bord und setzten den Triefenden vor sich auf die Bodenbretter. Dann nahmen sie, so dicht wie möglich an ihn gedrückt, jeder einen Riemen und pullten zur *Paragon*. Kein Schuß fiel. Kelso war erleichtert, daß die Franzosen nicht das Risiko auf sich nahmen, einen ihrer Landsleute abzuknallen. Es war fraglich, ob er selbst unter solchen Umständen ebenso gehandelt hätte.

*) 1 Fuß = 28 cm

Sogar jetzt noch konnte sein Triumph von kurzer Dauer sein. Denn an Bord der *St. George* waren die Stückpforten nun offen, und die Geschütze wurden ausgerannt.

3

»Feuer! Warum feuern sie nicht?«

Kelso blickte über die Schulter und sah die *Paragon* genauso daliegen, wie er sie verlassen hatte: Geschütze ausgerannt, Großmarssegel backgebraßt. Ein paar Minuten – länger nicht – war ihr der Indienfahrer nun auf Gnade und Ungnade ausgeliefert. Zwei, vielleicht drei wohlgezielte Breitseiten in das verwundbare Heck konnten ungeheuren Schaden anrichten. Vierundzwanzigpfünder auf knapp vierhundert Yards würden in diese reichgeschnitzten Aufbauten schmettern und vom Heck bis zum Bug eine Furche des Verderbens pflügen. Kanonen mußten zerstört, ein Teil der Prisenbesatzung verwundet oder getötet werden; und, was am wichtigsten war, ein glückhafter Schuß konnte eine Spiere oder einen Mast treffen und den plumpen Indienfahrer noch schwerer manövrierbar machen.

»Schießt doch! Warum schießen sie nicht!«

»Wird wohl an Mr. Bradshaw liegen, Sir – er wartet auf den Feuerbefehl vom Flaggschiff!«

»Still!«

Die *St. George* war jetzt gefechtsklar; ihre Segel füllten sich, als sie vor den Wind drehte. Das exponierte Heck war bereits nicht mehr im Schußfeld, und als der französische Kommandant halsen und wieder anluven ließ, zielten alle ihre zweiunddreißig Steuerbordgeschütze auf die *Paragon*. Und ihr Artillerieoffizier zögerte keineswegs, seinen Vorteil wahrzunehmen. Zweiunddreißig Rauchwolken erschienen fast gleichzeitig, und noch ehe jemand merkte, was geschehen war, schlug auch schon die Breitseite ein. Um die *Paragon* herum spritzte die See auf. Eine Kugel landete unmittelbar hinter der Gig und ließ sie heftig schwanken; doch Kelso hatte keine Zeit, sich um Fehlschüsse zu kümmern. Seine einzige Sorge war die *Paragon*. Soweit er ausmachen konnte, hatte sie keinen wesentlichen Schaden erlitten, doch verrieten ihm durchdringende

Schreie, daß mindestens einer von der Besatzung verwundet worden war.

»Feuer!« brüllte er. »Um Gottes willen, schießt doch!«

Als hätte Craig auf dem Batteriedeck seinen angstvollen Ruf gehört, donnerten die Geschütze der *Paragon* endlich wie mit einem einzigen Schlage los, beinahe direkt über seinem Kopf. Das Krachen war ohrenzerreißend. Die Gig stand immer noch ein paar Yards vom Fallreep entfernt; aber bevor sie es erreichen konnte, brüllte eine zweite Breitseite auf, so exakt wie die erste. Craig wußte endlich, was gespielt wurde.

»Recht so!« Zwar war die Gig noch ein oder zwei Yards vor dem Fallreep, doch ohne sich um Padstow und den armen Franzosen zu kümmern, setzte Kelso einen Fuß auf das Dollbord und sprang ab.

Es wurde ein unsicherer Sprung, aber er erwischte eine Sprosse des Fallreeps mit der Hand und zog sich, bis zum Gürtel im Wasser, näher heran, so daß er an Deck klettern konnte.

An der Pforte erwartete ihn Bradshaw. Sein gutmütiges Gesicht wirkte geradezu schwach vor Ratlosigkeit. »Kelso! Gott sei Dank, daß Sie wieder da sind! Als ich Sie in der Gig kommen sah, wußte ich nicht, was ich machen sollte. Ich war mir nicht sicher ...«

»Sie hatten Ihre Order!« rief Kelso wütend. »Ich habe Ihnen doch gesagt, was Sie tun sollen!«

»Ja, aber wenn da was nicht stimmte ... Ich meine, auf ein eigenes Schiff zu schießen ...«

»Ein eigenes Schiff in Feindeshand!« gab Kelso zurück. »Das muß doch jeder Dummkopf gemerkt haben!«

Bradshaw errötete, nahm aber den Tadel hin. »Kelso – es tut mir wirklich leid!«

»Davon haben wir einen Dreck!« blaffte Kelso und eilte nach achtern. Vorm Achterdeck blieb er stehen. »Und außerdem – sagen Sie gefälligst ›Sir‹ zu mir!«

Immer noch rot vor Wut, eilte er aufs Achterdeck. Die erste Breitseite der *St. George* hatte überraschend wenig Schaden angerichtet; allerdings war der Klüver etwas zerlöchert, und eine Kugel war dicht am Backbordschanzkleid eingeschlagen und hatte eine Furche quer übers Hauptdeck gezogen; dabei war ein Kanonier getötet, ein zweiter verwundet worden. Eben wurde der verstümmelte Leichnam zum Fuß des Großmasts geschafft, wo er die Lebenden nicht behindern konnte. Aus den Tiefen des Orlopdecks hallte das Schmerzgebrüll seines Kameraden, der ein bißchen mehr Glück gehabt hatte.

»Mr. Bradshaw«, rief Kelso, »Mr. Bradshaw!«

»Komme schon, Sir!« Der arme Bradshaw hatte es für klüger gehalten, seinem Kommandanten aus dem Weg zu gehen.

»Alle Segel setzen!«

»Aye, aye, Sir«, bestätigte Bradshaw schneidig, fest entschlossen, seinen Fehler auszubügeln. »Alle Mann zum Segelsetzen!«

Die Toppmatrosen enterten noch auf, da fegte bereits die nächste Breitseite übers Deck. Wieder gab es Verwundete, vielleicht auch Tote; doch Kelso dankte Gott, daß es nicht schlimmer kam. Er hoffte, daß die *Paragon*, obgleich sie weniger Geschütze besaß, größeren Schaden anrichten konnte.

»Die schießen ja saumäßig«, bemerkte Fenton kühl.

»Sind eben Frogs«, antwortete Kelso geringschätzig, »und noch dazu mit fremden Kanonen. Aber sie werden sich einschießen.«

»Wenn wir sie nicht vorher versenken.«

Kelso schüttelte den Kopf. »Nein. Das können wir nicht.«

Fenton sah Kelso überrascht an und nickte dann trübe. Das war vermutlich Kelsos größtes Problem: Obwohl die *St. George* in Feindeshand eine Bedrohung für die gesamte Schiffahrt der Company bedeutete, war sie doch immer noch ein Indienfahrer. Die Company würde einem Kommandanten wenig Dank wissen, der eins ihrer eigenen Schiffe versenkte.

»Wir müssen sie entmasten«, sagte Kelso, »und sie dann entern. Wenn mir irgend etwas zustoßen sollte, werden Sie dementsprechend handeln.«

Fenton nickte und faßte an den Hut. »Aye, aye, Sir.«

Erst später – viel später – wurde Kelso klar, daß er nicht Bradshaw, sondern Fenton über seinen Gefechtsplan informiert hatte.

»Ruder hart Backbord!«

Mit windgefüllten Segeln sprang die *Paragon* durch die Seen wie ein von der Leine gelassener Terrier. In ein paar Minuten würde sie die *St. George* in die Hacken beißen; aber zunächst mußte Kelso sie in die günstigste Schußposition bringen und dabei die Breitseiten des Gegners meiden. Die *St. George* begann eine Wende; zweifellos wollte sie den Windvorteil gewinnen, doch Kelso hoffte, ihr dabei zuvorzukommen, indem er ebenfalls durch den Wind ging.

Die beiden Schiffe waren jetzt auf Kollisionskurs und mußten, wenn nicht einer der Kommandanten abdrehte, in ein paar Minuten kollidieren. In diesem Fall hatte die *St. George* alle Vorteile auf ihrer Seite. Sie war schwerer bewaffnet, viel größer und konnte wegen ihres breiten Rumpfes nicht so leicht kentern wie die *Paragon*. Andererseits war diese manövrierfähiger. Es mußte eine nette Übung in Seemannschaft werden, so nahe wie möglich heranzugehen, ohne tatsächlich zu kollidieren.

Sie kamen jetzt schnell aufeinander zu, die *St. George* hart am Wind, die Rahen dichtgeholt, die *Paragon* unter volleren Segeln mit Halbwind heranrauschend. Kelso stand neben dem Ruder und berechnete den Punkt, an dem sie sich treffen würden, und die ungefähre Zeit, die ihm für ein Manöver noch zur Verfügung stand. Er blickte rasch zu den Bramsegeln hoch und dann nach vorn zum Hauptdeck, wo die Matrosen an den Fallen und Brassen auf Befehle warteten, die Geschützbedienungen bei den Kanonen knieten, die Geschützführer mit glimmenden Lunten daneben; wo die Marine-Infanteristen in ihren roten Uniformen mit zehn Schritt Abstand auf Station standen – zwei Mann bewachten mit aufgepflanzten Bajonetten den Hauptniedergang. Und ohne direkt hinzusehen, spürte Kelso die Gegenwart der Männer in seiner unmittelbaren Nähe: Mr. Heslop, den Steuermann, der bis zum Gegenbefehl stur Kurs halten würde; Leutnant Bradshaw, der mit unglückseliger Miene an der Leereling stand und offensichtlich der Meinung war, in ein paar Minuten würde die *Paragon* entmastet; und schließlich Fenton, den kaltschnäuzigen, tüchtigen Fenton, der breitbeinig dastand, Hände auf dem Rücken, als sei das Ganze nur Segelexerzieren.

Aber das war es nicht, denn jetzt brüllten die Kanonen des Indienfahrers aufs neue los. Wegen des spitzen Schußwinkels konnten die französischen Kanoniere nicht genau zielen, doch ein paar Kugeln trafen, besonders eine schnitt wie eine Sense übers Hauptdeck und schmetterte einen unglückseligen Marine-Infanteristen gegen das Steuerbordschanzkleid.

Jetzt mußte es gleich soweit sein. Kelso war sich darüber klar, daß er nicht länger Kurs halten konnte.

Und dann wußte er auf einmal, was er zu tun hatte.

Die *St. George* hatte soeben gefeuert. Eine Minute lang, bis die Geschütze ausgeputzt, neu geladen und wieder ausgerannt waren, blieb sie wehrlos. Da sie nur eine Prisenmannschaft hatte, würde es vielleicht sogar zwei Minuten dauern.

»Ruder Steuerbord!« schrie er dem Steuermann zu und wiederholte, da er Heslops Reaktion voraussah, mit lauter Stimme: »Steuerbordruder – aber mit Gefühl!«

Automatisch gehorchte der Steuermann. Es war ein völlig unwahrscheinlicher Befehl, aber die Disziplin siegte, und mit der Drehung des Rades schor die *Paragon* direkt auf ihre Gegnerin zu. »Achtung, Mr. Craig!« brüllte Kelso. »Klar zu Einzelfeuer!«

Dadurch, daß er Kurs auf die *St. George* und nicht von ihr weg gehalten hatte, war der Zeitpunkt des größtmöglichen Vorteils früher erreicht. Jetzt, da die beiden Schiffe fast parallel segelten, mußten die Breitseiten ihre stärkste Wirkung haben. Selbst ungeübte Kanoniere konnten auf so geringe Entfernung kaum danebenschießen. Doch während die Geschätze der *St. George* noch ausgeputzt und nach der letzten, fast wirkungslosen Breitseite erst wieder neu ausgerannt werden mußten, war die Batterie der *Paragon* feuerklar.

»Feuer!«

Heftig schwankte die *Paragon* unter dem fast gleichzeitigen Aufbrüllen ihrer Backbordgeschütze. Über dem Donner und den Schreien auf der *St. George* vernahm Kelso mit Befriedigung die scharfen Befehle Leutnant Craigs: »Stopfen! Ausputzen! Nachladen!«

Disziplin, Geschützexerzieren, Segelausbildung – das zählte jetzt. Es entschied über Niederlage oder Sieg.

»Geschütz Nummer eins feuerbereit, Sir!« – »Nummer zwei feuerbereit, Sir!«

Die *Paragon* segelte so viel schneller als ihre Gegnerin, daß Kelso glaubte, seine Kanoniere würden keine Zeit mehr für eine zweite Breitseite haben. Doch sie schafften es.

Während die Fregatte an ihrem gewichtigen Gegner vorüberrauschte, war Craigs Stimme deutlich über dem Lärm zu vernehmen: »Spannen! Zielen! Feuer!«

Wieder holte die *Paragon* über, als die Backbordgeschütze losbrüllten. Von der *St. George* scholl ein reißendes Krachen herüber, und Kelso fürchtete schon, daß die Klüverbäume kollidieren könnten.

»Da, Sir! Sehen Sie! Das Großmarssegel!«

Erregt deutete der Midshipman hinüber, und Kelso sah, daß ein Schuß wundersamerweise den Großmast der *St. George* direkt über dem Eselshoof durchschlagen hatte; Bram- und Oberbramstenge mit Rahen und Segeln neigten sich schwankend zur *Paragon* herüber. Er hatte keine Zeit zu überlegen, daß das betreffende Geschütz, das diesen Schuß gefeuert hatte, entweder zu starke Elevation gehabt oder zu spät abgezogen hatte, nämlich erst, als das Schiff unter dem Rückstoß der übrigen Geschütze nach Steuerbord gekrängt hatte. Eben ein Glückstreffer. Und im übrigen hatte er andere, wichtigere Sorgen.

Die *Paragon* hatte ihren Gegner fast ganz überholt, doch wenn sie nicht sofort den Kurs änderte, bestand immer noch Kollisionsgefahr.

»Ruder hart Backbord!« brüllte er, und dann, als sich der Bug nach Steuerbord drehte: »An die Brassen! Klar zur Wende!«

Jetzt konnte nämlich die Vergeltung kommen. Wenn die *Paragon* durch den Wind ging, mußte sie wohl oder übel dem Gegner das Heck zuwenden, und der Franzose würde das trotz des schweren Beschusses von vorhin bestimmt ausnutzen. Der Steuermann legte so hart Ruder, wie er nur irgend riskieren konnte, und mit dichtgebraßten Rahen ging die *Paragon* langsam vom Backbord- auf den Stuerbordbug.

»Das war wunderbar, Sir – wunderbar!« Nervös fuhr Kelso herum: Bradshaw stand neben ihm. »Wenn Sie entschuldigen wollen, Sir – solche Seemannschaft habe ich noch nie gesehen!« Kein Zweifel, daß Bradshaw es aufrichtig meinte.

»Danke«, nickte Kelso.

»Ich dachte wirklich, Sir, als Sie Kurs direkt auf den Gegner nahmen . . .«

Und das waren Bradshaws letzte Worte. Ein Schlag schmetterte aufs Achterdeck, und Kelso wurde umgerissen. Ein Midshipman, der an der Heckreling gestanden hatte, wurde gegen ihn geschleudert, denn eine Kugel fuhr übers Achterdeck, fegte über das Hauptdeck bis zum Vorderkastell und schnitt einem unglücklichem Matrosen, der in ihrer Bahn gestanden hatte, das Bein ab. Eine andere schlug in eins der Steuerbordgeschütze. Zwei Mann der Bedienung waren nur noch ein Brei von Blut und Knochen. Auch unter Deck hörte man Schreie von Verwundeten.

»Sind Sie verletzt, Sir?«

Fenton hatte Kelsos Arm gefaßt und half ihm auf. Mühsam befreite er sich von der Umklammerung des toten Midshipman und kam auf die Füße. Erleichtert sah er die untersetzte Gestalt des Steuermanns noch am Ruder.

»Ruderschaden, Mr. Heslop?«

»Nein, Sir. Sie wendet wie befohlen.«

»Gut!« Kelso ging zur Querreling und sah Craig neben einem der getroffenen Kanoniere knien.

»Mr. Craig!«

»Sir?«

»Lassen Sie das! Die Sanitätsgasten können das machen!«

»Aye, aye, Sir.«

»Kümmern Sie sich um Ihre Steuerbordbatterie. Klar zu Einzelfeuer!«

Die *Paragon* fiel weiter ab, und für den Augenblick war das Schlimmste vorbei. Die Schiffe lagen nun etwa vier Kabellängen auseinander auf gleicher Höhe. Jeder andere Kommandant wäre über die Atempause froh gewesen, aber für Kelso konnte es kaum schnell genug gehen. Die *St. George* war momentan, wenn auch nur teilweise, manövrierunfähig und lag genau in der Position, in der er sie haben wollte.

»Mr. Tregowan!«

»Sir?«

Der Hauptmann der Marine-Infanterie kam eilig die Kampanjetreppe herauf.

»Lassen Sie klarmachen zum Entern! Mr. Larkins – ich brauche vierzig Mann Verstärkung für Mr. Tregowans Enterkommando.«

»Aye, aye, Sir!«

»Und halten Sie die Wurfanker bereit!«

Erst als der Hauptmann der Seesoldaten säbelklirrend zum Hauptdeck hinunterstieg, sah Kelso Leutnant Bradshaw: er lag ans Schanzkleid gelehnt, als wolle er sich ausruhen, die Beine gespreizt, den Kopf zurückgelehnt. Er machte ein mild überraschtes Gesicht. Und er war tot.

Kelso holte tief Atem. Jetzt tat es ihm leid, daß er ihn vorhin so grob angefahren hatte. Sie beide hatten gute und böse Zeiten miteinander erlebt, und nun war er tot. Er kniete hin und faßte seine Hand. Sie war noch ganz warm. Dann stand er auf und sagte mit rauher Stimme zu dem überlebenden Midshipman: »Mr. Winston, besorgen Sie bitte ein Trägerkommando. Lassen Sie die Toten unter Deck schaffen.«

Jetzt war keine Zeit zum Trauern. Als er sich von seinem toten Freund abwandte, fuhr er zusammen, denn wieder donnerten die Geschütze der *Paragon.* Der Gegner war aber so weit weg, daß zwischen dem Abschuß und den fernen Gischtfontänen, die verrieten, daß die Breitseite gut lag, fast eine Sekunde verstrich. Die *St. George* erhielt mindestens zwei direkte Treffer, und ein deutliches Loch erschien dicht über der Wasserlinie.

Im selben Moment sah Kelso Qualmwolken auf der *St. George*: Ihre Geschütze hatten geantwortet.

›Und segne, was du uns bescheret hast!‹ Automatisch kam die traditionelle Lästerung von den Lippen des Steuermanns.

Und da schlug die Salve auch schon ein. Die französischen Kanoniere hatten nur den schmalen Rumpf der Fregatte als Ziel gehabt, und so richtete sie nicht viel Schaden an.

»Kursänderung, Mr. Heslop! Gehen Sie vor den Wind!«

Das war der richtige Moment. Eine bessere Chance bekam er nicht. Deswegen war es so wichtig gewesen, in Luv zu bleiben.

»Mr. Fenton! Ich greife jetzt vor dem Wind mit voller Fahrt an. Wir gehen längsseits und setzen Wurfanker. Dann entern wir sie!«

Zweifelnd blickte Fenton ihn an. »Sie wollen selbst hinüber, Sir? Wäre es nicht besser, wenn ...«

»Nein, Mr. Fenton. Wenn mir etwas zustoßen sollte, dann wissen Sie, was Sie zu tun haben!«

»Aye, aye, Sir.«

4

»So wurden Sie also entmastet?«

»Jawohl, Sir.«

»Und erhielten Treffer unter der Wasserlinie?«

Commodore James, Kommandant der Kampfflotte der East India Company, musterte mit einigem Mitgefühl den jungen Kommandanten der *Paragon.* Krumm und lahm war die Fregatte heute früh in den Hafen gekrochen, mit einem Notrigg am Großmast und einem Lecksegel über dem klaffenden Loch im Rumpf. Sie ähnelte keineswegs mehr dem schmucken Kriegsschiff, das vor knapp vierzehn Tagen ausgelaufen war, und der Commodore, der sich noch daran erinnerte, wie sein eigenes erstes Schiff zerschossen worden war, wollte Kelso helfen. Glücklicherweise war Bombay der Heimathafen der *Paragon*; sie war dort sogar auf der neuen Werft gebaut worden, und so gab es reichlich Teakholz und Tauwerk, gar nicht zu reden von den billigen einheimischen Arbeitskräften, um den Schaden zu reparieren.

»Zwei, drei Wochen, und sie ist wieder so gut wie neu«, sagte der Commodore und sah Kelso nachdenklich an. »Sie finden, daß sie gut segelt?«

Kelso bekam plötzlich glänzende Augen, und Begeisterung belebte sein sonst so verschlossenes Gesicht. »Ein wunderbares Schiff, Sir. Wir hatten zwar keinen schweren Sturm, aber manchmal doch ziemlich rauhe See, und wir liefen natürlich meist gegenan. Die ganze Zeit hat sie sich großartig benommen.«

»Sogar beim Gefecht mit der *St. George*?«

»Dabei ganz besonders, Sir. Sie wendet ungefähr in einem Viertel der Zeit und der Länge, wie sie die *St. George* braucht. Was die Geschwindigkeit betrifft, so machte sie bei Parallelkurs so rasche Fahrt, daß unsere Geschütze kaum Zeit für eine zweite Breitseite hatten, und die schafften wir auch nur, weil Mr. Craig so ein ausgezeichneter Batterieführer ist.«

Befriedigt nickte der Commodore. »Gut gemacht, Kelso. Ich glaube, Sie können mit dem Ergebnis Ihres ersten Gefechts ganz zufrieden sein. Wird sich gut machen im Bericht, das kann ich Ihnen versprechen.«

»Aber ich habe es nicht geschafft, die *St. George* zurückzuerobern«, wandte Kelson trübsinnig ein.

»Andererseits hat auch die *St. George* Ihr Schiff nicht nehmen können. Sie waren an Größe und Feuerkraft unterlegen und haben eine sehr geschickt gestellte Falle vermieden. Lieber Himmel, was wollen Sie noch, Kelso?«

»Die *St. George.*«

Der Commodore sah ihm über dem Tisch ins Gesicht und konnte nicht umhin, von der Entschlossenheit des jungen Mannes beeindruckt zu sein. Das magere, eckige Gesicht, die kalten Augen, der energische Mund – Kelso war ein geborener, passionierter Seemann. Er hatte das viel größere Schiff außer Gefecht gesetzt und war nur durch einen einzigen unglücklichen Schuß um seinen wohlverdienten Erfolg gekommen. Noch schlimmer: seine geliebte *Paragon* war schwer havariert. Diese Rechnung mußte beglichen werden.

Aber es war noch mehr als das. Ohne jedes Zeichen von innerer Bewegung fuhr Kelso fort: »Bradshaw, mein Erster Offizier, ist gefallen.«

»Weiß ich. Tut mir leid.«

»Wir beide waren die jüngsten Offiziere auf der *Shropshire* und alte Freunde.«

»Ja, gewiß, nur . . .«

»Wann werde ich erfahren, ob ich die *St. George* verfolgen darf?«

Bei jedem anderen Offizier hätte sich der Commodore über diese Dickköpfigkeit geärgert, aber für Kelso hatte er etwas übrig; er hatte ihn ja selbst zum Kommandanten der *Paragon* bestimmt und dabei andere, dienstältere Offiziere übergangen. Eine kleine Unmutsanwandlung verflog rasch, er lehnte sich in seinem Stuhl zurück und lachte. »Das eine muß man Ihnen lassen, Kelso – Sie wissen, was Sie wollen.«

Kelso verzog keine Miene und ließ den Commodore nicht aus den Augen. »Jawohl, Sir. Und wann werde ich es erfahren?«

»Heute abend.« Der Commodore stand auf und ging zur Tür. »Der Gouverneur gibt ein Gartenfest. Bestimmt sind Sie dabei willkommen.«

Instinktiv blickte Kelso an seiner schlechtsitzenden Uniform hinunter. Sie war neu oder fast neu, aber irgendwie war es ihm nicht gelungen, den eingeborenen Schneidern klarzumachen, daß er lang und dünn war, mit überdurchschnittlich langen Armen und Beinen. Schon als Midshipman hatte bei ihm keine Uniform richtig gesessen. Der Commodore übersah diesen Blick keineswegs. Lächelnd sagte er: »Großartig sehen Sie aus mit Ihrer Kapitäns-Epaulette. Kein Mädchen in Bombay wird Ihnen widerstehen können.«

»Und was nützt mir das in bezug auf die *St. George*?«

Der Commodore legte Kelso die Hand auf die Schulter. »Nun, das will ich Ihnen sagen. Zweifellos haben Sie ebensowenig Zeit für Gouverneursfeste wie ich, aber jedenfalls bekommen Sie da Gelegenheit, die Leute kennenzulernen, die Sie kennen müssen.«

»Heute abend?«

»Alle sind sie da: Richard Bouchier, der Gouverneur, als Gastgeber; und dann Hafenkommandant Turner, und ganz bestimmt mehrere Ratsmitglieder.«

»Sie meinen, wir können die Sache dort durchsprechen?«

»Warum nicht? Man ist bestimmt schon neugierig auf Ihren Bericht. Wenn Sie ihn heute abend erstatten und nicht erst morgen vormittag im Büro der Company, dann sparen Sie Zeit. Ich denke, die Herren hören sich lieber Ihren Bericht an als das Gequassel, das bei den meisten dieser verdammten Parties als ›gebildete Konversation‹ gilt.«

Kelso nickte. »Vielen Dank, Sir. Ich bin Ihnen sehr verbunden. Und ich soll sagen, daß ich die *St. George* verfolgen will?«

»Nicht sagen – darum bitten müssen Sie, Kelso. Man hat bestimmt noch nicht vergessen, daß Sie der jüngste Kapitän in unserer Marine sind.«

»Bitten soll ich also.«

Nachdenklich rieb sich der Commodore die eingefallenen Wangen. »Wissen Sie was? Lassen Sie's lieber, Kelso. Es ist vielleicht besser, wenn ich das mache.«

»Aber Sie fragen heute abend noch?«

Der Comodore schob ihn zur Tür. »Ja – bestimmt.«

Nach der unerträglichen Tageshitze war der Abend angenehm lind, und im Garten des Gouverneurs dominierten die bunten Farben. Als Kelso die Maidan Road entlangkam, sah er schon die Papierlaternen an Bäumen und Büschen und auf dem kurzen Rasen eine langsam kreisende Menge von Männern und Frauen, teils Arm in Arm, teils einfach nur nebeneinander; ab und zu löste sich in den fernsten, am wenigsten beleuchteten Ecken des Rasens ein Pärchen und verschwand in den buschgesäumten Nebenwegen. An diesem Abend würden sich allerlei Beziehungen anknüpfen, viele Versprechungen gemacht werden. Der letzte Konvoi aus Europa hatte das übliche Kontingent lediger Mädchen mitgebracht, ganz zu schweigen von reiferen Damen. Innerhalb eines Monats würden sie alle verheiratet sein.

Näher beim Hause, unter einem Bambusschirm, trafen sich die bedeutenderen Persönlichkeiten im Gespräch. Da stand Gouverneur Richard Bouchier lustig plaudernd mit Clarissa Turner, der Tochter des Hafenkommandanten. Emmerson, ein dicker gemütlicher Ratsherr, versuchte mühsam, mit einem seiner Kollegen, einem mageren, humorlosen Schotten, Konversation zu machen. Etwas abseits, wie das Gespenst beim Bankett, stand Commodore James und beschaute sich das bunte Treiben voller Mißbilligung.

Er wurde etwas munterer, als er Kelso über der den Rasen kommen sah. »Ah, da sind Sie ja.« Die Worte waren ermutigender, als sie klangen. »Warte schon 'ne geschlagene Stunde auf Sie.«

»Es war noch viel zu tun«, entgegnete Kelso knapp. »Ich mußte die *Paragon* ins Dock bringen.«

»Aye. Also werden Sie sich die ganze nächste Woche oder so vermutlich wie eine Mutter mit einem kranken Kind vorkommen.«

»Sind alle da?« Kelso musterte die Gäste. Er bemerkte den Gouverneur und Hafenkommandant Turner, den er nur vom Sehen kannte. Emmerson kannte er persönlich und Raikes auch. Es war typisch für Kelso, daß er in seinem Eifer das eindeutig an seine Adresse gerichtete kokette Augen- und Fächerspiel Clarissa Turners gar nicht wahrnahm.

»Aye, alle da. Kommen Sie, wir wollen Sie bekannt machen.«

Kelso folgte dem Commodore, der sich ziemlich rücksichtslos durch die Menge schob; und wenn er überhaupt hörte, daß der eine oder andere ihn begrüßte, so reagierte er gar nicht darauf. Er hatte nur einen Gedanken im Kopf: an den lahmgeschossenen Indienfahrer, der mit einer französischen Prisenmannschaft an Bord Kurs auf die Ile de France hielt, wo er in Sicherheit sein würde.

»Da ist er endlich«, sprach Commodore James den Gouverneur an. »Darf ich Ihnen unseren jungen Freund Kelso bringen?«

Interessiert blickte der Gouverneur den Kommandanten der *Paragon* an und streckte die Hand aus. »Ah – ein alter Bekannter!«

Kelso erwiderte seinen festen Händedruck. »Sehr erfreut, die Bekanntschaft zu erneuern, Sir.« Er zögerte nur kurz und fuhr dann fort: »Und jetzt, wenn Sie gestatten, würde ich gern berichten.«

»Moment!« lachte der Gouverneur und hob die Hand. »Zu allererst müssen Sie einige meiner Gäste kennenlernen.« Er wandte sich dem hübschen Mädchen an seiner Seite zu: »Miss Clarissa Turner zum Beispiel.«

Kelso hatte kaum einen Blick für sie, neigte nur kurz den Kopf und murmelte: »Zu Ihren Diensten, Ma'am.«

Doch das störte sie nicht im geringsten. »Ich bin entzückt, Sie kennenzulernen und daheim willkommen zu heißen, Captain. Man hört viel Schmeichelhaftes von Ihnen.«

Mehr von ihren Worten als von ihrer Schönheit beeindruckt – die sah er kaum –, blickte er sie leicht verwirrt an. »Schmeichelhaftes, Ma'am? Ich verstehe nicht.«

Unbekümmert lächelte sie ihn an. »Von Ihrem Treffen mit der *St. George*, einem Schiff, doppelt so groß wie Ihres, und daß Sie nicht in die Falle gegangen sind, die der französische Kommandant Ihnen stellte; und daß Sie ihr den Großmast weggeschossen haben.«

»Dafür hat sie mir meinen auch weggeschossen, Ma'am«, entgegnete Kelso kühl. »Die *St. George* hat sich voll und ganz revanchiert – und ist mir entwischt. So sieht's aus.«

»Ja, aber so ein großes Schiff!«

»Auf den großen Schiffen kämpft es sich nicht immer am besten«, stellte Kelso abschließend fest, wandte sich dann unvermittelt wieder dem Gouverneur zu und sagte: »Und nun, Sir, wenn ich berichten darf . . .«

Offensichtlich war der Gouverneur irritiert, besonders über die kurzangebundene Art, mit der dieser junge Kapitän das hübsche Mädchen behandelte. »Aber wir sind doch auf einem Fest, junger Mann. Ich habe Pflichten meinen Gästen gegenüber. Hat das nicht Zeit bis morgen?«

»Heute wäre es besser, Sir. Ich habe es eilig, wieder auf See zu kommen.«

»Ihr Schiff ist doch beschädigt – oder bin ich da falsch informiert?«

»Ich habe es heute nachmittag ins Dock gebracht, Sir. Mit etwas Glück kann es in einer Woche fertig sein.«

»Darauf möchte ich keine Wette eingehen«, lachte der Gouverneur. »Sie kennen unsere eingeborenen Arbeiter nicht.«

»Ich kenne sie, Sir – und sie kennen mich.«

Commodore James, der im Hintergrund zugehört hatte, lachte bei diesen Worten leise auf. »Kelso schafft das schon, Sir. Er scheucht diese Arbeiter auf wie der Teufel persönlich.«

»Schrecklich«, rief Clarissa Turner dazwischen. »Sie haben ja einen schlimmen Ruf!« Doch sie lächelte dabei.

Kelso ging nicht darauf ein. »Wie gesagt, Sir, es wäre besser, wenn ich Ihnen gleich heute abend berichten könnte.«

Unschlüssig blieb der Gouverneur stehen. Eigentlich wollte er ablehnen, doch vermutlich würde er diesen dickschädeligen jungen Mann damit nicht loswerden. »Also schön. Kommen Sie mit ins Haus. Miss Turner – wenn Sie uns bitte entschuldigen wollen?«

»Gewiß«, lächelte sie strahlend. »Ich gehe dann zu Mama.« Sie wandte sich um. »Vielleicht sehen wir uns noch?« Das war für Kelso bestimmt.

Der nickte zerstreut und ging dem Gouverneur voran auf das Haus zu. Hinter sich hörte er den Commodore sagen: »Ein entschlossener junger Mann, wie Sie sehen. Aber er hat ganz vernünftige Ideen.«

»Freut mich zu hören.«

»Ich schlage vor, Sir, Sie bitten Turner und die beiden Herren vom Rat dazu.«

»Um den Bericht eines Fregattenkapitäns anzuhören?«

»Ich glaube, sie werden finden, daß es sich lohnt.«

Im Arbeitszimmer des Gouverneurs trafen sie sich: Turner und Commodore James an der einen Längsseite des Tisches, Emmerson und Raikes an der anderen; Kelso am unteren Tischende wartete ungeduldig, bis der Gouverneur seinen Platz am oberen Ende eingenommen hatte.

»Gentlemen, ich bitte um Entschuldigung, daß ich Sie den Damen entzogen habe, doch Captain Kelso hier ist heute eingelaufen. Wie Sie bereits wissen, hat er die Nachricht mitgebracht, daß wir wieder Krieg mit Frankreich haben. Commodore James meint, er hätte noch weitere Informationen, die von Wichtigkeit sein könnten.«

Stille fiel ein, die nur vom leisen Fächerrauschen an der Zimmerdecke unterbrochen wurde; schließlich sagte der Gouverneur nervös: »Na, Kelso, lassen Sie hören.«

»Wir befinden uns mit Frankreich im Kriege«, begann Kelso. »Dessen können wir wohl sicher sein. Commodore Braithwaite hat es mir persönlich gesagt, und Lieutenant Chauvelin hat es bestätigt.«

»Chauvelin?«

»Der Franzose, den ich gefangengenommen habe.«

»Sie meinen, Sie haben einen Franzosen mitgebracht? Wie, um Himmels willen, haben Sie denn das gemacht? Ist er über Bord gefallen?« fragte Emmerson.

»Gewissermaßen.« Wider Willen mußte Kelson lächeln.

»Auf jeden Fall«, warf Commodore James ein, »ist die Tatsache, daß sich die *St. George* in französischen Händen befindet, Beweis genug. Das war doch, verdammt noch mal, ein Akt offener Feindseligkeit.«

»Es sei denn, die französische Besatzung waren Freibeuter«, gab Raikes zu bedenken.

»Das sind keine Freibeuter«, erwiderte Kelso. »Der Mann, der sich Captain Smith nannte, heißt in Wirklichkeit Ferrand.«

»Admiral Ferrand?« Emmerson verlor seine weltmännische Sicherheit und war ehrlich betroffen.

Kelso zuckte die Schultern. »Wie er sich nun nennen mag – von seiner Seemannschaft war ich jedenfalls nicht sonderlich beeindruckt.«

»Ein fremdes Schiff«, sagte Commodore James warnend, »und wahrscheinlich mit Notbesatzung. Irren Sie sich da bloß nicht: er ist ein starker Gegner.«

»Moment mal«, fuhr der Gouverneur nervös dazwischen, »wer ist denn dieser Ferrand?«

»Ein Glücksritter«, erläuterte Commodore James, »ein Söldner. Eine Zeitlang kommandierte er Kaperschiffe, dann war er Freibeuter, und schließlich schloß er sich den Frogs an. Hat ein paar Einzelaktionen gewonnen und sich damit einen Namen gemacht. Innerhalb eines Jahres wurde er zum Admiral befördert.«

»Und jetzt ist er in diesen Gewässern«, nickte der Gouverneur düster. »Das ist ein weiterer Beweis dafür, daß wir Krieg mit den Franzosen haben.«

Trotz der Deckenfächer war es heiß im Zimmer, und der Gouverneur ging ein Fenster öffnen. Sofort durchflutete der Lärm der Party den Raum, was unter diesen Umständen besonders frivol wirkte. Den Grundton bildete das unaufhörliche Geplauder, ansteigend und abfallend wie Ebbe und Flut; ab und zu erhob sich darüber das helle Auflachen einer Frau oder das tiefere eines Mannes. Irgendwo im Hintergrund spielte eine Amateurkapelle, und aus einem verfallenen Brunnen tönte das Quaken der Ochsenfrösche.

»Ja, meine Herren«, sagte der Gouverneur und nahm seinen Platz wieder ein; »wir müssen wohl davon ausgehen, daß wir uns im Krieg mit Frankreich befinden und entsprechend unsere Maßnahmen planen. Als erstes, schlage ich vor, geben wir Nachricht an die Coromandelküste. Dort haben sie die Franzosen sozusagen vor der Tür und sind besonders gefährdet.«

»Ein Schiff läuft morgen aus«, sagte Commodore James. »Die Sloop *Enterprise* nach Fort St. George. Schreiben Sie Ihre Depeschen, Sir; ich sorge dafür, daß sie abgeliefert werden.«

»Ausgezeichnet. Nun, das wäre das. Jetzt zu unserer eigenen Verteidigung.«

»Angriff, Sir«, warf Kelso unvermittelt dazwischen. »Das ist die beste Verteidigung.«

Irritiert durch die Unterbrechung, blickte der Gouverneur vor sich auf den Tisch. »Ich habe Sie nicht um Ihre Meinung gebeten, Captain. Das ist Angelegenheit der Ratsherren.« Noch rechtzeitig erinnerte er sich an Commodore James: »Und unserer Marine- und Armeebefehlshaber!«

»Jawohl, Sir«, erwiderte Kelso, »aber das ändert nichts an der Tatsache.«

Der Gouverneur, dessen nicht eben sanftes Temperament allgemein bekannt war, bekam rote Flecken im Gesicht und sah aus, als wolle er gleich explodieren. Doch bevor es dazu kam, trat der Commodore dazwischen. »Mit allem Respekt, Sir, zuerst müssen wir die Fakten kennen. Und die, soweit sie konkret sind, weiß Kelso. Wollen doch mal hören, was er zu sagen hat.«

Der Gouverneur war immer noch böse. Er sah sich am Tisch nach Unterstützung um, doch alle wichen seinem Blick aus, und schließlich mußte er einlenken. »Also schön, Kelso, dann geben Sie Ihren Bericht. Aber möglichst kurz!«

Kelso, der offenbar gar nicht merkte, wie wütend der Gouverneur war – oder sich zum mindesten nichts daraus machte –, beugte sich vor und stützte sich mit den Unterarmen auf den Tisch. »Wie Sie wissen, Sir, lautete mein Auftrag, mich mit der *St. George* und dem auf Ostkurs segelnden Konvoi zu treffen und sie nach Bombay zu geleiten. Jedoch schon die Tatsache, daß die *St. George* allein segelte, kam mir verdächtig vor.«

»Was ist mit den anderen Schiffen?« fragte der Gouverneur. »Sagen Sie bloß nicht, die Frogs haben auch sie erwischt.«

»Ich glaube nicht, Sir. Chauvelin, der Franzose, den ich gefangengenommen habe, sagt, daß sie nur auf die *St. George* gestoßen sind. Es ist anzunehmen, daß der Gouverneur von St. Helena wegen der Kriegserklärung nicht den ganzen Konvoi riskieren wollte, sondern die *St. George*, die ja einer unserer kampfstärksten Indienfahrer ist, allein losschickte.«

»Wozu?«

»Um die Depeschen aus England nach Bombay zu bringen, damit Sie wissen, daß der Krieg erklärt ist.«

Der Gouverneur trommelte auf der Tischplatte. »Möglich. Aber was haben sich die Franzosen gedacht, als sie mit der *St. George* Kurs auf diese Küste nahmen?«

»Sie ist von der *Toulon*, Admiral Ferrands Flaggschiff, aufgebracht worden.«

»Von einem einzelnen Schiff?« rief der Gouverneur aus. »Hat sie denn nicht gekämpft?«

»Die *Toulon* ist ein Linienschiff mit 55 Kanonen«, warf Commodore James ein.

»Und Fregattenunterstützung hatten sie auch«, fügte Kelso hinzu. »Wie stark, weiß ich allerdings nicht. Das wollte Chauvelin mir nicht verraten; aber ich schätze, vier Fregatten und wahrscheinlich zwei, drei Schaluppen.«

»So, schätzen Sie!« knurrte der Gouverneur. »Wie wär's, wenn Sie bei den Tatsachen blieben?«

»Kelso hat wahrscheinlich recht«, sagte Commodore James.

»Wenigstens sprach unser Freund Chauvelin ganz offen über ihre Absichten«, fuhr Kelso fort. »In der Annahme, daß wir noch nichts über den Kriegszustand wissen – Commodore Braithwaites Depeschen fielen ihnen wahrscheinlich in die Hände –, hat sich Ferrand entschlossen, die Situation zu seinem Vorteil auszunutzen. Den größten Teil der britischen Besatzung hat er mitgenommen.«

»Und die liegen jetzt in irgendeinem französischen Gefangenenlager herum«, murmelte Emmerson trübe.

»Für die Segelbedienung sind genügend an Bord geblieben. Der Rest sind natürlich Franzosen von der *Toulon* und den anderen Schiffen aus ihrem Verband.«

»Aber was hat Ferrand eigentlich vor?« fragte der Gouverneur wieder. »Warum geht er so ein Risiko ein?«

»Weil es ihm den Vorteil des Überraschungsmomentes eingebracht hat, Sir. Was kann unschuldiger aussehen als ein schwerbeladener Indienfahrer unter Company-Flagge, noch dazu einer, der erwartet wird?«

»Sie meinen, er hätte unsere Schiffe täuschen und kapern können?«

»Jawohl, Sir. Er hätte sich mit der *St. George* viele Prisen vor Malabar holen können, ehe ihre wahre Identität entdeckt wurde.«

»Bei Gott, ja!« rief Emmerson. »In ein paar Wochen hätte er unsere ganze Schiffahrt gelähmt!«

»Daß es nicht dazu gekommen ist, haben wir Kelso zu verdanken«, bemerkte Commodore James.

Kelso wurde rot. »Ich hatte Glück, Sir. Die *Paragon* war eben gerade zur Stelle.«

»Und außerdem haben Sie, was die Hauptsache ist, den Trick durchschaut.«

»Die Frage ist: kann ich sie jetzt verfolgen?« bohrte Kelso ungeduldig und blickte seinen Gesprächspartnern in die überraschten, ungläubigen Gesichter.

»Sie sind noch nicht seeklar«, erinnerte ihn der Gouverneur.

»In einer Woche schon.«

»Und dann liegt die *St. George* wahrscheinlich schon bei der Ile de France.«

»Das bezweifle ich, Sir. Es wird eine lange, schwierige Reise, besonders mit einem Notmast. Die *Paragon* ist vermutlich das schnellste Schiff in diesen Gewässern. Es besteht durchaus die Chance, daß ich sie einhole.«

»Aber nur eine Chance – das geben Sie doch zu?«

»Ich sehe immer den Tatsachen ins Auge, Sir. Auf jeden Fall muß man die Franzosen in ihren eigenen Gewässern angreifen. Die Ile de France ist die Basis für alle ihre Unternehmungen. Lassen Sie mich dort operieren, genauso wie sie es bei uns vorhatten.«

Der Gouverneur wußte nicht gleich, was er dazu sagen sollte. Der Plan hörte sich ganz gut an, und Kühnheit gefiel ihm. Doch er war kein Seemann. Turner dagegen, der Hafenkommandant, war einer. »Verrückt«, sagte er, »total irrsinnig. Eine einzige Fregatte gegen die französische Flotte! Sie müssen den Verstand verloren haben.«

»Ich habe nicht die Absicht, mich mit der französischen Flotte anzulegen«, erwiderte Kelso, »wenigstens nicht mit der ganzen auf einmal.«

»Freut mich zu hören.«

»Meine erste Aufgabe wäre, die *St. George* zurückzuholen«, erläuterte Kelso. »Das zumindest kann ich schaffen.«

»Sind Sie da so sicher?«

»Jawohl. Anschließend würde ich sie mit Ihrer Erlaubnis nach St. Helena eskortieren.«

»Und dann?«

»Nehme ich Kurs auf die Ile de France.«

Verzweifelt starrte ihn der Hafenkommandant an. »Ich will Ihnen nicht zu nahe treten, Kelso. Sie sind jung, und ich bewundere Ihren Mut. Aber Ihr Plan – ich kann es nur wiederholen – Ihr Plan ist purer Irrsinn.«

Der Gouverneur war ein intelligenter Mann und ein guter Verwaltungsbeamter. Trotz Turners Ablehnung war er nicht bereit, den Plan ohne weiteres zu verwerfen. Nach kurzem Nachdenken fragte er, ohne den Kopf zu wenden: »Was meint Commodore James dazu?«

Wie der Commodore da auf seiner Stuhlkante hockte – seine Füße berührten kaum den Boden –, sah er fast wie ein Schuljunge aus; doch seine schnelle, entschiedene Antwort verriet die Urteilskraft eines erfahrenen Mannes. »Kelso ist der geborene Seemann. Er fährt ein neues Schiff, das sich bereits im Gefecht bewährt hat und überdies jedes Fahrzeug, das ihm die Franzosen entgegenstellen können, ausmanövrieren kann. Sein Plan ist kühn, aber ich meine, er hat recht. Er hat den Vorteil der Überraschung. Auch ich bin der Meinung, daß man die Franzosen in ihren eigenen Gewässern angreifen muß. Wir sollten Kelsos Vorschlag zustimmen.«

Der Gouverneur sah erst ihn, dann Kelso lange und nachdenklich an. Er schien noch unentschieden zu sein. Dann schlug er auf die Stuhllehne und stand auf. »Die Sache muß noch überdacht werden, Gentlemen. Ich schlage vor, wir treffen uns morgen früh im Büro der Company wieder. Captain Kelso, wenn Sie morgen um zehn Uhr dort sein wollen, werden Sie unsere Entscheidung hören.«

5

Als er die breite, balustradengesäumte Treppe hinunter in den Gouverneurspark schritt, brodelte es in ihm vor Ungeduld. Kaum bemerkte er, daß die Party noch im Gange war; kleine Gruppen standen noch unter dem Bambusdach im Gespräch, die jungen Damen und ihre Verehrer schlenderten auf dem Rasen herum, auf dem schwach beleuchteten Balkon fiedelten die Amateurmusiker. Kelso fand das frivol. Er sah den Ernst der Situation, er war Seemann, er dachte an morgen, an die *St. George*, die jetzt in Feindeshand war, an die französische Flotte, die bei der Ile de France auf der Lauer lag, bereit, sich auf jeden reichbeladenen Ostindienfahrer zu stürzen, der sich traute, das Kap zu runden. Wenn man nicht gleich etwas unternahm, hatten die Franzosen bald die Herrschaft über die Meere erobert.

»Na, es hätte schlimmer kommen können.«

Er wandte sich um – neben ihm schritt Commodore James, verständnisvoll lächelnd.

»Ich weiß nicht. Alles hängt von morgen ab.«

Der Commodore schwieg, bis er langsam und nicht ohne Mühe die Treppe hinuntergeschritten war. Er war kein alter Mann, aber dreißig Jahre im Dienst der Company, meist unter indischer Sonne, hatten ihren Zoll gefordert. »Das Schlimme ist, Kelso«, sagte er, als sie unten auf dem Rasen waren, »daß man hier in Indien, zehntausend Meilen von zu Hause, zum Insulaner wird. Je länger man hier lebt, um so engstirniger wird man.«

»Aber Sie haben länger als jeder andere hier gelebt«, bemerkte Kelso.

»Aye.« Der Commodore schien das als Kompliment aufzufassen, denn er lachte vor sich hin. »Vielleicht liegt es auch bloß daran, daß ich von Natur aus furchtbar stur bin.«

»Stur sind die da oben, Mr. Turner und Konsorten.«

Der Oberkommandierende nahm ihn beim Arm. »Nein, nein – Sie dürfen nicht unfair sein. Turner ist ein guter Mann. Er ist nur – wie die anderen auch – überaus vorsichtig.«

»Was denken Sie, wie sie morgen stimmen werden?«

Der Commodore war ein zu ehrlicher Mann, um mit leichten Worten darüber hinwegzugehen. Er blieb kurz vor dem Bambusgehölz stehen und überlegte. »Ich möchte keine Wette darauf eingehen, Kelso, und das ist die reine Wahrheit. Emmerson kann ich wohl überzeugen und den Gouverneur vielleicht auch. Bei Raikes bin ich nicht so sicher.«

»Und die anderen Ratsmitglieder?«

»Das ist eben die Schwierigkeit. Aber es kann sein, daß Turner eher die Sprache spricht, die sie hören wollen.«

»Es ist unerträglich, daß auf solche Art über die wichtigsten Angelegenheiten der Company entschieden wird«, sagte Kelso wütend.

»Oh, so weit möchte ich nicht gehen.« Der Commodore wandte sich um und sah blinzelnd zu Kelso hoch. »Sie sind noch jung, Kelso. In Ihrem Alter sieht alles leicht aus und gradlinig. Wenn Sie so alt sind wie ich, werden Sie merken, daß nicht immer alles so einfach liegt, wie es aussieht.«

»Ich weiß, was ich will und was ich für richtig halte. Ob man dasselbe von Mr. Turner sagen kann, weiß ich nicht.«

»Habe ich richtig gehört – erwähnten Sie eben meinen Namen, Captain?«

Unwillig wandte sich Kelso um – neben ihm stand das Mädchen, das vorhin mit dem Gouverneur geplaudert hatte. Ein hübsches Mädchen, ganz bestimmt, mit einem kecken, mutwilligen Gesicht und einem unbekümmerten und zugleich herausfordernden Lächeln.

»Ich glaube kaum, Ma'am«, entgegnete er kurz. »Der Commodore und ich haben über wichtige Dinge zu reden. Und jetzt, wenn Sie mich entschuldigen wollen –«

»Schämen Sie sich, Kelso«, untersprach ihn der Commodore lächelnd, »worüber könnten wir wohl reden, das nur halb so wichtig wäre wie die Unterhaltung mit einem so hübschen Mädchen?«

Kelso war wütend über diese Unterbrechung und konnte seine

Gefühle nur schwer beherrschen. Er warf dem Commodore einen vorwurfsvollen Blick zu, brachte aber kein Wort heraus.

»Nun, Captain?« Siegesgewiß lächelte sie ihn an.

»Pardon, Ma'am, aber ich bin heute erst eingelaufen. Ich habe sehr viel zu tun.«

Der Commodore ließ nicht locker. »Unsinn! Ihr Schiff liegt sicher im Dock, und Ihre Leute sind zweifellos bei Madame Rosa. Was können Sie schon groß tun?«

»Nun . . .« Ein Blick in das gutmütige Gesicht des Commodore verriet Kelso, daß da nichts zu machen war.

»Na los, Mann! Amüsieren Sie sich«, sagte der Commodore.

»Ja, gewiß . . .«

»Also kommen Sie, Captain«, forderte ihn das Mädchen auf. »Sie sind ja noch nicht hiergewesen, da will ich Ihnen erst einmal den Park zeigen.«

iSie schritten zunächst wortlos weiter; und als ein aufdringlicher junger Mann munter herzutrat und sie ansprach, wies sie ihn energisch ab. Ganz offensichtlich wollte sie sich keine Minute dieses Spazierganges nehmen lassen. Sie gelangten zum Ende des von Laternen beleuchteten Rasens, und ehe Kelso wußte, wie ihm geschah, hatte sie sich bei ihm eingehängt und führte ihn in das Dunkel der Hecken.

»Wo gehen wir hin?«

»Weg von den Leuten«, erwiderte sie, »irgendwohin, wo wir reden können.«

»Ja, aber . . .«

»Sie sind doch ein Mann, der Menschenansammlungen haßt, nicht wahr, Captain?«

»Ja, das kann schon stimmen.«

»Deswegen gehe ich mit Ihnen hierher, wo wir allein sind.« Sie mußte gemerkt haben, daß sein Arm starr wurde, denn sie lachte: »Keine Angst, Captain. Ich tue Ihnen nichts.«

Gemessen erwiderte er: »An mich habe ich dabei nicht gedacht.«

»Oh?« Ihren Arm noch in dem seinen, wandte sie sich ihm zu, so daß sie zu seinem Gesicht aufblicken konnte. »Wollen Sie damit sagen, daß Sie wirklich um mich – besorgt sind?«

»Jetzt wollen Sie sich über mich lustig machen, Ma'am. Sie sind ein junges Mädchen – ein unvernünftiges junges Mädchen, hätte ich beinahe gesagt --, und solange Sie bei mir sind, muß ich Sie beschützen.«

»Oh.« Sie kuschelte sich zufrieden an ihn. »Dann ist ja alles gut. Ich fühle mich bei dem berühmten Captain Kelso vollkommen sicher.«

Sie kamen an eine Brücke, die einen über seine Ufer getretenen Bach kreuzte. Ochsenfroschquaken und Akaziendüfte füllten die Luft. Sie blieben stehen und blickten, auf das Holzgeländer gestützt, ins Wasser hinunter, und irgendwie schaffte sie es dabei, sich noch enger an ihn zu schmiegen. Er spürte die sanfte Zartheit ihres Körpers, ihr Haar, das sein Kinn kitzelte und so süß duftete wie der Morgenwind auf See. Irgendwo sang ein Vogel, und draußen auf der Maidan Road bellte ein Hund.

»Turner!« rief er plötzlich aus. »Hat er nicht ›Miss Turner‹ zu Ihnen gesagt?« In seiner Erregung hatte er sich losgemacht, und sie blickte ihn erstaunt an.

»Wer?«

»Dieser junge Bursche vorhin. Hat er Sie nicht Miss Turner genannt?«

»Gewiß.« Immer noch sah sie ihn verwirrt an. »Als wir heute abend einander vorgestellt wurden . . .«

»Da hatte ich andere Dinge im Kopf«, bekannte er freimütig. »Ich hatte keine Ahnung, daß Sie die Tochter des Hafenkommandanten sind.«

»Nun, dann wissen Sie es jetzt.« Allmählich schien er ihr etwas merkwürdig vorzukommen. »Das spielt doch keine Rolle – oder?«

»Nein.« Pfiffig blickte er sie durch halbgeschlossene Lider an. »Nein, durchaus nicht. Jedenfalls, Miss Turner, bin ich entzückt, Sie kennenzulernen.«

Wenn sie sich über seinen plötzlichen Stimmungsumschwung wunderte, so war sie doch zu froh darüber, um lange darüber nachzudenken. In Sekundenschnelle hatte sie ihre Koketterie wiedergefunden. »Sind Sie wirklich entzückt, mich kennenzulernen, Captain?«

»Aber ganz bestimmt«, versicherte er. »So ein hübsches Mädchen und so eine – reizende Begleiterin.«

Wieder kuschelte sie sich an und nahm seinen Arm. »Warum sagen Sie Miss Turner zu mir? Wenn Sie über meine Bekanntschaft so entzückt sind – können Sie sich dann nicht dazu aufschwingen, mich beim Vornamen zu nennen?«

»Den habe ich vergessen«, gestand er freimütig.

»Oh!« In gespieltem Zorn stieß sie ihn zurück. »Sie sind mir vielleicht einer!« Dann kam sie wieder näher, und auf einmal hatte sie ihn umfaßt. »Clarissa heiße ich!«

»Ach ja – Clarissa.«

Er besaß kaum Erfahrung mit Frauen, und – er schämte sich, es zuzugeben – wußte nicht, was er machen sollte. Doch Clarissa erwies sich als hilfsbereit. »Küß mich«, flüsterte sie und hob ihm das Gesicht entgegen.

Er nahm sie in den Arm, und zu seiner freudigen Überraschung wurde es ein sehr angenehmer, ausführlicher Kuß. Sie entspannte sich in seinen Armen, und auf einmal war alles viel einfacher, als er es sich vorgestellt hatte. Ihr emporgewandtes Gesichtchen war gar nicht mehr keck, sondern jung, zärtlich und aufrichtig. Leidenschaftlich erwiderte sie seine Küsse und klammerte sich an ihn, als wolle sie ihn nie mehr loslassen.

Endlich machte er sich frei und trat zum Brückengeländer. Als sie nachgekommen war, fragte er beiläufig: »Clarissa, spricht dein Vater manchmal zu Hause über den Dienst?«

»Über seine Hafenkommandantur?« lachte sie. »Wenn Mama nicht ab und zu energisch würde, hätten wir zu Hause überhaupt kein anderes Thema. Von morgens bis abends heißt es die Company hier und die Company da. Wenn man Daddy reden hört, denkt man, es gibt auf der ganzen Welt keine so guten Schiffe wie die der Company.«

»Gibt es auch nicht.«

Sie mußte lachen. »Oh, das hatte ich vergessen. Du bist wahrscheinlich ebenso schlimm wie Daddy – oder wirst es in zwanzig Jahren sein.«

»Unsere Ostindienfahrer und die Kampfschiffe der Bombay-Marine sind die besten der Welt«, sagte Kelso mit Überzeugung. »Du solltest nicht über deinen Vater lachen.«

Kokett hob sie die Schultern. »Kann sein. Auf jeden Fall müssen wir nicht ausgerechnet jetzt darüber reden.« Sie kam wieder dicht heran und umfaßte ihn.

»Augenblick.« Etwas abwesend nahm er sie in die Arme. »Clarissa – würdest du vielleicht etwas für mich tun?«

»Aber alles!« Dabei sah sie einfach entzückend aus. »Du brauchst es nur zu sagen.«

»Es handelt sich um deinen Vater. Morgen findet eine Ratssitzung statt, bei der er anwesend sein wird.«

»Und?«

»Sie werden darüber abstimmen, ob ich mit der *Paragon* zur Ile de France segeln soll.«

»Aber die ist doch französich, nicht wahr? Jemand hat mir erzählt, daß wir mit Frankreich im Krieg sind.«

»Stimmt. Wir haben Krieg. Deswegen will ich ja hin.«

»Was?« Sie entwand sich ihm. »Du meinst, mein Vater soll dafür stimmen, daß du dich in Gefahr begibst?«

»Ja.«

»Aber wenn es dazu kommt – wann sehe ich dich dann wieder?«

»Ich komme zurück.« Sein Leben lang hatte er immer nur die nackte Wahrheit gesagt, aber jetzt entschloß er sich zu einem Kompromiß. »Und ich werde die ganze Zeit an dich denken!«

»Oh, Roger – wirklich?« Fest preßte sie sich an ihn. »Und ich auch an dich!«

»Du sprichst also mit deinem Vater?«

»Worüber?«

»Über diese Mission der *Paragon.*«

»Ich soll ihn dazu überreden, daß er dich wegschickt?«

»Bitte, Clarissa.« Er umfaßte sie fester. »Ich werde dir ewig dankbar sein.«

Scheinbar überlegte sie noch, doch an ihrem Lächeln sah er, daß er gewonnen hatte. Sie zog ihn an sich und küßte ihn auf Augen, Wangen und Mund. »Roger, mein Liebling! Ich tue alles für dich. Alles!«

»Und du redest heute noch mit deinem Vater?«

»Ich verspreche es dir.«

Jetzt, da er sein Ziel erreicht hatte, waren seine Küsse nicht mehr so leidenschaftlich; aber Clarissa war nicht für halbe Sachen. Fest schlang sie die Arme um seinen Hals und küßte ihn, als wolle sie ihn verzehren. Ihre Lippen fanden sich und blieben eine halbe Ewigkeit vereint. Er überlegte gerade, wie er sich freimachen könnte, ohne ihre Gefühle zu verletzten; da wurden sie von einer schneidenden Stimme gestört, die aus der Dunkelheit kam.

»Nein, wirklich! Das ist ja ekelhaft!«

Sie fuhren auseinander, beide einigermaßen zerzaust, und erblickten im Halbdunkel jenseits der Brücke zwei schwarze, bedrohliche Gestalten: den Reverend James McPhee und seine Tochter.

6

Die McPhees waren in ganz Bombay berühmt, man konnte fast sagen berüchtigt. Der Vater, ein strenger, bigotter Mann der Kirche, war den Regierenden schon seit langem ein Dorn im Fleische. Seine Tochter Elspeth war nach allgemeiner Ansicht noch schlimmer. Sie glaubten an Höllenfeuer, Teufel und ewige Verdammnis und hielten es für ihre Christenpflicht, jeden vermeintlichen Sünder an die Qualen zu erinnern, die im Jenseits seiner harrten.

In jeder anderen Stadt wären sie nur lästig gewesen; doch hier in Bombay mit seiner gemischten, unter unnatürlichen Bedingungen lebenden Gesellschaft waren sie eine ständige Bedrohung. Ein kleiner, noch so unschuldiger Flirt, und die betreffende Dame mußte damit rechnen, daß ihr Name am nächsten Sonntag von der Kanzel gedonnert wurde. Verbrachte ein verheirateter Mann den Abend bei *Cartier*, dem exklusiven Spielsalon und Bordell, so wurde er öffentlich als Wüstling oder noch Schlimmeres gebrandmarkt. Erst vor ein paar Wochen hatte ein empörter Ehemann vor der Kirche gewartet und Ehrwürden mit der Reitpeitsche gedroht, wenn er nicht die Anschuldigungen gegen seine Frau zurücknähme. Aber McPhee war ebenso dickköpfig wie bigott; und als der empörte Gatte ihm ein paar Tage später nochmals entgegentrat, war es Tochter Elspeth, die ihren Vater vor Prügeln rettete. Die McPhees waren furchtlos, aufrecht und unbarmherzig. Und außerdem die zwei unbeliebtesten Menschen in ganz Bombay.

»Wie ekelhaft!« wiederholte Elspeth McPhee, wobei sie Kelso und das Mädchen empört anstarrte. Viel konnte sie in dem Dunkel unter den Bäumen nicht sehen, doch offenbar reichte es, um ihren schlimmsten Verdacht zu bestätigen. »Bestimmt sind Sie noch nicht einmal verheiratet!«

»Ob wir verheiratet sind oder nicht, geht Sie gar nichts an«, erwiderte Kelso. »Und wenn Sie unser Verhalten so ekelhaft finden, schlage ich vor, Sie drehen sich um und gehen wieder ins Haus.«

»O Himmel!« rief Ehrwürden McPhee aus und kam seiner Tochter zu Hilfe. »Was für eine Unverschämtheit!«

»Im Gegenteil – unverschämt sind Sie!«

»Was unterstehen Sie sich!« kreischte Elspeth McPhee. »Wissen Sie überhaupt, mit wem Sie reden?«

»Nein, und ich will es auch gar nicht wissen. Und jetzt rate ich Ihnen zu Ihrem eigenen Besten: verschwinden Sie, und lassen Sie uns allein!«

»Ich denke nicht daran!« Jetzt war der Vater wieder im Angriff. »Zuerst will ich Ihren Namen wissen, und den dieses – dieses jungen Frauenzimmers.«

»Dieses junge Frauenzimmer, wie Sie sich ausdrücken, ist die höchst respektable Tochter einer unserer führenden Familien. Wollen Sie sie gefälligst aus ihren beleidigenden Anspielungen herauslassen!«

»Anspielungen! Höchst respektabel!« Vater und Tochter hatten anscheinend Mühe, ihre Gefühle zu bändigen. »Was, Sie junger Schurke«, brachte der Vater schließlich heraus, »ich werde Sie in meiner nächsten Predigt brandmarken! Ich werde dafür sorgen, daß Sie es nicht mehr wagen, Ihr Gesicht in Bombay zu zeigen!«

»Tun Sie das ruhig«, erwiderte Kelso gelassen, »ich bin dann nämlich nicht mehr hier.« Er wandte sich Clarissa zu, die diesem Wortwechsel mit einiger Erheiterung gelauscht hatte. »Komm, meine Liebe, ich muß dich zu deinem Vater zurückbringen.«

»O ja! Und was wollen Sie ihm sagen? Daß Sie gerade seine Tochter verführt haben?« Das kam von Jungfer Elspeth.

Kelso fuhr so heftig herum, daß sie erschrak, doch sie faßte sich schnell und stand unerschüttert.

»Halten Sie den Mund!« sagte Kelso wütend. »Oder ich müßte mit Ihnen auf eine Weise reden, die mir leid tun würde.«

»Das würde mich nicht im geringsten überraschen«, erwiderte sie höhnisch, »was ich von Männern Ihrer Art zu erwarten habe, weiß ich.«

Kelso nahm Clarissa beim Arm und schritt über die Brücke. »Komm. Auf dem Rasen ist die Luft reiner.«

Nach zwei Schritten mußte er stehenbleiben. Der Reverend McPhee versperrte das Ende der Brücke. »Einen Moment! Sie verlassen diesen Ort nicht, bis ich Ihren Namen weiß!«

»Ganz recht, Vater!«, sagte das Mädchen. »Laß sie nur nicht weg!«

Kelso betrachtete ihn gelassen. »Gehen Sie mir aus dem Weg, Reverend! Sie sind kein junger Mann mehr, aber noch nicht so alt, daß ich mich scheuen würde, nötigenfalls Gewalt anzuwenden!«

»Das wagen Sie nicht!« Mit einem raschen Schritt trat das Mädchen an die Seite ihres Vaters. »Das wagen Sie nicht!«

»Führen Sie mich bloß nicht in Versuchung«, erwiderte Kelso. »Jetzt lassen Sie uns vorbei, Reverend!«

»Niemals!«

»Na schön.« Kelso löste seinen Arm aus dem Clarissas, trat einen Schritt vor, setzte seine Handflächen McPhee an die Brust und gab ihm einen Schubs. Er hatte gar nicht sehr heftig zugestoßen, aber er war jung und muskulös und McPhee nicht in Form. Er taumelte rückwärts, blieb mit dem Fuß an einem Stein oder einer Wurzel hängen und fiel hin. Es war kein schlimmer Sturz, und er hatte sich nichts getan, aber sein Gesicht, wie er da im Grase lag, war eine Maske der Wut und Empörung.

»Flegel!«

»Schurke! Feigling!«

Kelso, der den Geistlichen im Auge behielt, wurde von dem Angriff der Tochter überrascht. Mit erhobener Hand stürzte sie sich auf ihn; er wich instinktiv aus, so daß ihr Schlag nichts Festeres als die Luft traf. Der Schwung ihres Ansturms riß sie mit, an ihm vorbei und direkt zum Brückenrand. Dort wurde sie vom Geländer aufgehalten, oder wenigstens der untere Teil ihres Körpers wurde aufgehalten. Der obere nicht.

»Oh!« Mit einem wilden Schrei kippte sie darüber, und bevor Kelso eine Bewegung machen konnte, war sie mit lautem Aufklatschen in den Bach gefallen.

»Elspeth! Meine Tochter! Bist du verletzt?«

»Vater! Hilfe!«

»Ich komme!«

»Ach du liebe Güte!« rief Clarissa aus, die an Kelsos Seite geeilt war. »Was hast du bloß gemacht?«

Elspeth McPhee saß in zwölf Zoll tiefem, schlammigem Wasser, die Augen zugekniffen vor Empörung, das nasse Haar in der Stirn.

»Gar nichts«, erwiderte Kelso, »sie hat es selbst gemacht.« Dann nahm er Clarissas Arm und führte sie über die Brücke. »Geh jetzt zu deinem Vater. Es ist nicht nötig, daß du in diese Geschichte verwickelt wirst.«

»Will ich aber. Mit dir zusammen!«

»Nein. Wer weiß, was der Kerl für Lügen verbreitet, wenn er herausbekommt, wer du bist. Geh jetzt, ehe es zu spät ist.«

»Und was wird mit dir?«

»Ich werde schon mit ihm fertig.«

»Oh – na gut.« Widerwillig gab sie nach, reckte sich auf die Zehenspitzen und küßte ihn auf die Wange. »Auf Wiedersehen, mein Liebling!«

»Auf Wiedersehen, und – Clarissa?«

»Ja?«

»Du wirst nicht vergessen, mit deinem Vater zu reden?«

»Ich vergesse es schon nicht.«

Sie warf ihm eine Kußhand zu und ging. Kelso konnte sich jetzt um die beiden McPhees und ihre prekäre Situation kümmern.

Viel war da nicht zu machen. Er lief zum Ufer hinunter und wollte dem Geistlichen helfen, seine Tochter aus dem Wasser zu ziehen; doch zum Dank bekam er nur wütende Blicke von ihr und vom Vater die bittere Abfuhr: »Weg da, Schurke!«

So ging Kelso auf die Brücke zurück und sah zu, wie Elspeth McPhee triefend an Land kroch. Wirklich ein beweinenswerter Anblick! Das Kleid von strengem Schwarz klebte an ihrem Körper, und der Umriß ihrer Beine, die normalerweise unter dem weiten Unterrock verborgen waren, wurde erkennbar. Sie schien das zu merken, denn mit absurder Verschämtheit kreuzte sie die Arme vor der Brust und hoppelte in den Schutz des nächsten Gebüsches. Als sie dort in Deckung war, steckte sie den Kopf heraus und kreischte: »Sie Schurke! Das wird Sie teuer zu stehen kommen!«

»Tut mir leid, daß Ihnen das passiert ist«, erwiderte Kelso. »Aber Sie müssen sich darüber klar sein, daß es Ihre eigene Schuld war. Doch darum geht es jetzt nicht. Erst einmal müssen wir Sie nach Hause und in trockene Kleider kriegen.«

»Mit Ihrer Hilfe? Niemals!«

»Sie bekommen Fieber, wenn Sie hier herumstehen. Ich gehe Ihren Wagen holen.«

»Niemals! Ich brauche Ihre Hilfe nicht!«

»Schön. Dann kann Ihr Vater den Wagen holen.«

»Und was wollen Sie inzwischen machen?«

»Hierbleiben und Sie beschützen.«

»Mich beschützen! Vor wem?«

»Vor anderen Paaren, die möglicherweise hier vorbeikommen.«

»Denken Sie, ich habe Angst vor Unmoral? Ich habe in dieser gräßlichen Stadt so viel davon gesehen, daß sie mich nicht mehr schreckt!«

»Dem sei, wie ihm wolle, doch wenn Sie in Ihrem gegenwärtigen Zustand Liebespaaren Moral predigen wollen, dann sind Sie schwer im Nachteil.«

»Ich komme schon zurecht.«

»Wenn Sie mit Ihrer nassen und, wenn ich so sagen darf, reichlich wirren Frisur aus dem Busch auftauchen, werden die Betreffenden, sobald sie sich von diesem Anblick erholt haben, zu dem Schluß kommen, daß Sie verrückt sind.«

»Genug!« Der Geistliche, der sich offenbar zurückgesetzt fühlte, fand es jetzt an der Zeit, wieder die Führung zu übernehmen. »Der Kerl hat recht, meine Liebe, obwohl mir genau wie dir seine vulgäre Ausdrucksweise ein Greuel ist. Einer muß die Kutsche holen, und da ich dich selbstverständlich nicht allein lassen kann, müssen wir sein Angebot annehmen.«

Elspeth kniff die Lippen zusammen, doch sie erhob keine Einwände. Vielleicht wurde ihr langsam kühl. »Also gut, Vater – wenn du meinst.«

»Ich sage Ihrem Kutscher, er soll die Chaussee entlangfahren«, schlug Kelso vor. »Wenn Sie durch dieses Gebüsch kommen, können Sie einsteigen, ohne daß Sie gesehen werden.«

»Schön«, erwiderte der Vater, »aber machen Sie schnell.«

Als Kelso auf das Haus zuging, sah er, daß Clarissa Turner ihr Abenteuer weidlich ausschlachtete. Sie stand mitten auf dem Rasen, und eine Schar junger Leute, auch ein paar Ältere, denen etwas Diskretion besser angestanden hätte, bestürmten sie mit Fragen. Alle paar Sekunden brachen sie in Gelächter aus, und ein junger Geck rief: »Im Bach! Hört mal, das müssen wir uns ansehen!«

Eilig überquerte Kelso die dunkle Rasenfläche hinter den Laternen und gelangte in den Hof, wo dreißig oder vierzig Kutschen warteten. Nur ein Kutscher war als Wache bei den Pferden und deutete auf Kelsos Frage zur Rückseite der Villa. Dort saßen die eingeborenen Kutscher auf einer Bank vor der Küche.

»Wer von euch ist Reverend McPhees Kutscher?«

»Ich, Sahib.« Ein ältlicher Inder erhob sich langsam aus der Hockstellung.

»Dein Herr will nach Hause. Du sollst auf die Chaussee vor dem Tor kommen.«

»Sahib?« Dieser verwirrende Befehl war zuviel für den alten Mann.

»Komm mit.«

Beeindruckt von Kelsos bestimmter Art, manövrierte der Kutscher sein Gefährt aus dem Pulk der Wagen heraus, Kelso stieg ein, der Alte trieb sein Pferd an, bis es im Trab den Wagen die Chaussee entlangzog.

»Wird auch Zeit!« begrüßte ihn der Reverend, als er mit seiner Tochter aus dem Schatten trat.

»Ich habe mich so beeilt, wie ich konnte. Jetzt steigen Sie lieber rasch ein, wenn Sie nicht von den anderen Gästen gesehen werden wollen.«

»Ihnen ist das doch egal«, zischte Elspeth wütend. »Sie haben bestimmt unser Mißgeschick überall herumerzählt!«

»Steigen Sie ein!« befahl Kelso, ergriff sie beim Arm, und ehe sie sich freimachen konnte, hatte er sie in den Wagen gehievt, während sie noch kreischte: »Lassen Sie mich los! Wie können Sie sich unterstehen!« Kaum war sie drinnen, fuhr sie temperamentvoll auf ihn los, doch in ihrem nassen, schlammverklebten Kleid fiel es ihr schwer, die rechte Würde aufzubringen. Unglücklicherweise entschloß sich das Pferd gerade in diesem Moment, mit einem Ruck anzuziehen. Elspeth mußte sich eilig hinsetzen, verfehlte den Sitz und landete auf dem Wagenboden.

»Rein mit Ihnen, Reverend«, sagte Kelso. »Ihre Tochter scheint Hilfe zu brauchen.«

»Sie Schurke!« Mühsam kletterte der Geistliche hinein, streckte aber den Kopf sofort wieder heraus und wütete: »Sie werden noch von mir hören, das verspreche ich Ihnen!«

»Nun aber los«, erwiderte Kelso gutmütig. »Ich glaube, da kommen Leute.«

So war es auch. Die Gäste, die hofften, McPhee und seine Tochter in ihrer mißlichen Lage zu sehen, kamen durch das Gebüsch zur Chaussee. Deutlich sah man ihre schwingenden Laternen, ihr Lachen und Rufen war nicht zu überhören.

»Ja, ja. Fahren wir.« Dem Geistlichen lag wenig daran, mit der grausamen Schar konfrontiert zu werden. Langsam zog das magere Pferd wieder an und fiel, als der Kutscher mit der Peitsche schnippte, in Trab. »Ich weiß nicht mal Ihren Namen«, schrie der Reverend, »aber ich werde ihn schon herausbekommen.«

»Um Ihnen die Mühe zu ersparen: ich heiße Kelso. Captain Kelso.«

Am nächsten Morgen um zehn Uhr präsentierte sich Kelso im Büro der Company. Es hatte ihn starke Willensanstrengung gekostet, nicht vor der angegebenen Zeit da zu sein; nun zwang er sich dazu, langsam über den Hof zu gehen, wo eine Abteilung des 39. Infanterie-Regiments im grausamen Sonnenschein exerzierte. Der diensthabende Sergeant erkannte die Kapitänsuniform, ließ seine Männer abtreten und salutierte. Oben auf der Freitreppe öffnete ein eingeborener Diener die Tür.

Als Kelso aus der Vormittagshitze in die vergleichsweise kühle Halle trat, entspannte er sich und suchte zu vergessen, daß es in wenigen Minuten entschieden sein mußte: entweder würde er, sobald die *Paragon* seeklar war, auslaufen, den havarierten Indienfahrer über den Ozean verfolgen, ihn stellen und zurückerobern und dann den Feind in seinen eigenen Gewässern angreifen – oder er würde eine langweilige Patrouille nach der anderen fahren. Das waren die beiden Möglichkeiten. Ob Clarissa Turner mit ihrem Vater gesprochen hatte?

»Der Gouverneur wird Sie in ein paar Minuten empfangen. Wenn Sie bitte warten möchten . . .« Der junge Adjutant wies auf einen Sessel.

»Danke. Ich stehe lieber.«

Kelso wandte sich um und sah zu seiner Überraschung, daß er nicht der einzige war, der auf den Gouverneur wartete. Auf der Bank an der Wand saßen mit steifen Rücken die McPhees.

Bestimmt hatten sie ihn beobachtet; doch als er sich ihnen zuwandte, blickten sie mit verkniffenen Lippen und zusammengezogenen Augenbrauen so starr geradeaus, als existiere er nicht.

»Reverend, Miss McPhee – ich habe Sie nicht gleich gesehen. Entschuldigung!«

Sie blieben stumm und reglos wie Marmorstatuen.

»Hoffentlich haben Sie sich von Ihrem gestrigen Unfall erholt, Ma'am. Ich darf nochmals betonen, daß es mir leid tut.«

Sie schlug die Augen nieder und wurde rot, sagte aber immer noch nichts.

Kelso wandte sich an ihren Vater, doch ebenfalls ohne Erfolg, und fing gerade an, verlegen zu werden – da ging die Tür auf, und der Adjutant erschien wieder. »Captain Kelso – der Gouverneur läßt bitten.«

An einem halbrunden Tisch saßen die Ratsmitglieder und wandten ihm die Köpfe zu. Es lag Spannung in der Luft, als sei die Entscheidung, wie sie auch ausgefallen sein mochte, nicht leicht gewesen; mindestens einer der Ratsherren musterte ihn beinahe feindselig. Kelso fing Commodore James' Blick auf, der weiter unten am Tisch saß, konnte jedoch nichts in den gefurchten, verwitterten Zügen lesen.

»Ah, Kelso! Setzen Sie sich.« Der Gouverneur wenigstens war zufrieden.

»Wir haben Ihren Bericht durchgesprochen«, fuhr er fort, »und über alles Weitere entschieden. Wir gehen davon aus, daß Ihre Angaben den Tatsachen entsprechen, wonach wir uns jetzt im Krieg mit Frankreich befinden. Wir sind natürlich besorgt, sowohl wegen unserer Geleitzüge im Indischen Ozean, als auch wegen der Sicherheit dieser Siedlung.«

»Die Franzosen haben keine Basis an der Malabarküste«, warf Raikes ein. »Warum sollten sie uns hier angreifen?«

»Es wäre ein ganz natürlicher Schachzug«, sagte Turner, der Hafenkommandant. »Denn wenn sie Bombay nehmen, haben sie eine Zwischenstation für die Fahrt nach der Koromandelküste.«

»Ob sie uns nun angreifen oder nicht«, erwiderte der Gouverneur, »Tatsache bleibt, daß wir verwundbar sind.«

»Und zwar so lange, bis wir ihre Schiffahrt vor der Ile de France angreifen«, knurrte Commodore James.

»Das ist eine Aufgabe für die Königliche Marine«, wandte Raikes ein, »und nicht für eine Fregatte der Company, kommandiert von einem jungen Mann, der bis vor kurzem Leutnant auf einem Indienfahrer war.«

»Aber ein außergewöhnlicher Seemann ist«, erinnerte Commodore James. »Ich dachte, darüber wären wir uns einig.«

Der Gouverneur klopfte Ruhe heischend mit dem Lineal auf die Tischplatte. »Folgendes haben wir beschlossen, Mr. Kelso: Der Verlust der *St. George* ist eine ernste Sache. Nicht nur, daß sie eines unserer größten und kampfstärksten Schiffe ist; in Feindeshand kann sie außerdem eine ständige Bedrohung unserer gesamten Schiffahrt werden. Daher –«, er blickte mit ermutigendem Lächeln über den Tisch zu Kelso hin –, »haben wir uns entschlossen, Ihren Vorschlag zu akzeptieren und die *St. George* verfolgen zu lassen.«

Kelsos ausdruckslose Miene änderte sich nicht, doch plötzlich spürte er Sonnenwärme im Herzen. »Danke, Sir. Ich werde Sie nicht enttäuschen.«

»Dessen bin ich sicher. Wie und wo Sie es machen, ist Ihre Sache; aber wir sind übereingekommen, daß Sie die *St. George* nach St. Helena bringen sollen, wenn Sie sie haben.«

»Wenn!« murmelte Raikes düster.

Der Gouverneur nahm die Unterbrechung nicht zur Kenntnis. »Wir hoffen natürlich, daß es Ihnen auch gelingen wird, Commodore Braithwaite und seine Mannschaft zu befreien.«

Kelso nickte. »Und dann, Sir?«

»Dann melden Sie sich mit Depeschen, die unsere detaillierten Vorschläge enthalten, beim Hafenkommandanten von Jamestown. Kurz gesagt: Commodore Braithwaite soll, wenn er die *St. George* wiederhat, einen Konvoi von drei oder vier Indienfahrern übernehmen, die noch im Hafen von Jamestown liegen. Sie werden den Konvoi eskortieren.«

»Jawohl, Sir.« Kelso gestattete sich ein Lächeln. »Und besten Dank, Sir – äh, Gentlemen – für Ihr Vertrauen.«

Der Gouverneur nickte freundlich. »Es gab nur eine knappe Mehrheit für Sie, Kelso, das kann ich Ihnen sagen; doch da sich Commander Turner entschlossen hatte, seine gestrige Ansicht zu überdenken, ging alles klar.«

»Vielen Dank, Commander.« Kelso blickte Clarissas Vater an

und war nicht überrascht, eine gewisse Verlegenheit in seiner Miene zu lesen. Das Mädchen mußte doch über stärkere Überredungskünste verfügen als angenommen.

Er stand auf. »Mit Ihrer Erlaubnis, Sir, möchte ich mich jetzt verabschieden. Es ist viel zu tun.«

»Gewiß.« Der Gouverneur wartete, bis Kelso an der Tür war, und sagte dann: »Oh, nebenbei bemerkt, Mr. Kelso – ich höre, Sie hatten gestern abend Ärger?«

Kelso wandte sich wieder um und sah ihm unbewegt ins Gesicht. »Eine kleine Unannehmlichkeit, Sir – weiter nichts.«

»Dennoch, Sie waren mein Gast, und Miss Turner war es ebenfalls. Die McPhees waren nicht eingeladen.«

Kelso schwieg und wartete ab.

»Es ist mir sehr unangenehm«, fuhr der Gouverneur fort, »besonders, da sie die Unverschämtheit hatten, auch noch herzukommen und sich zu beschweren.«

Kelso sagte immer noch nichts.

»Ich hatte genug Ärger mit den McPhees. Nach dieser Eskapade ist jetzt Schluß.«

»Ich weiß nicht, Sir, ob Sie die ganze Geschichte gehört haben«, sagte Kelso endlich. »Aber vielleicht war es zum Teil meine Schuld.«

»Keineswegs. Sie und Miss Turner waren meine Gäste, die McPhees nicht.« Der Gouverneur beugte sich vor. »Heute morgen habe ich ihnen meine Entscheidung mitgeteilt.« Er senkte die Lider auf eine Art, die Kelso beunruhigend fand. »Ich schicke die McPhees nach Hause.«

»Nach England, Sir?«

»Zunächst nach St. Helena. Mit dem nächsten Schiff.«

Einen Augenblick war Kelso verwirrt. »Aber es sind keine Schiffe verfügbar, Sir – wir haben doch Krieg mit Frankreich.«

Der Gouverneur blickte merkwürdig verlegen drein. »Eben. Es gibt nur *ein* Schiff, das wir wagen können, auf Westkurs zu schikken.«

Kelsos sonst so undurchdringliche Miene verriet Betroffenheit. »Aber Sir, Sie meinen doch nicht etwa . . .«

»Ich fürchte doch, Mr. Kelso. Die McPhees müssen mit Ihnen auf der *Paragon reisen.*«

7

»Voll und bei!«

Wieder kreuzten sie mit Südwestkurs gegen den Passat an. Der Wind, soweit es welchen gab, wehte ihnen direkt entgegen, die See war ruhig – ein Spiegel, der das reine Blau des Himmels reflektierte oder, wenn gelegentlich eine Brise darüberstrich, in Millionen Sonnenfacetten glitzerte. Fluchend arbeiteten die Matrosen im Vorschiff an den Brassen und mußten dabei aufpassen, daß sie nicht mit den nackten Sohlen an dem aus den Decksfugen quellenden Teer klebenblieben.

»Mein Gott, ist das heiß!« Selbst der wortkarge Fenton schimpfte.

Der Rudergast sah stur nach vorn. Gesicht, Hals und die bloßen Arme waren so mahagonibraun gebrannt, daß er eher einem Stück des Riggs als einem lebendigen Menschen glich. In der Tat erwachte er auch nur zum Leben, wenn der Befehl zur Kursänderung kam; dann blickte er widerwillig hoch in das gleißende Sonnenlicht, überprüfte das Überkommen der Rahen und die Stellung der Segel, die sich, wenn auch nur kurz, im Wind bauschten.

Jetzt war es wieder soweit. Kelso wußte, daß dieses ganze mühsame Manöver nicht viel einbringen würde. Der Wind reichte nicht aus, um wirklich Fahrt zu machen. Nach allem Fluchen und Schimpfen, nach dem anstrengenden Dichtholen von Brassen und Schoten würden sie eine Distanz von zwei-, dreihunderd Yards gewinnen, mehr nicht. Wenn sich nur das Wetter ändern wollte!

»Captain?«

Beim Klang der wohlbekannten Stimme wandte er sich widerwillig an der Querreling um.

»Wie lange sollen wir noch mitten im Ozean schaukeln?« Die Seereise hatte Reverend McPhees Laune keineswegs gebessert. In seinem schwarzen Priesteranzug kam er schwitzend übers Achterdeck und baute sich anklagend vor seinem Widersacher auf.

»Bis sich das Wetter ändert«, erwiderte Kelso.

»Und wann wird das sein, wenn ich fragen darf?«

Kelso hob die Schultern. »Morgen oder nächste Woche. Wahrscheinlich aber noch später.«

»Nächste Woche? Glauben Sie im Ernst, daß meine Tochter noch eine Woche in ihrer Kabine eingesperrt bleiben kann?«

»Das wird sie wohl müssen, wenn sich das Wetter nicht ändert – es sei denn, sie beschließt, an Deck zu kommen«, entgegnete Kelso gelassen.

»Sie wissen genau, daß sie das nicht kann.«

»Warum denn nicht? Hier ist es viel angenehmer für sie als unten.«

McPhee blickte bedeutsam zum Hauptdeck, wo die Männer zwar so taten, als seien sie schwer beschäftigt; doch in Wirklichkeit beobachteten sie die Szene mit stillem Vergnügen. Sie trugen nur Segelhosen, der eine oder andere hatte noch ein Halstuch um, und sahen großartig darin aus: mit ihren kräftigen Armen, den muskulösen und geschmeidigen Oberkörpern wirkten sie männlich und hartgesotten; und das waren sie auch.

»Kommt gar nicht in Frage!«

»Wie Sie meinen. Aber eines muß ich Ihnen sagen: Ich kann das Wetter nicht ändern.«

»Wir hätten in Bombay bleiben sollen.« Ärgerlich stelzte McPhee zur Reling und starrte auf die grinsenden Matrosen hinunter. »Schamloses Volk, alle miteinander! Prahlt noch mit eurer Nacktheit!« brüllte er.

Kelso trat zu ihm an die Querreling. »McPhee, haben Sie jemals in solcher Hitze gearbeitet? In einem Anzug?«

»Oft genug. Schließlich arbeite ich ja immer – zum Ruhme des Herrn.«

»Eine ehrenwerte Beschäftigung, doch kaum mit der Arbeit an Bord zu vergleichen.«

»Sie sind frivol, Captain! Aber ich erwarte auch nichts anderes mehr von Ihnen. Und Sie sagen nicht die Wahrheit. In dieser elenden kleinen Hundehütte, in die Sie mich gesteckt haben, höre ich jeden Befehl, den Sie geben. Wie oft mußten die Leute in den letzten Tagen denn Segel reffen?«

Das stimmte schon. In den ersten Tagen nach dem Auslaufen von Bombay stand der Wind zwar ihnen entgegen, war aber ziemlich stark gewesen. Es hatte auch ein paar Regenböen gegeben. Doch jetzt, die ganze letzte Woche über, machten sie kaum so viel Fahrt, daß das Schiff sich steuern ließ.

»Sie haben ganz recht«, erwiderte Kelso mit seiner entwaffnenden Ehrlichkeit. »Wir haben so viel Tuch oben wie möglich, weil wir auch die kleinste Brise nutzen müssen.«

»Sie meinen, wir liegen in der Flaute?«

»Nicht ganz, aber praktisch macht es kaum einen Unterschied.«

Kelso sah McPhees verkniffenen Mund, das bleiche, von Fieber zerstörte Gesicht, und empfand sogar kurz etwas Mitgefühl. »Machen Sie sich keine Sorgen. Das sind die normalen Kalmen zwischen den Monsumen. So Gott will, wird der Wind jetzt auffrischen, und zwar von Nordwest. Dann können wir endlich Fahrt machen.«

»Hm!« Reverend McPhee war keineswegs besänftigt. »Ich meine immer noch, wir hätten das in Bombay abwarten sollen.«

Kelso erwiderte nichts darauf. Wäre es nur um die Bequemlichkeit seiner unerwünschten Passagiere gegangen, so hätte McPhee zweifellos recht gehabt. Aber auch die Mannschaft hatte gründlich die Nase voll von der ständigen Arbeit unter glühender Sonne, bei der man so langsam vorwärtskam. Kelso selbst, der seine Kajüte Elspeth McPhee überlassen hatte und eine andere, noch kleinere mit Fenton teilte, wohnte ebenso beengt wie die meisten an Bord; doch ihm machte Unbequemlichkeit nichts aus. Sie waren auf See und, so langsam sie auch vorankamen, hinter der *St. George* her – das war die Hauptsache.

»Sagen Sie Miss McPhee, sie soll nach Sonnenuntergang an Deck kommen«, schlug er vor. »Hier auf dem Achterdeck sind nur der Wachoffizier und der Rudergast. Sie braucht keine Angst zu haben, daß ihr Schamgefühl verletzt wird.«

In den strengen Prophetenaugen war kein Dank zu lesen. »Ich werde es ihr bestellen. Doch ich bezweifle, daß sie es tun wird.«

Langsam verging der Tag; der Wind kam nur als Lufthauch und erstarb gegen Abend völlig. Die *Paragon* lag bekalmt. Kelso stand an der Heckreling und beobachtete die kurze tropische Dämmerung. Ihm wurde klar, daß er ernsthaftere Schwierigkeiten als einen wütenden Eiferer und seine schmallippige Tochter zu gewärtigen haben würde, wenn nicht bald Wind aufkam. Die *Paragon* war ein Kampfschiff, klein und bis zur Grenze seiner Tragfähigkeit mit Männern und Waffen vollgestopft. Es war ungewöhnlich, daß eine Fregatte zusätzlich zur Mannschaft noch eine Abteilung Seesoldaten an Bord hatte; doch in den gefährlichen Gewässern des Arabischen Meeres waren Scharmützel mit eingeborenen Piraten und

Strafexpeditionen gegen Freibeuter an der Tagesordnung; ein Kommandant mußte auf alles vorbereitet sein. Zusätzliche Mannschaft hieß mehr Proviant, besonders mehr Trinkwasser, und das Fassungsvermögen der sorgfältig weggestauten Tanks war begrenzt. Normalerweise blieb ein Kampfschiff der Company nur ein paar Tage auf See und lief dann wieder seinen Hafen an. Jetzt aber würde die *Paragon* wochenlang unterwegs sein, wenn kein Wind aufkam.

»Captain! Ich habe mit Ihnen zu reden!«

Überrascht fuhr Kelso herum, denn Elspeth McPhee kam übers Achterdeck. Nach dem langen Aufenthalt in der Kabine sah sie kränklich und unnatürlich, beinahe geisterhaft bleich aus. Ihr schwarzes Kleid und das Rascheln ihrer Röcke verstärkten diesen Eindruck noch.

»Miss McPhee! Sie haben mich erschreckt.«

»Es tut mir leid, wenn ich Sie bei der Bewunderung des Sonnenuntergangs störe, Captain, aber es gibt ernsthafte Dinge zu besprechen.«

»Nämlich?«

»Wie Sie meinen Vater und mich behandeln – daß Sie uns die elementarsten Bedürfnisse verweigern.«

»Ich verweigere Ihnen gar nichts. Ihr Vater bewohnt die Kajüte meines gefallenen Ersten Offiziers, Sie bewohnen meine. Sie haben das beste Logis auf dem ganzen Schiff.«

»Dann tun Sie mir leid, Captain, wenn Sie so leben müssen. Dennoch ließen sich gewisse Dinge bewerkstelligen, mit denen Sie uns die Reise ein klein wenig erträglicher machen könnten.«

»Bitte – was einigermaßen möglich ist, will ich gern veranlassen.«

»Erstens haben wir nicht genügend Wasser. Ihr Steward hatte die Unverschämtheit, mir zu sagen, ich müßte mich in Zukunft mit Seewasser waschen.«

»Das stimmt. Er hat Ihnen nur wiederholt, was ich angeordnet habe.«

»Sie halten es für richtig, daß sich eine junge Dame aus gutem Hause ihren Teint mit scharfem Meerwasser ruinieren muß?«

»Keine Ahnung«, erwiderte Kelso. »Aber ich fürchte, für jemanden, der ständig christliche Demut und Kasteiung des Fleisches predigt, ist Ihre Besorgnis um Ihre Bequemlichkeit überraschend stark.«

Jetzt wurde sie furchtbar wütend; aber weil sein Vorwurf einigermaßen berechtigt war, konnte sie nicht gleich die passenden Worte finden, um ihn zu widerlegen. Ihre schmalen Lippen kniffen sich zusammen, ihre Augen funkelten, und ehe er merkte, was sie vorhatte, bekam er eine schallende Ohrfeige. »Wie können Sie sich unterstehen!« schrie sie ihn an. »Was wissen Sie denn von Selbstverleugnung und christlicher Lebensweise?«

»Nicht viel, aber doch das eine: wenn man davon so wird wie Sie und Ihr Vater, dann bedanke ich mich dafür!«

»Sie sind selbstgerecht!«

»Dasselbe könnte ich von Ihnen sagen – also sind wir quitt. Wenn Sie noch weitere Klagen haben ...«

»Allerdings, mehrere. Aber das Schlimmste ist, daß Sie mich beinahe zwei Wochen lang in meine Kajüte eingesperrt haben.«

»Eingesperrt? Haben Sie jemals versucht, die Tür zu öffnen, und sie verschlossen gefunden? Haben Sie jemals vergeblich hinausgewollt?«

»Aber ich sage Ihnen doch: Tag und Nacht steht ein Mann vor meiner Tür!«

»Eine Vorsichtsmaßnahme, weiter nichts«, erläuterte Kelso.

»Eine Vorsichtsmaßnahme?«

»Nicht damit Sie nicht hinauskönnen, Miss McPhee, sondern damit keiner hineinkann.«

»Hineinkann? Wie meinen Sie das?« Und als sie es begriffen hatte, schlug sie die Hand vor den Mund. »Sie meinen, einer von Ihren Matrosen ...«

»Das sind auch nur Menschen. Wahrscheinlich können Sie es sich nicht vorstellen: kräftige Kerle, die lange keine Frau zu sehen kriegen. Für sie – oder wenigstens für manche von ihnen – sind Sie eine Versuchung.«

»Wie – wie abscheulich!« Sie wandte sich ab, denn sie vergaß, daß es schon dunkel wurde und er nicht sehen konnte, wie sie errötete. Ihre Stimme klang ängstlich, verwirrt, erregt.

»Seien Sie unbesorgt«, fuhr Kelso beschwichtigend fort, »wie gesagt, steht immer ein Posten vor Ihrer Tür. Und sie würden es sowieso nicht wagen.«

»Aus Angst vor meinem Vater?«

»Nein, vor mir. Und vor dem Bootsmann mit seiner neunschwänzigen Katze.«

»Sie würden ausgepeitscht?«

»Aber sicher, wenn Sie belästigt würden.«

Sie lehnte sich an die Heckreling, und sekundenlang sah er sie im Profil, angeleuchtet von den Strahlen der sinkenden Sonne. Sie blickte direkt in den prachtvollen Sonnenuntergang, und ihre sonst so strengen Lippen wurden sanft, denn sie lächelte. Eine Minute lang – nicht ganz eine Minute, nur so lange es dauerte, bis das Purpurrot und Gold in der alles beherrschenden Nacht vergingen – war sie schön.

»Ich will nicht, daß meinetwegen jemand ausgepeitscht wird«, sagte sie leise.

»Dann kommen Sie aus Ihrer Kajüte heraus und zeigen Sie sich ihnen bei Tageslicht.«

»Was?« Sie drehte sich zu ihm um, und selbst in der Dunkelheit konnte er sehen, daß ihr Moment der Schwäche vorbei war. »Sie meinen, wenn mich die Männer richtig sehen, wird ihnen die Begierde schnell vergehen?«

»Ich habe nichts dergleichen gemeint; aber Sie wirken begreiflicherweise irgendwie geheimnisvoll, wenn Sie im Verborgenen bleiben. Zur Begierde kommt dann noch die Neugier. Gehen Sie bei Tag an Deck und lassen Sie sich sehen. Dann werden sich die Männer bald an Sie gewöhnt haben.«

»Vielen Dank für den guten Rat«, entgegnete sie schnippisch.

»Bitte. Ich denke nur an Ihre Bequemlichkeit. Schließlich sind Sie ja noch ziemlich jung.«

»Ich bin einundzwanzig.«

»Mehr nicht?« Er überdachte das Gesagte. »Hatten Sie noch mehr zu beklagen?« korrigierte er sich, fand es dann aber besser, den Mund zu halten.

»Oh!« Wütend rauschte ihr Rock, als sie an ihm vorbei zur Kampanjetreppe ging. »Mein Vater hatte recht, Captain, als er Sie einen Flegel nannte. Sie sind wirklich ein ungehobelter Flegel.«

8

Auch in dieser Nacht kam kein Wind auf, und bei Sonnenaufgang lag die *Paragon* reglos in der glasglatten See. Die Sonne, die so vielversprechend aufgegangen war, verbarg sich bald hinter trüben Wolken, die Luft war schwer, stickig heiß und so still, daß man es im Vorderkastell deutlich hören konnte, wenn jemand auf dem Achterdeck fluchte. Der Horizont, der in der vergangenen Woche so weit entfernt gewirkt hatte, als würde man vierzehn Tage brauchen, um ihn zu erreichen, war nun so alarmierend nahegerückt, daß das Schiff unter einer immer enger und heißer werdenden Glasglocke festzustecken schien.

In der winzigen Kajüte, die er mit Fenton bewohnte, konnte Kelso die veränderte Atmosphäre sofort spüren, als Padstow ihn weckte und das Frühstück servierte: »Kaffee, Sir, und *burgoo.*«

Unter Schwierigkeiten richtete sich Kelso auf, stemmte einen Ellbogen auf die obere Koje und hob vorsichtig den Kopf, bis er die Decksplanken berührte. Das kam davon, daß man so groß war. Sogar in seiner eigenen Kajüte konnte er sich nur mit Vorsicht bewegen. Hier, zu zweit in einem Raum von fünf mal zehn Fuß, der nur durch eine Stellwand von der Offiziersmesse abgetrennt war, kam er sich vor wie eine Schmetterlingspuppe im Kokon.

»Wie spät?«

»Sechs Glasen, Sir.«

»Und das Wetter?«

»Völlige Flaute, Sir. Nicht mal genug Wind, daß dem *padre* der Hemdzipfel flattern würde.«

Kelso blickte aus dem Bullauge. Was er sah, reichte aus, um seine schlimmsten Vorahnungen zu bestätigen.

»Kompliment an Mr. Fenton, und er möchte bitte Segel reffen.«

»Hat er schon getan, Sir.«

»Recht so. Dann sag ihm, ich komme gleich an Deck.«

Kelso war bis vier Uhr früh Wache gegangen, doch jetzt, nach kaum drei Stunden Schlaf, drängte es ihn, etwas zu tun. Der eng gewordene Horizont, die unbewegliche See, die erstickende Hitze, das alles verriet ihm eins: daß sie auf der Bahn eines nahenden Zyklons waren.

Nachdem er seinen Kaffee getrunken, den lieblos gekochten

Haferbrei hinuntergeschlungen, sich mit dem Rasiermesser das lange, eckige Kinn geschabt hatte, eilte er durch die Messe und den Kampanjeniedergang hinauf zum Hauptdeck. Was er dort sah, erinnerte ihn an das bekannte Seemannsgarn vom Totenschiff. Auf dem ganzen Deck, vom Kampanjevorbau bis zum Vorderkastell, saßen oder lagen die Matrosen reglos herum – man vergaß beinahe, daß sie am Leben waren. Sogar Bootsmann Larkins schien von der Schwüle überwältigt zu sein; doch er wenigstens riß sich zusammen, rappelte sich hoch und brachte eine Art Gruß zustande.

»Guten Morgen, Sir. Sieht nach Schlechtwetter aus.«

»Das ist mir nicht entgangen. Wie lange ist das schon so?«

»Eine Stunde, Sir, vielleicht etwas mehr – und es wird immer schlimmer.«

»Schön, Mr. Larkins. Rufen Sie auch die Freiwache an Deck. Alles ordentlich verstauen, den Kutter und meine Gig festzurren! Und noch ein Reff einbinden!« Er wandte sich um, doch es fiel ihm noch etwas ein: »Und – Mr. Larkins!«

»Sir?«

»Mein Kompliment an Reverend McPhee und seine Tochter. Sagen Sie ihnen, wir erwarten Schlechtwetter, und sie täten gut daran, unter Deck zu bleiben.«

»Aye, aye, Sir.«

Auf dem Achterdeck wartete Fenton, stur und unerschütterlich wie immer. Er tippte kurz an den Hut und sagte beiläufig: »Guten Morgen, Sir.« Daß er seit Stunden allein dort gestanden, die Verantwortung für Schiff und Mannschaft getragen und dabei genau gewußt hatte, daß es in Kürze sehr schlimm wehen würde, war ihm nicht anzusehen.

»Mr. Fenton?«

»Sir?«

»Sieht so aus, als bekämen wir Sturm.«

»Jawohl, Sir.«

»Ich weiß, daß es hier um diese Jahreszeit Zyklone gibt, aber ich habe noch keinen mitgemacht.«

»Ich auch nicht, Sir.« Fentons Miene hellte sich etwas auf; man hätte beinahe sagen können, daß er lächelte. »Da läßt sich vielleicht was lernen.«

»Diese Lektion könnte ich zur Not entbehren. Jedenfalls ist

nichts dagegen zu tun.«

»Außer daß wir uns vorbereiten.«

»Ich habe bereits entsprechende Befehle gegeben. Alles wird verstaut, alle Luken werden dichtgemacht. Wir müssen jeden Mann an Deck mit Leinen sichern. Mr. Heslop muß sich am Rad festlaschen.« Er blickte in die Masten und auf die schlaffen Segel, die sich fast schwarz vom Himmel abhoben. »Wie ich sehe, haben Sie schon gerefft. Ich habe dem Bootsmann gesagt, er soll noch ein weiteres Reff einbinden. Wenn es losgeht, dürfen wir nur mit gerade so viel Leinwand fahren, daß wir das Schiff steuerbar halten.«

»Wenn's losgeht, Sir, verlieren wir wahrscheinlich alles Tuch, das wir haben.«

»Durchaus möglich, aber wir müssen es versuchen. Mit einigem Glück können wir vielleicht den Zyklon an seiner Randzone abreiten.«

Und wenn nicht? Wenn auch die doppelt gerefften Segel von den Rahen gerissen wurden? Beide wußten sie die Antwort darauf. Größere und stabilere Schiffe als die *Paragon* waren in diesen Breiten verlorengegangen; der Meeresboden war mit Wracks bestückt, welche wie die *Paragon* in die Bahn der Zyklone geraten waren, die sich in der Pause zwischen den Monsunen zusammenbrauten.

»Es kann jetzt nicht mehr lange dauern.«

Die See war noch still und gläsern, nur ab und zu baute sich eine Woge auf, lautlos wie ein verborgenes Seeungeheuer, hob die *Paragon* vom Bug bis zum Heck und machte den Toppmatrosen in den Masten Schwierigkeiten. Die Luft war so stickig und drückend, daß die nackten Oberkörper der an Deck arbeitenden Matrosen vor Schweiß glitzerten. Grabesstille herrschte.

Kelso stand vor dem Rad, so daß er die Vorbereitungen beobachten konnte: das Reffen der Marssegel, das Festzurren von Kutter und Gig auf ihren Bootslagern, das Verschrauben der Niedergangsluken. Ab und zu kam er zwar in Versuchung einzugreifen, doch er sah, daß Bootsmann Larkins und Archibald, der Zweite Offizier, die Sache gut in der Hand hatten und die Leute zur Eile antrieben; denn jeder Blick nach vorn zur Kimm, wo sich unheildrohende Wolken türmten, mußte ihnen sagen, daß der Sturm nicht mehr weit weg war. Auf dem Hauptdeck kümmerte sich Craig um seine Geschütze, ließ die Rohre auf der Gleitvorrichtung festzurren und die Zugleinen noch fester belegen.

»Captain Kelso!«

Mit unverhohlenem Ärger blickte er hinunter: Reverend McPhee stand auf dem Hauptdeck. Eine Hand an der Leiter, starrte er mit angstgeweiteten Augen zum Hauptdeck empor.

»Stimmt es, Captain, daß Sie Sturm erwarten?«

»Kann jetzt jede Minute losbrechen, Reverend. Gehen Sie lieber unter Deck.«

»Ja – ja, aber ...« Er wischte sich den Schweiß von der Stirn. »Wird es gutgehen? Wird uns auch nichts passieren?«

»Das liegt in Gottes Hand.«

»Ja, natürlich, aber ...«

»Wenn Sie einen Rat wollen, Reverend: jetzt ist die rechte Zeit zu beten.« Kelso hatte absichtlich mit einer gewissen Brutalität gesprochen, doch als er McPhees demütige Fügsamkeit sah, schämte er sich. »Gehen Sie nach unten zu Ihrer Tochter, McPhee. Wenn's hart auf hart kommt, braucht sie Ihren Trost. Inzwischen müssen Sie die Sorge für Ihre Sicherheit schon uns überlassen.«

»Und Gott dem Herrn.« Mit plötzlichem Stolz richtete sich der Geistliche hoch und hob die Hand. »Ob ich gleich wandre durch das finstere Tal des Todes, fürchte ich doch kein Unglück, heißt es in der Schrift.«

»Mr. Archibald«, rief Kelso irritiert, »wie lange dauert das noch?«

»Alles klar, Sir.« Der junge Leutnant eilte über das Hauptdeck herbei und salutierte. »Marssegel gerefft, Luken dicht, alles verstaut.«

»Recht so. Jetzt alle Mann unter Deck, bis auf eine Notwache. Mr. Larkins, Sie bleiben auch oben. Sorgen Sie dafür, daß sich die Leute unten gut festbinden.«

»Aye, aye, Sir.«

»Und – Mr. Archibald!«

»Sir?« fragte der Leutnant eifrig.

»Sie haben die Aufsicht unter Deck.«

»Aye, aye, Sir.«

Das klang so enttäuscht, daß Kelso lächeln mußte. »Ich verlasse mich auf Sie, Mr. Archibald. Sie haben eine sehr verantwortungsvolle Aufgabe.«

»Sir?«

»Sie befehligen die Männer unter Deck. Sie müssen alles absichern lassen, was nur abgesichert werden kann. Und Sie kümmern sich um die Passagiere.«

»Aye, aye, Sir.«

Kelso wandte sich um; doch Fenton, der den Befehl vorausgesehen hatte, war bereits aufs Vorschiff geeilt und kontrollierte dort Luken, Brassen und Sicherungsleinen. Nach ein paar Minuten kam er wieder, das hagere, ausdruckslose Gesicht schweißnaß.

»Alles klar, Mr. Fenton?«

»Alles klar, Sir.«

Fenton piekte seine Leine an der Querreling ein; Kelso legte sich seine um die Taille und befestigte das freie Ende so am Steuerradlager, daß er genügend Bewegungsfreiheit behielt. Neben ihm versuchte Steuermann Heslop vergeblich, die *Paragon* gegen die jetzt höher anrollende See zu steuern. Das war eine undankbare Aufgabe. Der schwache Wind kam kurz und stoßweise, füllte die gerefften Marssegel nur eine Minute lang und flaute ab, bevor das Schiff aufs Ruder reagierte. Die Dünung wurde zusehends stärker. Immer höhere und kürzere Seen wühlten die Meeresoberfläche auf. In steilem Winkel glitt die *Paragon* bis zu ihrem Kamm hinauf, rutschte dann mit unheimlicher Schnelligkeit ins Wellental hinab. Wellenkamm, Wellental, Kamm und Tal: sogar Kelso spürte, wie sich ihm der Magen umdrehte. Wie mag es wohl McPhee und seiner Tochter unten gehen? fuhr es ihm flüchtig durch den Sinn.

Obwohl es noch früher Vormittag war, verschwand jetzt die Sonne. Schon vorher war sie bloß als glimmende Scheibe hinter der Wolkendecke zu ahnen gewesen. Jetzt war sie völlig verblaßt und hinterließ nur ein seltsames Zwielicht und eine Hitze, die man beinahe ertasten konnte.

Und die Dünung lief immer höher auf. Auch die Böen waren jetzt stärker, doch kamen sie immer noch nicht so häufig, daß die *Paragon* aufs Ruder reagiert hätte. Welle hinauf – Rollen. Welle hinab – Rollen: bei diesem hilflosen Dümpeln war zu befürchten, daß das Schiff querschlug, wenn nicht bald stetiger Wind aufkam. Wieder abwärts – die Steuerbordseite nahm beinahe Wasser über, das Deck stand fast senkrecht, die Rahnocken streiften die See. Sekundenlang hatte man den erschreckenden Eindruck, daß sie zu stark übergeholt hatte und sich nicht mehr aufrichten würde. Doch bei der nächsten anrollenden See kam sie wieder hoch und kletterte mühsam zum Kamm empor.

Kelso und der Steuermann griffen auf jeder Seite des Rades in die Speichen und wechselten bedenkliche Blicke. Heslop schüttelte den Kopf. »Sie reagiert nicht.«

Der Wind! Kelso wischte sich den Schweiß aus den Augen und spähte zu den tanzenden Mastspitzen empor, zu den Marsrahen, die beinahe senkrecht zur See standen, und zu den unheimlichen Wolkenbergen dahinter. Wind! Nur genügend Wind, damit das Schiff wieder steuerbar wurde!

Und als er kam, geschah das so plötzlich, daß sogar der Steuermann nicht darauf gefaßt war. Eine ungeheure, brüllende Bö traf die *Paragon* von dwars und riß sie hoch, als sie gerade eine See hinaufklomm. Wäre die Bö nur ein paar Sekunden später eingefallen, so wäre das Schiff bestimmt gekentert. So aber konnten Kelso und der Steuermann das Rad gemeinsam halten, bis die *Paragon* erst langsam, dann immer schneller ins Wellental glitt und den Bug in die See steckte.

»Kurs halten!« schrie Kelso – und da traf ihn auch schon ein scharfer prasselnder Regenguß. Nach der ersten Bö kam die nächste und noch eine und wieder eine; der Regen wurde stärker, der Wind heulte im Rigg, und innerhalb weniger Minuten mußte das Schiff gegen einen ausgewachsenen Sturm ankämpfen. Der plötzliche Wechsel war erschreckend. Die rollende See, die vorher schon bedrohlich ausgesehen hatte, lief jetzt in haushohen, gefährlichen Wellen an. Vor ihnen erhob sich eine beängstigende Wasserwand, grau und marmoriert von Gischt, die das Schiff zu verschlingen drohte. Der Steuermann stemmte sich gegen das Rad, die *Paragon* richtete sich tapfer hoch und stieß den Bugspriet in die See. Mutig stieg sie die scheinbar unüberwindliche Wand hinan und glitt dann stetig über den Kamm ins Wellental. Manchmal, wenn die Strecke zwischen zwei aufeinanderfolgenden Kämmen durch eine Kreuzsee oder einen Brecher unterbrochen war, kam die *Paragon* minutenlang aus dem Rhythmus wie ein Läufer, der sich vertritt; dann nahm sie donnernd Wasser über, schüttelte sich frei und spießte mit dem Bugspriet entschlossen die nächste See auf.

So weit, so gut. Kelso wußte: das war nur der Anfang. Sie ritten noch am Rande des Zyklons; mit jeder Minute kamen sie der Katastrophe näher. Bei diesem Wind, der an der Leinwand zerrte und sie in die Weiten des Ozeans zu reißen drohte, lag ihre einzige Hoffnung in einem Kurs, der die *Paragon* vom Zentrum des Wirbels fernhielt, ohne daß sie aus dem Ruder lief.

»Zwei Strich nach Steuerbord!«

Kelso versuchte, das Sturmgeheul und den trommelnden Regen zu überschreien. Hoffentlich konnte der Steuermann den Befehl hören und verstehen. Jetzt blieb weder die Zeit noch die Möglichkeit, ihm zu erklären, daß gerade der Kurs der einzig mögliche war, der in die Katastrophe zu führen schien. Sie mußten quer zum Wind und zu den herandonnernden Seen segeln.

»Neuer Kurs liegt an!«

»Recht so!«

Wieder hatte die *Paragon* einen Wellenkamm erklommen, verhielt kurz auf ebenem Kiel, so daß ein Teil des Wassers, das kniehoch in den Speigatten stand, abfließen konnte, und stürzte sich dann wieder in ein neues Tal.

Diesmal jedoch ging es nicht direkt hinab, sondern schräg; der Bugspriet stand quer zur anstürmenden Wasserwand, und ihre Backbordseite lag frei. Jetzt, dachte Kelso, kam der Moment der Prüfung. Wenn die *Paragon* so seetüchtig war, wie er annahm, würde sie standhalten. Wenn nicht, mußte sie kentern.

»Kurs halten!«

Abwärts ging es ins Tal der mächtigen, saugenden Wassermassen; einen Augenblick standen sie auf dem trügerischen Ruhepunkt fast still. So steil war der Abstieg, daß Bugspriet und Klüver sich tief ins Wasser bohrten und sie gerade noch rechtzeitig wieder hochkam, um sich dem nächsten Anprall zu stellen.

Dieser Kavenzmann war, so schätzte Kelso, über vierzig Fuß hoch: sie überragte das Schiff grau, böse, kochend vor Gischt, und krachte – gleichsam triumphierend über die hilflose Beute – auf den freiliegenden Bug und das Vorschiff herab.

Der erste Stoß war furchtbar. Die *Paragon* richtete sich nur mühsam wieder auf, lag beinahe parallel zur See. Gleichzeitig ergoß sich eine ungeheure Sturzsee über Vorderkastell und Hauptdeck, so daß der Bootsmann und seine Männer eine Zeitlang völlig darin verschwanden.

»Sie ertrinken!«

Der unwillkürliche Schrei des Steuermanns drang an Kelsos Ohr, doch er beachtete ihn nicht, weil er verzweifelt darauf wartete, daß die *Paragon* reagierte.

Das Hauptdeck lag noch unter strömendem Wasser. Zwar war der Bug jetzt frei, doch das Steuerbordschanzkleid wusch noch durch die See: wenn auch nur *ein* Luk nicht richtig abgedichtet war, mußte das Schiff vollschlagen. Diesen Gedanken wies Kelso von sich. Er konnte auf Schiff und Mannschaft vertrauen; hier lag die geringste Gefahr. Dann warf er einen besorgten Blick auf die Marssegel: zwar standen sie so hart wie gehämmerter Stahl, aber sie hielten noch. Dies war ein Punkt zu seinen Gunsten: Er hatte ein neues Schiff mit neuer Takelage, und der Rumpf war aus gut abgelagertem Teakholz. Und trotzdem würden Segel, Wanten oder Schoten früher oder später den ungeheuren Druck nicht mehr aushalten und brechen. Es war nur eine Frage der Zeit.

»Wir müssen beidrehen, Sir. Noch so einen Schlag hält sie nicht aus.« Der Steuermann war so aufgeregt, daß er eine Hand vom Rad nahm und Kelso am Arm packte.

»Kurs halten!« schrie Kelso. »Das ist unsere einzige Chance!«

Sie näherten sich jetzt dem nächsten Kamm. Irgendwie hatte sich die *Paragon* freigekämpft und ritt schräg hinauf, lag dann beinahe eben. Auf dem Hauptdeck konnte man schon wieder die Planken erkennen, obwohl sie noch immer unter Wasser standen. Larkins und seine Männer duckten sich in den Schutz des Vorderkastells. Soweit Kelso sehen konnte, waren sie alle noch da.

Als die *Paragon* oben auf der Messerschneide der Ewigkeit balancierte, hatte er sekundenlang das ganze wilde Panorama vor Augen: die Wolkenmassen über und vor ihm, ab und zu von Wetterleuchten erhellt, und an Backbord den siedenden Kessel, der das Auge des Sturms bezeichnete. An Steuerbord sah das Wetter kaum weniger bedrohlich aus; doch er wußte instinktiv, daß er Kurs Steuerbord halten mußte.

Wieder glitten sie schräg über die kochende Wasserwand. Vorn – er sah nicht einmal hin – rollte der nächste Wellenberg an. Mit schmetterndem Krachen bohrte sich die *Paragon* in den Kamm, so tief, daß es wiederum unmöglich schien, rechtzeitig herauszukommen. Aber trotzig tauchten Bugspriet und Klüverbaum wieder auf wie Rapiere, von denen das Blut abtropft, und wurden sofort wieder unter einer neuen Wasserkaskade begraben. Die Sturzsee überrollte das ganze Schiff, wusch über das Hauptdeck, über das Steuerbordschanzkleid und schlug sogar bis aufs Achterdeck.

»O Vater im Himmel, errette uns!«

Kelso hatte volles Verständnis für das Stoßgebet des Steuermanns. Sogar ein erfahrener Seemann mußte glauben, jetzt könne nur noch die göttliche Vorsehung helfen. Doch Kelso wußte es besser. Hatte man ein gutes Schiff und wußte es zu führen, so brauchte man nur etwas Glück. Vorausgesetzt, daß die Segel hielten, Schoten und Fallen intakt blieben, Masten und Spieren die furchtbare Beanspruchung abwetterten, würden sie es schon schaffen.

Als wolle er diese Ansicht bestätigen, hob Fenton die Hand und streckte den Arm nach Steuerbord aus, um anzudeuten, sie den Kurs segeln mußten, den Kelso befohlen hatte. Vorn hockten der Bootsmann und seine Leute immer noch im Schutz des Luks. Ehe die *Paragon* ihre nächste Talfahrt begann, fand Kelso Zeit zu bedauern, daß er sie überhaupt an Deck gelassen hatte. Flog jetzt ein Marssegel weg, konnte sowieso kein Mensch aufentern.

»*Sir!*«

Heslops Schrei riß ihn herum. Der Steuermann hängte sich mit ganzer Kraft ins Rad und deutete mit dem Kopf nach oben. Kelso sah hinauf: eine seiner schlimmsten Befürchtungen war eingestroffen. Das Großmarssegel hatte einen Riß. Zunächst war er nur klein, doch unter Kelsos Augen lief er weiter aufwärts, vom Schothorn bis etwa einen Fuß unterhalb der Rah. Und ein paar Sekunden später war es vorbei. Triumphierend riß der Orkan die Leinwand auf, schüttelte die beiden Fetzen wie ein spielender Hund, bis sie schließlich im Dunkeln des sturmzerwühlten Himmels verschwanden.

»Sir! Wir müssen beidrehen!«

»Nein!«

Kelso wußte genau, was er zu tun hatte. Gab er der Forderung des Steuermanns nach, waren sie vielleicht im Augenblick außer Gefahr; doch da sich das Sturmzentrum immer noch backbords von ihnen befand, würden sie den Kampf letzten Endes doch verlieren. So lange noch Fock- und Besansegel hielten, hatten sie eine Chance.

»Reagiert sie noch?«

Der Steuermann luvte probeweise kurz an und nickte.

»Dann bleiben wir auf Kurs.«

Wieder tauchten sie in ein Wellental ein, wieder erschauerte die *Paragon* unter dem ungeheuren Druck des Wassers, wieder waren die Decks von der wütenden See überflutet. Und wieder kämpfte sich die *Paragon* frei.

Als sie mit triefendem Bugspriet und blubbernden Speigatten hochkam, war Kelso ungeheuer stolz auf sein Schiff. Wunderbar, wie sie entgegen aller Wahrscheinlichkeit dem Sturm trotzte! Ein tapferes Schiff! Ganz nahe, nur eine Kabellänge entfernt, schlug ein Blitz ins Meer, und heftiger Donner rollte übers Wasser wie das zornige Aufbrüllen eines besiegten Riesen. Noch heulte der Orkan durch die Takelage, prasselte der Regen wie Schrotkugeln, schlugen die Seen wie Schmiedehämmer gegen den Schiffsrumpf. Und doch verspürte Kelso Dankbarkeit und Erleichterung: auf einmal wußte er, daß die *Paragon* es schaffen würde. Sie steuerte sich jetzt mühelos, und obwohl sie nach jedem Anprall zusammenfuhr und sich schüttelte, kam sie jedesmal schneller frei; die an Bord schlagenden Brecher waren nur sehr kniehoch, und das Schiff hatte sie längst abgeschüttelt, wenn es den nächsten Kamm erklomm.

»Sir! Das Besansegel!«

Kelso blickte hoch und sah, wie die Fetzen wegflogen. Doch es erschütterte ihn nicht sonderlich. Die Breitfock hielt noch, alle Bramsegel auch, und damit ließ sich das Schiff immer noch steuern. Schon wurde der Himmel lichter. Die See, grau und mißmutig, gab sich geschlagen.

9

Die *Paragon* kam aus dem Orkan wie ein Terrier, der aus einem reißenden Strom ans Ufer klettert. Der Wind flaute ab, die bergehohen Seen wurden flacher, das Schiff schüttelte sich das Wasser ab, das noch in den Speigatten stand und von den unteren Rahen tropfte. Leicht glitten sie jetzt vor dem raumen Wind dahin. Vorsegel und Klüver wurden gesetzt, und die *Paragon* schnitt durchs Wasser, als sei sie der *St. George* dicht auf den Fersen. Die Sonne kam hervor, und die Decks dampften. Die Reste von Großmars-

und Besansegel wurden abgeschlagen, und schon zerrte der Segelmacher Ersatz aus seiner Segelkammer.

Kelso überließ das Achterdeck Leutnant Fenton und ging nach vorn, um sich die Sturmschäden anzusehen. Der Kutter war noch auf seinem Lager festgezurrt, aber halb voll Wasser; vergnügt paddelten zwei Matrosen darin herum und östen ihn leer. Die Kommandantengig hatte weniger Glück gehabt. Eine gebrochene Stütze hatte ein Stück unter der Wasserlinie ein Loch gebohrt.

»Mr. Larkins!«

»Sir?«

»Wer war für meine Gig verantwortlich?«

»Das war . . .« Unbehaglich drehte der Bootsmann den Kopf hin und her. »Tut mir leid, Sir. Ich weiß es nicht mehr genau.«

»Der Kerl hätte auf jeden Fall sorgfältiger arbeiten müssen. Passen Sie nächstes Mal besser auf.«

»Aye, aye, Sir.«

Im Weitergehen hielt Kelso inne. »Mr. Larkins?«

»Sir?«

»Wie haben Sie und Ihre Männer es überstanden?«

Melancholisch rieb sich der Bootsmann das Kinn. »Entschuldigen, Sir, aber ich weiß wirklich nicht, wie ich das beschreiben soll. Nur eins weiß ich, Sir – noch mal möchte ich das nicht durchmachen.«

Die umstehenden Matrosen ließen ein zustimmendes Gemurmel hören, und einer sagte: »Hab wirklich gedacht, wir würden absaufen, Sir.«

Kelso gestattete sich ein Lächeln. »Na, ganz so schlimm ist es ja nicht gekommen.«

»Nein, Sir. Da braucht's schon mehr als einen kleinen Sturm, um die *Paragon* fertigzumachen.«

»Bestimmt«, nickte Kelso. »Und jetzt seid ihr alle warmgelaufen und in Form, wenn wir auf die Franzosen stoßen.«

»Aye, Sir, sind wir auch.« Ein bärtiger Matrose tippte grüßend an die Stirn und fragte: »Können Sie uns sagen, wann das sein wird, Sir?«

»Bald genug«, erwiderte Kelso. »Bei diesem Wind dauert es vielleicht nicht mehr lange.«

Doch seine Zuversicht beruhte mehr auf Wunschdenken als auf

Wahrscheinlichkeit. Tief im Herzen wußte er, daß die *St. George* vermutlich schon dicht vor der Ile de France und in Sicherheit war. Mit einem neuen Großmast und einer frischen Besatzung würde sie eine nützliche Verstärkung für die französische Flotte in diesen Gewässern abgeben. Wer konnte wissen, wie viele englische Schiffe sie kapern oder versenken würde, wenn er sie mit seiner *Paragon* nicht bald erwischte?

»Welchen Kurs, Sir?« fragte der Steuermann, als er wieder aufs Achterdeck kam.

»Westsüdwest, wie vorher«, antwortete Kelso.

»Aye, aye, Sir«, bestätigte Heslop; doch es klang so zweifelnd, daß Kelso sich zu einer Erläuterung entschloß. »Wir sind hinter der *St. George* her, Mr. Heslop. Wenn es sein muß, segeln wir ihr nach bis zur Ile de France.«

»Jawohl, Sir.« Auf dem verwitterten Gesicht des Steuermanns malte sich Unsicherheit. »Entschuldigung, Sir, – das ist aber ein lausig langer Törn.«

»Weiß ich.«

»Das ist . . . Also, das ist auch 'ne Frage des Trinkwassers.«

»Weiß ich auch.«

»Bevor wir bekalmt waren, ging's ja, aber jetzt . . . Also, ich meine, wenn wir die *St. George* nicht schnappen, wenn sie schon an der Ile de France ist . . . Also, dann müssen wir ja gleich umkehren – und immer noch ohne Trinkwasser.«

»Nein. Schlimmstenfalls laufe ich St. Helena an.«

»Das ist aber immer noch 'n lausig langer Trip.«

»Weiß ich alles«, erwiderte Kelso gelassen. »Aber über eins müssen Sie sich klar sein, Mr. Heslop: ganz egal, was jetzt noch passiert, ob wir in einen weiteren Zyklon segeln oder es mit Piraten zu tun bekommen, ob wir keinen Tropfen Trinkwasser mehr haben – wir segeln weiter.«

Respektvoll nickte der Steuermann. »Aye, aye, Sir.«

Kelso wandte sich ab und schritt zur Luvseite des Achterdecks. Nicht nur damit der Steuermann Bescheid wußte, hatte er so gesprochen, sondern auch um seiner selbst willen. Er wußte, was er für ein Risiko einging. Zwischen ihm und dem afrikanischen Kontinent lagen ein paar Inselgruppen, die größtenteils nicht einmal kartographisch erfaßt waren und allerlei europäischen Piraten als

Unterschlupf dienten; und die kämpferischen Möglichkeiten der *Paragon* hingen weitgehend vom Zufall ab. In ein paar Tagen, bestimmt aber in einer Woche würde er Trinkwasser brauchen. Drehte er jetzt um, so konnte er es gerade noch bis Bombay schaffen; segelte er weiter, konnte es sie alle das Leben kosten.

»Kurs liegt an, Sir.«

»Beibehalten.«

Auf dem Achterdeck stand Leutnant Fenton an der Leereling. Breitbeinig, Hände auf dem Rücken, sah er aus, als hätte wenigstens er nichts gegen die Entscheidung seines Kommandanten einzuwenden.

Gegen Mittag stießen sie auf einen Schwarm Fliegender Fische; eine Zeitlang beobachtete Kelso, wie sie durch die Luft schossen, im gleichen Tempo wie das Schiff – es sah beinahe so aus, als wollten sie es begleiten.

»Großmarssegel angeschlagen, Sir.«

Das war der Segelmacher; er tippte grüßend an die Stirn und grinste breit, offenbar hochbefriedigt, daß er den Schaden so schnell repariert hatte.

»Gut gemacht, Latham. Ich sage Mr. Fenton, daß er die Brassen dichtholen läßt.«

Jetzt, mit dem neuen Großmarssegel und bei raumen Wind, mußten sie noch schnellere Fahrt machen. Mit frohem Eifer schnitt die *Paragon* durch die Seen, dippte den Bugspriet tief ein und riß ihn dann wieder hoch, so daß er abwechselnd vor dem helleren Blau des Himmels und dem dunkleren der See stand. Beim Eintauchen gab es kaum einen Spritzer; außer den beiden Gischtstreifen des Kielwassers hinterließen sie keine sichtbare Spur auf der Wasserfläche. Bei diesem Wind, rechnete sich Kelso aus, konnten sie in einer Woche vor der Ile de France sein – wenn sie nicht schon vorher auf die *St. George* stießen.

»Captain, Sir, ich glaube, Sie müssen mal nach unten kommen.«

Das war Archibald, der Zweite Offizier, der noch immer die unteren Räume klarieren ließ. Oben an Deck war alles auf Stabilität ausgerichtet: es gab so wenig Bewegliches, daß die Absicherung verhältnismäßig einfach gewesen war. Unter Deck war das anders.

»Was ist denn?«

»Die Passagiere, Sir – Reverend McPhee.«

»Ist er ernsthaft verletzt? Ich habe ihn doch, glaube ich, gesehen . . .«

»Entschuldigung, Sir, er ist tot.«

»Tot.« Kelso wiederholte das Wort mit ausdrucksloser Stimme, fest entschlossen, sich nicht von Gefühlen beeinflussen zu lassen.

»Jawohl, Sir. Er muß mit dem Kopf auf eine Stufe des Niedergangs gefallen sein. Vor einer Stunde war er soweit noch ganz in Ordnung, bis auf Kopfschmerzen und etwas Übelkeit. Und dann wurde er bewußtlos und starb vor ein paar Minuten.«

»Waren Sie dabei?«

»Jawohl, Sir. Ich hatte eben nachgeschaut, wie es ihm ging.«

»Und Miss McPhee?«

»Die ist natürlich ganz durcheinander.«

Kelso nickte. »Ich gehe gleich zu ihr.«

Ein merkwürdiger, ganz überflüssiger Todesfall. Als der Zyklon losbrach, war es für die Männer an Deck ein nervenzerreißendes Erlebnis; doch für die im Schiffsraum mußte es noch schlimmer gewesen sein. Im Finstern oder Halbdunkel, unter verschraubten Luks und Bullaugen mußten die Mannschaft und die beiden Passagiere Stunden der Angst und manchmal der Hoffnungslosigkeit durchlebt haben, wenn das Schiff erst nach der einen, dann nach der anderen Seite überholte und sich so aufbäumte wie ein wildes Pferd, daß zwischen der vorderen und der achteren Schottwand alles umherflog, was nicht verzurrt war – eine Gefahr für Leib und Leben der Menschen, die selber wie Bälle herumgeworfen wurden. Und über dem ganzen Tohuwabohu hing die Angst vor dem Kentern des Schiffes. Wenn dann auch noch Wasser durch die geschlossenen Luks einsickerte, die Planken entlang bis in die Kajüten lief, mußte die Angst noch größer werden. Sank die *Paragon*, so würden sie ersticken wie in einem festvernagelten Sarg.

Das alles überlegte Kelso, während er zu den Kajüten hinabstieg. Reverend McPhee hatte es nicht mehr ertragen können, er hatte einfach durchgedreht. Als das erste Wasser in seine Kammer sickerte, war er, ungeachtet der Proteste seiner Tochter, hinausgestürzt und hatte versucht, das Luk aufzustoßen und an Deck zu gelangen. Gerade da hatte das Schiff übergeholt, er war gefallen und mit dem Kopf aufgeschlagen. Nun war er tot. Bedauerlich, dachte Kelso, daß sich ein Mann Gottes als so schwach im Glauben erwiesen hatte.

»Wo ist sie?«

»Hier drin, Sir.«

Der Posten an der Tür trat zur Seite, als Kelso vor den beiden Türen zögerte – der zu seiner eigenen Kajüte und der anderen, die zur Messe und zu McPhees Kammer führte. Der Posten hatte auf seine eigene Tür gedeutet; Kelso klopfte an, zögerte einen Moment, denn er verspürte einen unerklärlichen Widerwillen vor dem Betreten der Kajüte, und öffnete schließlich die Tür.

»Miss McPhee.« Seine Stimme war ausdruckslos, hart, und verriet keine Gemütsbewegung. »Tut mir leid, daß es so gekommen ist.«

Sie gab kein Zeichen des Verstehens. Sie kniete neben der Koje – seiner Koje –, auf der der Tote lag, und starrte blind die Schottwand an – anscheinend auch das Bild, das dort hing. Es war eine Zeichnung der *St. George*, die Kelso in den langen, demütigenden Tagen, als die angeschlagene *Paragon* nach dem Gefecht mühsam nach Bombay zurückhinkte, aus dem Gedächtnis angefertigt hatte. Wie viele Wochen oder Monate war das her? Inzwischen war die *Paragon* neu ausgerüstet worden, der Gouverneur hatte sein Gartenfest gegeben, Kelso und die McPhees waren unter den demütigendsten Umständen aneinandergeraten. Jetzt war Kelso auf dem Wege, Vergeltung an den Franzosen zu üben – und Menschen, die das Ganze nichts anging, mußten die Zeche bezahlen. Hatte Elspeth dergleichen im Sinn, während sie über die gefalteten Hände ihres toten Vaters hinweg das Bild anstarrte?

Stumm wartete Kelso, den hageren Körper wie ein Fragezeichen unter die niedrigen Decksbalken gebeugt. Vielleicht blickte sie überhaupt nicht auf das Bild, vielleicht war ihr Geist so abgestumpft vor Kummer und Erschöpfung, daß ihre Augen gar nichts sahen.

»Das ist Ihr Werk!« Langsam wandte sie den Kopf und starrte ihm anklagend ins Gesicht. »Sie haben meinen Vater umgebracht!«

Unbewegt und stumm hielt er ihrem Blick stand. Er hätte auch nur wenig einwenden können. Wäre es nicht zu jenem unglückseligen Zusammenstoß im Park des Gouverneurs gekommen, so wäre ihnen der mörderische Orkan erspart geblieben, und ihr Vater lebte noch.

Er schüttelte diesen Gedanken ab und stieß dabei an einen

Decksbalken. Wäre es nicht die *Paragon* gewesen, dann ein anderes Schiff; wenn nicht heuer, dann bestimmt nächstes Jahr. Gouverneur und Rat von Bombay waren offensichtlich fest entschlossen gewesen, die McPhees loszuwerden.

»Sie haben nichts zu erwidern«, sprach sie weiter, »und ich muß annehmen, daß sogar Sie etwas wie Reue empfinden.«

Nachdenklich sah er sie an. Da er sich von der Verantwortung losgesprochen hatte, konnte er sich anderen, unmittelbareren Problemen zuwenden, die das Schiff betrafen. Jetzt, da ihr Vater tot war, konnte er in Bradshaws ehemalige Kammer umziehen; bei dieser Hitze mußte das für ihn und Fenton eine Erleichterung sein. Wenn sich dieser günstige Wind hielt, konnte er in einer Woche vor der Ile de France eintreffen. Doch da war noch der Trinkwassermangel. Früher oder später – wahrscheinlich früher – mußte er einen Entschluß fassen.

». . . mich beim Gouverneur beschweren, sobald wir wieder in Bombay sind.«

Er hatte gar nicht hingehört und erfaßte gerade noch die letzten Worte ihrer Anklage. »Wie bitte?«

»Ich sagte, daß ich mich über Sie beschweren werde, sobald wir wieder in Bombay sind. Selbst der Gouverneur und sein Rat werden kaum umhin können . . .«

»Wir segeln nicht nach Bombay.«

»Was sagen Sie da?« fragte sie beinahe flüsternd. Ungläubig starrte sie ihn an, und ihr ohnehin schon blasses Gesicht wurde kalkweiß.

»Wir können nicht nach Bombay zurück, wenigstens nicht jetzt. Das müssen Sie doch einsehen.«

»Warum nicht?«

»Erstens hätten wir den Wind gegen uns. Wir würden mindestens eine Woche brauchen, wahrscheinlich länger. Außerdem wäre es sinnlos.«

»Sinnlos? Daß ich ein christliches Begräbnis für meinen Vater wünsche, finden Sie sinnlos?«

»Miss McPhee . . .« Hilflos fuhr er mit der Hand durch die Luft; wie sollte er sich ihr nur verständlich machen? »Ihr Vater muß sofort bestattet werden, auf See. Weder Sie noch ich können daran etwas ändern.«

»Unterschätzen Sie mich nicht, Captain. Unterschätzen Sie meine Liebe zu meinem Vater nicht. Er wird *nicht* über Bord geworfen wie Küchenabfall. Er wird in Bombay von einem christlichen Priester in geweihter Erde bestattet, wie es sich gehört!«

»Das ist unmöglich!«

»Unmöglich ist gar nichts.«

»Wissen Sie ...« Verwirrt hielt er inne, sah ihre unnachgiebige Miene und fuhr fort: »Wissen Sie, wie eine Leiche nach sieben Tagen in solcher Hitze aussieht?«

»Sie machen mir keine Angst, Captain«, erwiderte sie mit einem verachtungsvollen Blick. »Ich habe im Armenviertel von Bombay genug Tod und Verwesung gesehen, faulende Leichen auf ihren Gestellen in der Sonne. Habe ich nicht für jene armen Heiden gebetet und dabei den süßlichen Verwesungsgeruch geatmet? Erzählen Sie mir nichts von Hitze, Captain; ich weiß mehr vom Tod als Sie!«

»Ihr Vater wird auf See bestattet«, entgegnete er.

»Niemals!« Mühsam erhob sie sich und sah ihm durch den engen Raum fest ins Gesicht. »Niemals! Ich lasse es nicht zu!«

»Miss McPhee«, sagte er freundlich, beinahe bittend, »auch eine Bestattung auf hoher See gehört zu den christlichen Gottesdiensten, die jeder Kommandant abhalten muß. Ich habe selbst an solchen Bestattungen teilgenommen, viele Male. Tod auf See ist nichts Außergewöhnliches, schon gar nicht auf einem Kampfschiff.«

»Mein Vater war kein Seemann, Captain, sondern ein Mann Gottes. Er hat für die Kirche gelebt, und mit dem Segen der Kirche wird er auch begraben werden.«

»Er wird von Bord aus bestattet, von meinem Achterdeck – heute noch.« Kelso sprach mit fester Stimme und wartete mit zusammengebissenen Zähnen auf ihre Erwiderung. Als sie erfolgte, war er überrascht. Mit gesenktem Kopf sagte sie leise: »Gewiß, Captain. Um welche Zeit?«

»Je eher, desto besser. Bevor die Sonne ...«

»Würden Sie mir noch eine Stunde Zeit lassen?«

»Selbstverständlich.« Er verbeugte sich ungeschickt und ging rückwärts zur Tür. »Ich lasse Sie jetzt allein – das wird Ihnen wohl lieber sein. Wenn Sie irgend etwas brauchen ...«

»Nichts.«

»Ja, gewiß.« Er öffnete die Tür. »Und, Miss McPhee ... Es tut mir sehr leid.«

An Deck reagierte er nicht auf Archibalds fragenden Blick; nach einem kurzen Halt beim Kompaß, um den Kurs zu kontrollieren, nahm er seinen gewohnten Platz an der Luvreling wieder ein. Von diesem Aussichtspunkt konnte er alles sehen, was vorging: die Deckswache war beim Klarieren, Spleißen, Schrubben, Geschützreinigen. Beim Vorderkastell schnitt der Segelmacher das Leichentuch zu. Wenn Kelso den Kopf hob, konnte er die pralle Leinwand sehen, die Mars-, Bram- und Oberbramsegel des Besan, und weiter vorn das mächtige Viereck des Großsegels, dahinter in perspektivischer Verkürzung die Focksegel, und noch weiter vorn Klüver und Flieger, die ihre weißen Bogen auf die blaue See zeichneten.

»Mr. Archibald!«

»Sir?«

»Bestattung um sechs Glasen – ein Dutzend Mann der Freiwache, eine Ehrenwache der Marine-Infanterie! Sagen Sie Mr. Tregowan Bescheid.«

»Aye, aye, Sir.«

Er fragte sich, ob Elspeth McPhee wohl mit seinem Bestattungszeremoniell zufrieden sein würde. Zwar wußte er im voraus, daß er sich nur mit Schwierigkeiten im Gebetbuch zurechtfinden würde, doch hatte er an so vielen Seebestattungen teilgenommen, daß er die feierliche Stimmung zu schätzen wußte, die dabei aufkam. Es war etwas Besonderes um eine Bestattung auf hoher See: die unendliche Weite des Ozeans, das grenzenlose Blau des Himmels . . . Er war immer der Ansicht gewesen, daß ein Toter in dieser Unendlichkeit besser aufgehoben sei als in einem elenden kleinen Erdloch.

Da die Sorge um die McPhees nun gegenstandslos geworden war, konnte er sich den ihm näherliegenden Problemen des Schiffes zuwenden. Als wolle sie ihre Erlösung aus dem Sturm feiern, schnitt die *Paragon* glatt durch die See, unter Vollzeug vor einer frischen Brise laufend. Vom Zyklon war nichts mehr zu spüren. Die See, die noch vor einer Stunde wie ein Malstrom gewesen war, lag jetzt ruhig, und kaum ein Kräuseln störte das freundliche Blau. Der Himmel, der mit seinen schweren Wolkenbänken und zuckenden Blitzen so gefährlich tief gehangen hatte, war so still wie ein Sommerabend. Eine heile Welt, wie es schien.

»Bestattungswache angetreten, Sir.«

Überrascht wandte er sich um: Tregowan, Hauptmann der Marine-Infanterie, stand neben ihm.

»Ist es schon sechs Glasen?«

»Kurz davor, Sir; ich dachte, Sie möchten vielleicht die Ehrenwache mustern.«

»Ja, aber erst . . .« Es fiel ihm ein, daß er erst das Gebetbuch haben mußte, das sich in seiner Kajüte befand, wo Elspeth McPhee ihren toten Vater betrauerte. Der betreffende Abschnitt war ihm zwar bekannt, doch hätte er ihn gern noch einmal überlesen, damit er keinen Fehler machte. Mit der Besatzung war es nicht so schlimm – von denen würde es kaum einer merken, wenn er ein Wort ausließ oder umstellte. Bei Elspeth McPhee war das etwas anderes. Jetzt jedoch war nichts mehr zu machen.

»Schön, Mr. Tregowan. Ich werde die Wache mustern.«

Das war in ein paar Minuten getan. Ein unglückseliger Soldat, dessen Gesicht so knallrot war wie sein Uniformrock, wurde wegen schmutziger Stiefel aufgeschrieben; die zwölf Matrosen, barfüßig, doch sonst in der ersten Garnitur, standen in zwei Gliedern an der Heckreling. Auf dem Hauptdeck wartete der Segelmacher mit dem Leichentuch.

»Schön, Mr. Tregowan. Lassen Sie die Männer rühren.«

Er winkte dem Segelmacher und seinen Maaten und ging ihnen voran durch den Niedergang zum Wohndeck hinunter. Als er an die Kajütentür klopfte, bekam er keine Antwort, und als er den Türgriff faßte, fand er die Tür verschlossen.

»Miss McPhee!«

Sie antwortete nicht, und als er das Ohr an die Tür legte, konnte er drinnen keine Bewegung hören.

»Miss McPhee! Wir sind soweit. Die Leute warten.«

Immer noch keine Antwort.

»Wenn Sie bitte aufschließen wollen . . .«

Er hörte oder glaubte eine Bewegung zu hören, als hätte sich Elspeth McPhee wenigstens von den Knien erhoben. Im nächsten Moment hörte er ihre heftige Stimme dicht hinter der Tür und fuhr zusammen.

»Gehen Sie, lassen Sie uns allein!«

»Miss McPhee, bitte öffnen Sie die Tür!«

»Niemals! Denken Sie wirklich, ich lasse es zu, daß Sie meines

Vaters Leichnam den Haien zum Fraß vorwerfen?«

»Dazu kommt es nicht, das versichere ich Ihnen. Der Segelmacher hat ein Leichentuch mit Gewichten genäht, die Ehrenwache wartet an Deck. Es findet ein regelrechter Gottesdienst statt.«

»Und wer hält den ab?«

»Ich als Kommandant dieses Schiffes.«

»Eben! Der Mörder meines Vaters soll ein Totengebet für seine Seele sprechen!«

Kelso wartete ein Weilchen – vielleicht würde sie, wenn er nichts darauf erwiderte, nachgeben und anderen Sinnes werden; doch als die Minuten verstrichen, ohne daß eine Antwort aus der Kajüte kam, war er gezwungen, weiter mit ihr zu verhandeln.

»Miss McPhee, hören Sie mich an!«

Sie antwortete nicht, doch vernahm er ihr heftiges Atmen jenseits der Tür.

»Wie lange wollen Sie so weitermachen? Sie brauchen Wasser und Essen – besonders Wasser. Früher oder später müssen Sie aufschließen.«

»Nicht bevor wir in Bombay sind.«

»Darauf können Sie aber lange warten«, entgegnete er wütend. »Lieber Himmel, begreifen Sie denn nicht, Mädchen, daß Sie einfach nachgeben müssen? Machen Sie lieber gleich auf! Seien Sie doch vernünftig! Glauben Sie, es wäre Ihrem Vater recht, daß Sie sich so anstellen?«

»Was wissen Sie schon von meinem Vater?« Verzweifelt trommelte sie mit den Fäusten gegen die Tür. »Was wissen Sie schon davon, was einem Mann Gottes recht ist und was nicht?«

»Na schön. Dann muß ich es anders versuchen.« Er trat zurück und stemmte den Rücken gegen die Bordwand. »Zum letzten Mal, Miss McPhee – machen Sie jetzt die Tür auf?«

»Niemals!«

»Dann passen Sie auf, damit Ihnen nichts passiert.«

»Was haben Sie vor?«

Er hob den Fuß und versetzte der Tür einen heftigen Tritt dicht neben dem Griff. Doch das Holz war fester als gedacht; er fühlte den harten Anprall bis in die Schulter hinauf. Aber er war entschlossen, sich nicht abhalten zu lassen. Oben an Deck warteten das Bestattungskommando und die Ehrenwache. Die Sonne näherte sich dem Zenit.

»Kann ich helfen, Sir?«

Es war Padstow, sein Steward, der vergnügt auf dem Zwischendeck herbeischlenderte. Mit einem Blick auf den untersetzten, breitschulterigen Mann nickte Kelso. »Du kannst mir helfen, die Tür aufzubrechen.«

»Jawohl, Sir.« Das war typisch für Padstow: Tatsachen nahm er gleichmütig und ohne Fragen zur Kenntnis. »Wenn Sie bitte beiseite treten wollen.«

Er schob die Schulter vor, nahm einen kleinen Anlauf und warf sein ganzes Gewicht gegen die Tür. Das Holz gab etwas nach, Padstow sank in die Knie und rieb sich die Schulter.

»Hast du dich verletzt?«

»Junge, Junge!« Mit komisch wutverzerrtem Gesicht sah Padstow hoch. »Hab mich beinahe ums Leben gebracht, Sir, Tatsache!«

»Dann geh beiseite und laß mich noch mal versuchen.« Kelso trat an die Tür und brüllte wütend: »Miss McPhee! Wollen Sie jetzt endlich aufschließen?«

»Niemals! Und nicht ich werde nachgeben, Captain, sondern Sie!«

»Weg da!« Kelso beugte sich zurück und trat zwei, dreimal mit dem Stiefelabsatz zu. Beim letzten Mal meinte er, ein gewisses Nachgeben des Türschlosses zu spüren.

»Soll ich 'ne Axt holen, Sir?«

»Nein. Es geht schon.« Er stemmte sich wieder an die Rückwand und trat ein paarmal zu. Jedesmal fühlte er, daß die Tür etwas nachgab.

»Noch einen ordentlichen Tritt, Sir, dann haben Sie's.«

»Vielleicht. Gehen Sie beiseite, Miss McPhee! Ich komme jetzt rein!«

»Nein!« Nach ihrem schluchzenden Protest zu schließen mußte sie wissen, daß sie verspielt hatte; doch aufgeben wollte sie immer noch nicht. Als sich beim nächsten Tritt die Tür öffnete, schloß sie sie sofort wieder und stemmte sich dagegen.

Kelso war nicht in der Stimmung für Höflichkeiten. Er stemmte die Schulter gegen die Tür, den Fuß gegen die Schiffswand, und schob mit aller Kraft. Er hörte ihre Füße über den Boden schurren und dann ein Krachen: sie war über seine Seekiste gestolpert.

Damit war ihr Widerstand gebrochen. Die Tür flog auf, er trat ein und sah Elspeth zusammengesunken bei der Koje, bitterlich weinend.

Er holte tief Atem, wandte sich um und winkte Segelmacher Latham, den Leichnam zu übernehmen.

»Miss McPhee!« Kelso kniete sich neben sie und hob sie auf. Sie weinte immer noch furchtbar und wäre zusammengebrochen, hätte er sie nicht gehalten. Sie schien allen Mut verloren zu haben. Als er sie an die Schottwand lehnte und sich vor sie stellte, damit sie nicht sah, wie Latham sich eilig an dem Toten zu schaffen machte, schien sie gelöster zu werden. Ihr Körper wurde schlaff, und ihr Kopf sank an seine Brust. Als Latham ein paar Minuten später herzutrat und flüsterte: »Alles klar, Sir!« lag sie immer noch in seinen Armen.

10

»Segel in Lee, Sir!«

Kelso hielt mitten im Satz inne. ». . . und obgleich Würmer meine Haut zernagen und diesen Leib zerstören werden, so werde ich doch im Fleische Gott schauen . . .« Ohne die Augen vom Gebetbuch zu erheben, lauschte er auf Fentons gedämpfte Frage: »Wie viele kannst du ausmachen?«

»Zehn, Sir. Nein – ein Dutzend. Sieht aus wie 'ne Piratenflottille.«

Die Stimme des Ausgucks war schrill vor Erregung. Erleichtert hörte Kelso, daß Fenton ganz ruhig und sachlich befahl: »Mr. Winston! Nehmen Sie ein Glas, entern Sie auf, und sagen Sie mir, was Sie sehen!«

»Aye, aye, Sir.«

»Melden Sie sich dann bei mir.«

Kelso sah immer noch nicht auf, sondern fuhr mit der Bestattungszeremonie fort, sorgsam mit dem Zeigefinger Wort für Wort verfolgend: ». . . und ich selbst werde Ihn schauen, meine Augen werden Ihn und keinen anderen erblicken.«

Dort standen, wie er wußte, seine Matrosen in Doppelreihe, in gespannter Habt-acht-Stellung, die scharlachroten Marine-Infanteristen, Hauptmann Tregowan mit geneigtem Kopf, Leutnant Archibald, Schiffsarzt Foulkes und, ganz verlassen und allein bei der Reling, Elspeth McPhee. Aufrecht stand sie da und warf kaum einen Blick in das Gebetbuch in ihren Händen. Sie wußte die Worte wohl auswendig.

»Der du die Menschen lässest sterben und dennoch sprichst: Kommt wieder, Menschenkinder . . .«

Auf zwei Seekisten ruhte der eingenähte Leichnam des Reverend McPhee, der in der Mittagshitze bereits einen unangenehmen Geruch verbreitete.

». . . und sind gleich wie ein Gras, das doch bald welk wird, das frühe blühet und bald welk wird und des Abends abgehauen wird und verdorrt . . .«

Während er diese Worte aussprach, ohne auf ihren Sinn zu achten, waren seine Gedanken an der Kimm bei den zwölf oder mehr Dhaus und Felukken, die quer zum Kurs der *Paragon* segelten. Mahratten-Piraten von Tulagee Angria, kleine, wendige, flinke Kampfschiffe, die in Rudeln zu jagen pflegten. Ihre im Sonnenlicht gleißenden Lateinersegel genügten, um auf jedem Kauffahrteischiff Angst und Schrecken zu verbreiten. Während die Felukken ihre Opfer durch geschicktes Manövrieren und mit dem Feuer ihrer Sechspfünder in Schach hielten, arbeiteten sich die Dhaus so dicht heran, daß sie Wurfanker setzen oder die Rahen blockieren konnten. Sekunden später schwärmten die dunkelhäutigen Krieger an Deck, und das Leben von Mannschaft und Passagieren war keinen Pfifferling mehr wert. Und was etwaige weibliche Passagiere betraf . . .

Instinktiv sah Kelso zu Elspeth McPhee hinüber. Ihre Augen starrten geradeaus, lautlos bewegten sich ihre Lippen zu den Worten des Psalms. Sie wenigstens hatte keine Angst.

». . . erfreue uns wieder, nachdem du uns so lange plagest, und nachdem wir so lange Unglück leiden . . .«

Winston, der Midshipman, den Fenton in den Mast geschickt hatte, kam zurück und eilte übers Hauptdeck zu Fenton.

». . . Der letzte Feind, der besiegt wird, ist der Tod . . .«

Kelso hielt einen Moment inne, schaute nach vorn und bekam einen Schreck. Dort, jenseits des auf- und niederwippenden Klüvers, standen die feindlichen Segel wie dünne weiße Kreidestriche.

Es mußten ein Dutzend oder mehr sein, weit auseinandergezogen, in der typischen Angriffsformation der Angria-Piraten. Fünf, sechs Meilen – weiter konnten sie nicht weg sein. Unter vollem Tuch würde die *Paragon* sie in einer halben Stunde erreicht haben.

»Klar zum Segelreffen!«

Befriedigt hörte er Fentons gelassene Stimme. Bestattung oder nicht – Fenton tat seinen Dienst.

»Tag um Tag bin ich vom Tod umfangen, und doch erfreue ich mich an Dir, Jesus Christus, unser Herr . . .«

Er wußte überhaupt nicht, was er da sprach – nur daß es gesagt werden mußte. Und zwar schnell; allerdings auch nicht so schnell, daß dieses Mädchen, das seinen Vater verloren hatte, die Eile als verletzend empfand.

». . . So laßt uns essen und trinken, denn morgen sind wir tot.«

Diese Worte wenigstens hatten eine greifbare Bedeutung und machten seinen Geist noch empfänglicher für die Vorgänge auf dem Hauptdeck.

Fentons Stimme klang ruhig und klar; die Männer schienen instinktiv zu wissen, was sie zu tun hatten. Auf nackten Sohlen liefen sie rasch herum, begossen die Decksplanken, öffneten die Stückpforten, rannten die Geschütze aus, schleppten Pulver und Kugeln herbei – das alles lief so geräuschlos ab, daß es auf dem Achterdeck kaum wahrgenommen wurde, außer von Kelso und zweifellos auch von Tregowan und seinen Seesoldaten, die bald genug in Aktion treten würden.

». . . Wir Irdischen gleichen der Erde, und die Himmlischen sind wie der Himmel . . .«

Er bemühte sich, langsam und feierlich einen klangvollen Satz nach dem anderen zu lesen; doch die ganze Zeit schrie es in seinem Hirn: Verdammt, wie lange dauert denn das noch!

Als er wieder hinsah, waren die Lateinersegel schon viel näher. Noch zehn, fünfzehn Minuten, und sie mußten in die Reichweite seiner Kanonen kommen. Nicht daß er jetzt schon seine wertvolle Munition verschwenden wollte. Schnelle, auseinandergezogen segelnde kleine Fahrzeuge zu treffen, erforderte mehr als artilleristisches Können – dazu brauchte man schon eine ganze Portion Glück.

»Geschütze feuerklar, Sir«, meldete Craig leise und dringlich.

». . . Darum, geliebte Brüder, seid beständig, wankt nicht, bleibet stets im Dienste des Herrn, denn ihr wißt, der Dienst des Herrn ist nicht vergebens.«

Kelso hielt inne, denn der Text endete hier; nun folgten die rotgedruckten Anweisungen. Hoffnungsvoll und etwas unsicher blickte er auf, doch Latham, der schon hundert Leichentücher genäht und bei ebensovielen Bestattungen mitgewirkt hatte, beugte sich bereits über den Toten. Langsam nahmen er und sein Maat ihn auf, trugen ihn zur Heckreling und warteten dort darauf, daß Kelso weiterlas.

»Der Mensch, vom Weibe geboren, hat nur kurze Zeit zu leben und ist voller Elend und Not. Er wächst auf und wird abgehauen gleich einem Baume.«

Unvermittelt bekamen die Worte Sinn und Gewicht; instinktiv blickte er zu dem Mädchen hin, das leise aufschluchzte, als die Gräting mit dem Leichnam auf die Reling geschoben wurde.

»Mitten im Leben sind wir vom Tod umfangen.«

Scheinbar ohne sichtbares Zutun von seiten Lathams und seiner Helfer glitt der Tote von der Gräting und fiel in steilem Bogen in die See.

»Bei wem können wir Hilfe suchen wenn nicht bei dir, o Herr.« Kelso sprach besonders laut, um das Aufklatschen zu übertönen.

Elspeth stand aufrecht, die Hände noch um das Gebetbuch verkrampft, und Tränen rannen über ihre Wangen. In ihrem Schmerz sah sie anziehender aus als je. Sie tat ihm einfach leid – jedes andere Gefühl trat dagegen zurück.

»Und so übergeben wir diesen Leib der Tiefe, auf daß er dort bleibe und die Auferstehung erwarte bis zu jenem Tage, da das Meer seine Toten wieder herausgibt.«

Fast hätte er die Piratenflottille und den bevorstehenden Kampf vergessen. Nur unbestimmt vernahm er Craigs Befehle, der von Geschütz zu Geschütz ging und ihm sein Ziel anwies, hörte er Metall auf Metall quietschen, als sich ein Rohr im Zapfen drehte.

»Gewähre uns dies, o gnadenreicher Vater, durch Jesus Christus, unseren Mittler und Erlöser. Amen.«

Auf ein Kommando Tregowans hin hoben die Seesoldaten ihre Musketen und feuerten eine Salve über die See. Archibald übernahm jetzt den Befehl und ließ das Bestattungskommando wegtreten. An der Schnelligkeit, mit der die Leute zum Hauptdeck liefen, war deutlich zu erkennen, daß sie es eilig hatten, sich zum Gefecht fertigzumachen. Kelso und das Mädchen blieben allein an der Heckreling.

»Miss McPhee, ich wollte Ihnen nur sagen . . .« Doch als sie ihn mit ihren tränengefüllten Augen ansah, konnte er nicht weitersprechen.

»Ich weiß, Captain – und ich danke Ihnen«, erwiderte sie.

»Wofür?«

»Daß Sie meinem Vater eine christliche Bestattung bereitet haben.«

»Nun . . .« Er war sehr verwirrt, und das sah man ihm zweifellos an.

»Unter diesen Umständen.« Sie deutete auf die heransegelnde Flottille. »Ich weiß zu schätzen, was Sie getan haben.« In einer unwillkürlichen Geste der Dankbarkeit legte sie ihm die Hand auf den Arm. »Jetzt müssen Sie sich um Ihr Schiff kümmern.«

»Ja.« Er salutierte linkisch und wandte sich ab. Das Vorschiff war bereits gefechtsklar, die Geschütze waren ausgerannt, die Kanoniere knieten feuerbereit daneben, Lunten glommen. Craig hockte bei Geschütz Nummer drei und korrigierte die Richtung, die ihm noch nicht zu stimmen schien. Die Matrosen der Deckswache standen, Segelmesser im Gürtel, bei den Brassen; die Freiwache war mit Piken bewaffnet. An den Niedergängen und in Abständen längs des Hauptdecks standen die rotberockten Seesoldaten, lässig auf ihre Musketen gestützt. Zwei von ihnen, dazu Holinshed, der Schiffskoch, als Scharfschütze bekannt, waren aufgeentert.

»Schiff klar zum Gefecht, Sir«, meldete Fenton. Wie stets waren seine Stimme und seine Miene so ausdruckslos wie beim Hafenexerzieren.

»Danke, Mr. Fenton.«

»Eins noch, Sir: Ich weiß nicht, ob Sie Enternetze wünschen.«

Netze, die Enterer abhalten sollten, konnten an Spieren, die im Schanzkleid steckten, angebracht werden. Sie gehörten zur Ausrüstung jedes Indienfahrers, aber nach Kelsos Ansicht waren sie schlimmer als nutzlos. Kein Hindernis konnte entschlossene Enterer auf die Dauer abhalten, und wenn es hart auf hart kam, waren diese außenbords gespannten Netze für die Verteidiger vermutlich ebenso hinderlich wie für die Angreifer. Das einzige wirksame Verteidigungsmittel war scharfer Stahl.

»Nein danke, Mr. Fenton. In diesem Gefecht sind wir nicht die Verteidiger. Wir greifen an.«

Fenton nickte kurz und vermutlich billigend. »Hab ich mir gleich gedacht.«

»Sie haben, wie ich sehe, bereits gerefft.«

»Jawohl, Sir.«

»Recht so. Wir haben die Luvposition, und in der will ich auch bleiben.«

Ein anderer Kommandant hätte vielleicht Vollzeug gesetzt und auf seine überlegene Größe und Schnelligkeit vertraut, um durch die feindliche Linie zu brechen; doch es war typisch für Kelso, daß er an einen solchen Plan nicht einmal dachte. Vor einer Meute kläffender Köter wie ein verschreckter Hase wegzurennen, war nicht seine Idee von Ruhm.

»Schußweite, Sir«, rief Craig.

»Recht so, Mr. Craig. Feuern erst auf meinen Befehl!« Er musterte die rasch näher kommende Flottille. »Wir wollen unsere Munition nicht vergeuden.«

»Sir! Was wird mit dem Mädchen?«

»Wie?« Er fuhr herum und sah Elspeth McPhee immer noch an der Heckreling stehen, wie er sie verlassen hatte. »Miss McPhee!« Er eilte zu ihr. »Sie müssen unter Deck!«

»Warum, Captain?«

»Weil Sie dort sicherer sind. Das Deck ist kein Ort für eine Frau.«

»Ich habe keine Angst.«

»Kann ja sein, aber . . .«

Unvermittelt mußte sie über seine besorgte Miene lächeln. »Schön, Captain. Ich gehe nach unten. Aber in meine Kajüte einschließen lasse ich mich nicht!«

»Das brauchen Sie auch nicht. Sie können sowieso . . .« Betroffen schlug er die Hände zusammen. »Sie können ja gar nicht in Ihre Kajüte. Ein Sechspfünder mit Munition ist drin, gar nicht zu reden von der Geschützbedienung.« Ihn hatte es nie gestört, daß er seine Kajüte während eines Gefechts nicht benutzen konnte, denn er hatte dort ja nichts zu suchen. Mit dem Mädchen war es anders.

Sie lächelte flüchtig über seine Betroffenheit. »Dann gehe ich eben woandershin.«

»Ja, aber . . .«

»Keine Sorge.« Wieder berührte sie seinen Arm. »Ich kann schon auf mich aufpassen.«

Unsicher blickte er ihr nach, als sie die Leiter zum Hauptdeck hinunterstieg. Am Niedergang mußte sie warten, bis der Seesoldat das Luk geöffnet hatte. Sie blieb stehen und sah zu ihm zurück, ehe sie unter Deck verschwand.

In der nächsten Sekunde hatte er sie bereits vergessen. Aus den Wanten rief Holinshed herunter: »Captain, Sir! Die Feluken haben das Feuer eröffnet!«

11

In breiter Front kreisten die Mahratten-Schiffe ihre Beute ein. Wie Bögen standen ihre dreieckigen Segel vor dem blauen Himmel, aus ihren Decksgeschützen verpufften Rauchwölkchen. Zu hören war auf diese Entfernung noch nichts, und von Wirkung konnte keine Rede sein: wahrscheinlich gaben wetteifernde Kanoniere die ersten spontanen Probeschüsse ab. Die Piratenboote lagen immer noch eine gute Meile voraus. Vom Achterdeck beobachtete Kelso durch sein Glas, wie die Richtschützen auf den Feluken geschäftig mit Tauen und Keilen hantierten, die Geschützführer mit glimmenden Lunten bereitstanden. Wieder fiel eine Salve, und unter den einschlagenden Kugeln sah die glatte See auf einmal pockennarbig aus.

»Na los, probiert's noch mal, ihr Herzchen«, höhnte eine rauhe Stimme auf dem Hauptdeck der *Paragon.* »Noch 'ne Kabellänge näher, und ihr liegt immer noch zu kurz!«

Das Lachen und die Hurrarufe seiner Maaten erfreuten Kelsos Ohr. Um diese Männer brauchte er sich keine Sorgen zu machen.

»Mr. Craig!«

»Sir?«

»Sagen Sie Ihren Leuten, sie sollen sich auf die Feluken konzentrieren!«

»Jawohl, Sir.«

»Aber warten Sie Feuerbefehl ab!«

Sie waren jetzt schon erheblich näher. Eine Kugel, vermutlich bei maximaler Elevation abgefeuert, pfiff übers Achterdeck und jagte nur ein paar Yards von der Bordwand entfernt eine Wassersäule hoch.

»Die werden wir bald in Schußweite haben«, bemerkte Leutnant Archibald, ohne jemand Bestimmten anzusprechen. Kelso hörte es mit Interesse, sagte aber nichts dazu. Archibald war ein junger Mann, kaum mehr als ein Knabe, der jetzt vermutlich zum ersten Mal zu schmecken bekam, was Feindberührung bedeutete.

»Wollen Sie durchbrechen, Sir?« fragte der Steuermann.

»Nein«, erwiderte Kelso scharf, »wir brechen nicht durch, Mr. Heslop. Wir bleiben nach Möglichkeit in Luv und kämpfen!«

»Aye, aye, Sir.« Kein Zweifel, daß Heslop diese Taktik billigte.

Jetzt waren die Kanonen zu hören, selbst gegen den Wind, und jeder Rauchwolke folgte ein Kugelhagel. Kelso wußte, daß er bald Feuerbefehl geben mußte, doch obgleich seine Geschütze selbst auf diese Distanz beträchtlichen Schaden anrichten würden, paßte es ihm doch nicht, sie jetzt schon in Aktion treten zu lassen. Wie ein Geizhals sparte er seine erste, gutliegende Breitseite auf, einen Schlag, wie er ihn bei dem ganzen bevorstehenden Gefecht nicht ein zweites Mal führen konnte. Die erste Salve mußte genau im Ziel liegen, im richtigen, sorgfältig gewählten Moment abgefeuert werden, mit der größten Trefferchance. In einem Gefecht, das Stunden, sogar Tage dauern konnte, war die erste Breitseite oft die wichtigste.

»Kurs halten!«

Mit dem gegenwärtigen Kurs mußte die *Paragon* die gegnerische Linie auf dem linken Flügel durchstoßen. Sie waren jetzt so dicht heran, daß er die Männer in den Dhaus erkennen konnte, die am Schanzkleid standen und schon die Wurfanker schwangen: drohend schreiende, halbnackte, dunkelhäutige Krieger. Er konnte ihre Dolche und Entermesser blinken sehen, auch ein paar alte Musketen. Wenn sie es schafften, an Bord zu kommen, würde es einen Kampf auf Leben und Tod geben.

»Entschuldigung, Sir . . .«

Kelso konnte nicht mehr verstehen, was der Steuermann von ihm wollte, denn eine Breitseite der Mahratten, disziplinierter und gezielter als die vorigen, schmetterte in den Bug der *Paragon*. Eine Kugel landete im Vorderkastell, zog eine zischende Furche durch das Deck, schnitt einem Seesoldaten den Fuß so glatt ab wie ein Chirurgenmesser und blieb schließlich in einer Taurolle beim Großmast stecken. Eine Geschützbedienung der Steuerbordbatterie war getroffen worden. Löcher wie Nadelstiche erschienen im Hauptgroßsegel. Die Brandwachen kippten Wasser über das glimmende Deck.

»Ruder hart Backbord!«

Das Rad wirbelte, die Deckswachen holten die Brassen dicht, die *Paragon* fuhr einen Bogen mit dem Radius einer knappen Rumpflänge und preschte an der feindlichen Linie entlang. So schnell lief das Manöver ab, daß die Mahratten-Kanoniere nicht mehr darauf reagieren konnten. Zweifellos hatten sie erwartet, daß die *Paragon* durchstoßen und dann versuchen würde, sich vor dem Wind dem Angriff zu entziehen. Und so fiel kein einziger Schuß außer ein paar schwächlichen Musketenkugeln aus der Takelage des Feindes, und die Geschützbedienungen der *Paragon* konnten jene erste unbezahlbare Breitseite voll zur Wirkung bringen.

»Feuer!«

Auf Craigs Befehl brüllten die Kanonen der *Paragon* los wie eine einzige, und bei der kurzen Distanz war sofort zu sehen, daß die vorderste Feluke schwer getroffen wurde. Ihr Rumpf hatte ein paar Löcher bekommen, und der Großmast, der das große, dreieckige Lateinersegel trug, knickte wie ein gebrochener Stab und fiel schwer und langsam aufs Achterschiff. Im Fallen riß er den kürzeren Besan mit und begrub die Mannschaft unter Bergen von Leinwand.

»Stopfen! Ausputzen! Nachladen!« Wie ein Messer schnitt Craigs Stimme durch den Gefechtslärm. Und dann – es schien endlose Minuten zu dauern, doch in Wirklichkeit ging es so schnell, daß jeder Artillerieoffizier mit Recht stolz darauf sein konnte – rief er aufs neue: »Verschlüsse spannen! Ziel erfassen – Feuer!«

Wieder brüllten die Kanonen auf, vielleicht nicht so einheitlich wie vorhin, aber doch präzise genug, daß eine weitere Feluke unter dem Aufprall ins Schwanken geriet. Eine Kugel durchschlug das Schanzkleid und mußte einen Pulversack getroffen haben, denn ein paar Sekunden später – die *Paragon* war noch nicht weg – gab es eine heftige Explosion. Holzstücke, Leinwandfetzen und menschliche Gliedmaßen regneten aufs Achterdeck nieder.

»Gut gemacht!« schrie Kelso. Selbst bei größtem Optimismus

hätte er nicht erwartet, mit seinen ersten beiden Breitseiten zwei Schiffe kampfunfähig zu schießen oder gar zu vernichten.

»Ausputzen! Nachladen!« Craig war heiser vor Erregung. »Geschütz Nummer drei – Howlett! Was, zum Teufel, machst du da?« In der Hitze des Gefechts hatte sich der Lauf des dritten Geschützes in der Stückpforte verklemmt. Der Geschützführer, ein mürrischer Mann mit buschigen Brauen, wartete stumm, während seine Mannschaft sich alle Mühe gab, das Rohr klarzubekommen. »Ziel erfassen! Feuer!«

Diesmal kam die Breitseite etwas unregelmäßiger. Abgesehen von Nummer drei, das noch nicht schußbereit war, feuerten zwei Geschütze zu früh – vielleicht waren die Kanoniere nervös geworden. Hoffentlich, dachte Kelso, hatte Craig ihnen später etwas dazu zu sagen.

Und dann wendete sich das Kriegsglück unerwartet.

Inzwischen hatten sich die Mahratten-Kapitäne von ihrer Überraschung erholt. Die Boote am rechten Flügel der Linie hatten den Kurs geändert und luvten an, so hoch an der steifen Brise, wie es dieser sehr praktische Schiffstyp erlaubte. Aus der geraden Linie, welche die *Paragon* zu schneiden angesetzt hatte, war ein Bogen geworden, und wenn Kelso nicht aufpaßte, würde er zum Kreis werden, der ihn einschloß.

»Zwei Strich Steuerbord!«

»Zwei Strich Steuerbord liegt an, Sir!«

Als sich das Rad drehte und der Bug herumkam, um der Bogenlinie zu folgen, traf eine Salve der nächsten Feluke die *Paragon* mittschiffs. Sie schien in der eben begonnenen Halse zu zögern, und dann, bevor Kelso begriffen hatte, was geschah, schwojte sie nach Backbord und rammte die Dhau, die ihr direkt in den Weg kam. Der Anprall erschütterte das ganze Schiff. Alle Mann wurden nach vorn geschleudert, und obwohl die Dhau schnell sank und ihre Besatzung kreischend im Wasser paddelte, war die *Paragon* im Moment hilflos. Nicht nur wurde sie durch eine zweite Dhau blokkiert, die rasch vor ihrem Bug vorbeischoß, sondern auch ihre Besanmarsrah, die beim letzten Schußwechsel etwas abbekommen hatte, war durch den harten Stoß gebrochen und drohte, auch noch das Großsegel abzureißen.

»Tilney! Jacobson! Ihr dort! Aufentern und kappen! Mr. Tregowan – Ihre Männer sollen sich fertigmachen zur Abwehr von Enterern!«

Schon drängten die weiter achtern liegenden Dhaus vorwärts, versuchten, in Luvposition und so dicht heranzukommen, daß sie Draggen herüberwerfen konnten. Hauptmann Tregowans Marine-Infanteristen und die gleichermaßen kampfentschlossenen Matrosen bezogen eiligst Stellung an der Reling.

Obwohl Kelso sich nach zwei Seiten konzentrieren mußte, blieb er ganz ruhig; eigentlich ging es ihm mehr um die Besanwanten, wo die Toppmatrosen sich bemühten, die gebrochene Rah mit Äxten freizuschlagen. Das war nicht so einfach, denn in dem komplizierten Netzwerk dort oben waren Fallen, Brassen, Taljen und Wanten unlösbar verfitzt, und da sie teilweise zu einem übergeordneten System gehörten, konnten sie auch nicht einfach gekappt werden, weil dann noch größerer Schaden entstanden wäre.

Ein dumpfer Aufprall an Steuerbord, und gleich darauf ein zweiter an Backbord: zwei Dhaus waren achtern aufgekommen. Beim zweiten Anprall verlor ein Toppmatrose, der in der Takelage mit dem Beil arbeitete, seinen Halt, stürzte aufs Hauptdeck und war tot. Er lag nur einen Fuß entfernt von einem Seesoldaten, der die Hauptluke bewachte, doch der Mann rührte sich nicht. Ein paar Minuten später holten die Sanitäter den Körper weg, und immer noch stand der Posten reglos, Beine gespreizt, Augen starr voraus, die Rechte an der Muskete. Das ist Disziplin, dachte Kelso.

»Ziel erfassen! Feuer!« blaffte Tregowan, und der Befehl bewirkte, daß sich Kelsos Aufmerksamkeit auf das Deck richtete, wo es ebenso dringende Probleme gab. Eine Dhau hatte einen Wurfanker setzen können, eine zweite hatte an ihrem Schwesterschiff festgemacht, und die Gaffeln der beiden feindlichen Schiffe ragten wie ein skurriler Auswuchs der *Paragon* hervor. Ihre killenden Segel schienen nur einen oder zwei Yards entfernt zu sein, fast in Reichweite – und plötzlich sah Kelso einem Scharfschützen in die Augen, der im Mast drüben hockte.

»Vorsicht, Sir!«

Die Muskete des Piraten war direkt auf ihn gerichtet. Nur die leichte Bewegung des Schiffes, die er auf seinem hohen Sitz verstärkt spürte, war der Grund, daß er noch nicht schoß. So hätte Kelso Zeit gehabt, sich hinter das Schanzkleid zu ducken, aber irgend etwas, wilder Stolz vielleicht, bewirkte, daß er aufrecht stehenblieb.

»Vorsicht, Sir!« rief Padstow, sein Steward, nochmals; und als er zusprang und seinen Kommandanten beiseite stieß, gab der Mahratte Feuer. Der Schuß traf Kelso in den linken Arm, oben an der Schulter. Er verspürte keinen Schmerz, als er aufs Deck stürzte, nur einen dumpfen Schlag.

»Sir! Sind Sie verletzt?«

Mit Padstows Hilfe kam Kelso wieder auf die Füße und sah gerade noch, wie sein Gegner, von einem Seesoldaten getroffen, aus dem Mast stürzte.

»Nicht so schlimm.« Er schob Padstow weg und ging, sich die Schulter mit der anderen Hand haltend, zu Tregowan, der an der Heckreling stand.

»Wie läuft es?«

Trotz der pfeifenden Kugel spähte er über das Heck und sah die hohen Borde der feindlichen Dhaus nur ein paar Fuß unter sich. Schon kletterten die dunkelhäutigen Krieger an den Leinen der Wurfanker empor; manche klammerten sich an den Schiffsrumpf – wo sie da Halt fanden, konnte er sich nicht vorstellen –, und ihr Häuptling schwang schon wieder einen Draggen.

»Feuer!« rief Tregowan.

Eine Musketensalve der Seesoldaten lichtete die Reihen der Angreifer; doch diese waren so zahlreich, daß sie überall an der Steuerbordseite des Schiffes hingen und offensichtlich durch Musketenfeuer allein nicht abgewehrt werden konnten. Unter wütendem Kampfgeschrei schwangen sie ihre Dolche und Säbel.

»Scheußliche Bande!« bemerkte Tregowan, als Kelso herzutrat.

»Ja. Werden Sie es schaffen?«

»Mit denen hier werden wir schon fertig, Sir. Aber vorn, da weiß ich nicht . . .« Er hielt inne, denn er sah, daß Kelso verwundet war. »Was ist mit Ihnen, Sir?«

»Nicht schlimm. Werde mal nachsehen, was vorn los ist.« Er wandte sich an einen Midshipman. »Mr. Winston!«

»Sir?«

Gerade als Winston übers Achterdeck gelaufen kam, traf die Breitseite einer Feluke die *Paragon* aus kürzester Entfernung, so daß sie scharf krängte. Winston fiel hin und rutschte die letzten paar Yards über das Deck, seinem Kommandanten direkt vor die Füße.

»Auf mit Ihnen, junger Mann«, befahl Kelso scharf. »Mein Kompliment an Mr. Fenton, und ich wünsche Meldung über die Lage auf dem Vorschiff.«

Der Midshipman war noch nicht richtig weg, da brüllte Kelso schon seinen nächsten Befehl: »Mr. Craig!«

»Sir?«

»Nehmen Sie sich die Feluke da vor. Sie ist zu dicht heran; das kann unangenehm werden.«

»Aye, aye, Sir.«

Er sah, daß Craig zögerte, als wolle er irgend etwas erklären, doch dann eilte er zurück zu seinen Geschützen. Hoffentlich faßte Craig den Befehl nicht als Vorwurf auf. Gerade auf ihn konnte man sich verlassen, er würde klaren Kopf behalten.

Wie zur Bestätigung hörte er Craigs schneidende Stimme: »Ziel erfassen! Feuer!«

Trotz des Durcheinanders unten – denn das Besanbramsegel war endlich klariert und lag nun, ein wüstes Gewirr von Spieren, Tauwerk und Leinwand, an Deck – brüllten die Steuerbordgeschütze mit einem Schlage auf. Die *Paragon* krängte im Rückstoß, und als sie wieder auf ebenem Kiel war, ertönte ein dünnes Hurra, denn die Feluke lag schwer über.

»Sir!« Der junge Winston kam zurückgerannt, doch bevor er die Kampanjeleiter heraufkam, sah Kelso schon, warum er so aufgeregt war: vorn hatte an Backbord noch eine Dhau festgemacht, und ihre Besatzung schwärmte bereits über das Schanzkleid.

Entschlossen warf sich die Mannschaft ihr entgegen. Stahl klirrte auf Stahl, hier und da krachte ein Musketenschuß; aber unter Kelsos Augen wurden die Matrosen, die ihre Musketen nicht so schnell nachladen konnten, überrannt und in heftige Kämpfe verwickelt. Fenton war mitten drin, auch Larkins, der Bootsmann.

»Mr. Archibald!« schrie Kelso. »Übernehmen Sie hier! Luven Sie an, sobald Sie Platz haben!« Er zog seinen Entersäbel. »Padstow! Komm mit!«

Erst später, viel später wurde ihm klar, wie vollständig er seine Wunde vergessen hatte. Während er die Kampanjeleiter hinuntereilte und sich mit geschwungenem Säbel ins Kampfgewühl stürzte, dachte er nur daran, möglichst viele Piraten umzubringen.

»Mir nach, *Paragon*!« brüllte er den schwankenden Reihen seiner

Männer zu. »Musketen wegwerfen! Gebt's ihnen mit kaltem Stahl!«

12

Es war lange her, daß er eine so unheilig freudige Erregung empfunden hatte; damals war er noch Midshipman gewesen, und sein Schiff war in ein Gefecht mit dem Piraten de Sousa verwickelt worden. Auch damals hatte der kalte Stahl die Entscheidung gebracht; es hatte keine Regeln gegeben, und Gnade war weder erwartet noch gewährt worden.

Als Kelso über das Hauptdeck rannte, kamen ihm zwei Mahratten entgegen, und ein dritter, der gerade an Bord kletterte, erkannte die Kapitänsuniform und folgte seinen Genossen, offenbar in der Absicht zu vollenden, was sie etwa nicht schaffen konnten. Kampflustig trat Kelso ihnen entgegen. Er lächelte böse, als er dem Stoß des ersten Piraten auswich und dem Kerl mit einem kurzen Säbelhieb den Hals durchtrennte. Er nahm nur unbestimmt wahr, daß der Angreifer mit sonderbar überraschter Miene innehielt und dann zusammensackte. Fast mit der gleichen Bewegung parierte er die Klinge des zweiten Piraten im Moment des Niedersausens. Der Anprall von Stahl auf Stahl fuhr ihm bis ins Schlüsselbein und erinnerte ihn mit scharfem Schmerz an seine Verwundung. Er trat einen halben Schritt zurück, nahm dann, als der Mahratte vorstürzte, festen Stand und erledigte seinen Gegner mit einem schnellen Stoß, ehe dieser zuschlagen konnte.

»Sir! Um Gottes willen!«

Instinktiv wandte er sich auf Padstows Ruf um, doch nicht schnell genug, um einem blitzenden Dolch auszuweichen, der ihm den linken Ärmel aufschlitzte.

»Du Hund! Schwarzer Bastard!« Padstow war schon ein beachtlicher Kämpfer, wenn er guter Laune war; wenn er jedoch ernstlich wütend wurde, war er unwiderstehlich. Mit einem Sprung warf er sich über den toten Piraten auf den dritten und schmetterte ihn durch den bloßen Anprall auf die Planken. Ein kurzes Durcheinander wirbelnder Arme, sich windender Leiber, sich spannender Muskeln – ein wilder, unheimlicher Wettstreit. In einer halben Minute war es vorbei. Schwer atmend, die Augen noch funkelnd vor Wut, stand Padstow auf.

»Sir! Haben Sie was abgekriegt?« keuchte er.

»Die Kerls ins Meer schmeißen kann ich immer noch!« Kelsos Arm und der zerfetzte Ärmel trieften vor Blut. Als er sich umdrehen wollte, merkte er, daß ihm die linke Schulter und der Arm nicht mehr gehorchten – es war eher lästig als schmerzhaft.

»Los! Bringen wir's zu Ende!«

Sein linker Arm baumelte wie ein halbdurchschnittenes Tau, doch er rannte weiter zum Vorschiff, wo Fenton, die Miene so ausdruckslos wie immer, gegen zwei Piraten kämpfte.

Kelso wußte: Jetzt konnte er nur noch auf eine Art kämpfen. Finessen, Paraden kamen nicht in Frage. Ein sausender Hieb oder gar nichts.

Er hatte Glück, daß er es mit zwei Feinden zu tun bekam, die sich alle beide auf einen Gegner konzentrierten. Während sie grimmig mit Fenton kämpften, trat Kelso dazwischen und ließ seinen Entersäbel mit aller Kraft niedersausen. Es war kein guter Hieb. Statt den Hals, wie beabsichtigt, traf seine Klinge die Seite des Kopfes, schnitt ein Ohr ab, hatte aber noch genügend Kraft, um tief in das dunkelbraune Fleisch zu fahren.

»Danke, Sir.«

Fenton nützte die Hilfe seines Kommandanten zu einem blitzschnellen Stich über die Deckung seines Gegners. Sein Säbel drang zwischen den Rippen in den Leib des Mahratten, der mit einem halberstickten Schrei umsank.

Kelso trat einen Schritt zurück, um die Lage zu übersehen. Craig feuerte noch mit der Steuerbordbatterie. Eben jetzt ging eine Breitseite los, so diszipliniert wie bei einer Artilleriebesichtigung durch den Commodore. Sah man, wie präzise die Geschützbedienungen arbeiteten, konnte man kaum glauben, daß nur ein paar Yards weiter ein blutiges Gemetzel Mann gegen Mann im Gange war.

Jedenfalls hatten sie diesen Angriff abgefangen. Zwanzig, dreißig Tote und Verwundete lagen an Deck, ein paar davon Engländer, aber weitaus die meisten waren Inder, und die Piraten schienen den Mut zu verlieren. Noch kämpften einige verzweifelt und versuchten, sich zum Achterdeck durchzuschlagen; andere aber waren an das Schanzkleid gedrängt worden und wehrten die Pikenstöße und

Messerstiche der siegreich vordringenden Matrosen ab; noch andere sprangen schon über Bord, ganz gleich, ob sie in das eigene Boot oder ins Wasser fielen.

»Machen Sie weiter, Mr. Fenton!« rief Kelso. »Ich gehe wieder nach achtern.«

Unsicheren Schrittes lief er zum Achterdeck und hätte die Kampanjeleiter bestimmt nicht geschafft, wenn nicht Padstow aufgetaucht wäre, auf dessen kräftigen Arm er sich stützen konnte.

An der Heckreling lagen auch noch Tote, doch Tregowan, dessen rotes, schweißnasses Gesicht vor Befriedigung über den Sieg strahlte, schien die Lage unter Kontrolle zu haben. Nur Leutnant Archibald am Ruder sah wenig glücklich aus.

»Sie sind dicht um uns herum, Sir. Eine Dhau quer vorm Bug, und dann noch eine Feluke. Wir haben nicht genug Freiraum zum Steuern.«

»Dann müssen wir eben mit Gewalt durchbrechen.«

»Jawohl, Sir, aber wie? Ich meine . . .«

»Gehen Sie nach vorn! Klar bei den Brassen!«

»Aye, aye, Sir.«

Er rannte los, und Tregowan sagte: »Zwei Dhaus achtern haben wir erledigt, Sir. Eine ist versenkt, die andere hat abgedreht.«

»Gut. Aber sorgen Sie dafür, daß Ihre Männer weiter auf der Hut sind. Wir sind mit diesen Mahratten noch lange nicht fertig.«

»Nein, Sir, natürlich nicht«, erwiderte Tregowan ein bißchen verletzt. »Ich melde Ihnen das nur, weil Mr. Archibald . . .« Er fuhr herum, denn einer seiner Seesoldaten hatte einen Schrei ausgestoßen – aber es war nur ein Hohnruf hinter dem fliehenden Feind her. »Ruhe!« befahl Tregowan. »Sergeant Thomas, halten Sie die Leute ruhig!«

»Was ist mit Mr. Archibald?« fragte Kelso.

»Nun, Sir, er hat gut und tapfer gekämpft. Ich dachte, Sie sollten das erfahren.«

»Sie meinen, die Mahratten sind auch aufs Achterdeck gekommen?«

»Bis zum Ruder, Sir. Ich glaube, Mr. Heslop wird mir bestätigen, daß er sein Leben Mr. Archibald verdankt.«

»Aye, Sir, das stimmt«, sagte der Steuermann mit Nachdruck. Kelso blickte nach vorn und sah die knabenhafte Gestalt seines jüngsten Leutnants; etwas gedrückt wirkte er, vielleicht dachte er, er hätte versagt. Plötzlich tat ihm der Junge leid. »Danke«, sagte er und schritt zur Querreling. »Mr. Archibald?«

»Sir?« Eilends kam der Jüngling herzu.

»Mr. Tregowan hat mir soeben über Ihr Verhalten berichtet, während Sie hier das Kommando hatten.«

»Jawohl, Sir, es tut mir sehr leid, aber . . .«

»Mr. Tragowan sagt, Sie hätten sich tapfer geschlagen und dem Steuermann das Leben gerettet.«

»Na ja, Sir . . .« Der junge Mann wurde tatsächlich rot.

»Gut gemacht, Mr. Archibald. Und weiter so!«

Als Kelso wieder neben dem Rad stand, hatte er bereits entschieden, was zu tun war. Das Besansegel war klariert, und die *Paragon* war wieder kampftüchtig. Wenn er den Kurs ändern wollte, würde sie gehorchen. Ja, aber dann? Während seine Mannschaft wütend Mann gegen Mann kämpfte, waren die größeren Piratenboote nach Luv ausgeschert, hatten jetzt den Windvorteil und konnten ihn angreifen und ausmanövrieren. Die Kanonen der *Paragon* feuerten immer noch. Das war ihr großer Vorteil: die feindlichen Boote umschwärmten sie so dicht und zahlreich, daß die Feluken es nicht riskieren konnten, ihre Artillerie einzusetzen.

Fenton kam über das Achterdeck. »Vorn alles klar, Sir«, meldete er mit einer Beiläufigkeit, die von seinen zerzausten Haaren, seinem blutigen Uniformrock und Entersäbel Lügen gestraft wurde.

»Recht so, Mr. Fenton. Wir brechen durch.«

»Jawohl, Sir. Aber da ist noch eine Dhau vor unserem Bug.«

»Die muß eben weg.«

»Wir haben nicht genug Fahrt, um sie zu rammen, Sir. Und dahinter liegt noch eine Feluke.«

Kelso blickte nach Luv: der Kreis hatte sich geschlossen. Wenn er ausbrechen wollte, mußte er durch diesen Ring – falls die *Paragon* den Feuerhagel überstand. In Lee dagegen war nur eine einzige Feluke.

»Achtern an Backbord liegt auch noch eine Dhau«, sagte Fenton.

Kelso überdachte das navigatorische Problem. »Sie werden nicht erwarten, daß wir abfallen, aber sie haben uns auf alle Fälle die Dhau und die Feluke dagelassen.«

»Wir können nach keiner Seite wenden«, bemerkte Fenton, »wenn wir nicht die Dhau vor unserem Bug wegbekommen.«

»Ja.« Kelso schlug sich mit der gesunden Hand auf den Schenkel – er hatte eine Idee. »Ich gehe nach vorn, Mr. Fenton. Und sobald wir Fahrt aufnehmen, legen Sie sie vor den Wind.«

»Aye, aye, Sir. Und die zweite Dhau?«

»Wird gerammt. Unser Teakholz ist härter als ihre Planken, darauf können Sie wetten.« Er wandte sich um, aber bei dieser Bewegung bekam er einen Schwindelanfall, so daß die See, der Himmel und die Heckreling vor seinen Augen herumwirbelten. Er hielt sich an der Kompaßsäule fest und richtete sich mühsam auf. Schwäche konnte er sich nicht leisten. »Padstow, komm mit!«

»Jawohl, Sir. Hauptsache, Sie schaffen es.«

Sein Arm schmerzte jetzt scheußlich, die Schulter brannte wie Feuer. Er zwang sich dazu, langsam zu gehen, einen bleischweren Schritt nach dem anderen zu tun, und stieg mit Padstows Unterstützung die Treppe hinab. Craig wartete schon auf dem Hauptdeck.

»Sie sind verwundet, Sir. Meinen Sie nicht, Sie sollten sich zurückziehen?«

»Wenn dieses Gefecht vorbei ist.« Er schüttelte den Kopf, um die Benommenheit abzuwehren. »Machen Sie Ihre Steuerbordbatterie feuerbereit, Mr. Craig. Ziel: die Feluke rechts voraus.«

»Aye, aye, Sir.« Craig blieb ein paar Schritt an seiner Seite. Unsicher fragte er: »Sie wissen, daß eine Dhau direkt vor unserem Bug liegt?«

»Ich weiß«, entgegnete Kelso mit einem Lächeln, das ihn schwer ankam; »Padstow und ich werden sie wegschaffen.«

Noch lange danach konnte er diesen Gang das Hauptdeck hinunter nicht vergessen, an den Toten vorbei, die am Großmast in Reihen lagen, an den Matrosen vorbei, die ihm ermutigende Zurufe nachsandten – »Viel Glück, Sir, die verhauen wir schon!« –, am Fockmast und am Vorderkastell vorbei, bis er endlich, endlich am Bug angekommen war. Er stützte den gesunden Arm aufs Schanzkleid, spähte hinunter und sah die Dhau, die ihren Ausbruch blokkierte. Sie lag hoch im Wasser, und ihr Aufbau reichte fast bis ans Wasserstag der *Paragon*; ihre Gaffel rieb am Bugspriet der Fregatte – ein beachtliches Hindernis.

»Geschütz Nummer eins, Sir?« schlug Padstow vor. »Wenn wir

den Bug einen Strich nach Steuerbord bringen?«

Kelso schüttelte den Kopf. »Nein. So ein tiefer Neigungswinkel ist nie zu schaffen.«

»Wenn wir Keile unter die Lafette schieben?«

»Nein. Dann bricht sie beim Schuß aus und bringt wahrscheinlich die halbe Geschützbedienung um.«

Padstow lehnte sich über das Schanzkleid und spuckte zielsicher auf einen Mahratten, der verächtlich zu ihm aufsah. »Diese Bastarde«, murmelte er, »es muß doch einen Weg geben.«

»Es gibt einen – wenigstens ist es den Versuch wert.« Kelso wandte sich rasch um und wurde dabei wieder von Schwindel und Übelkeit befallen. Glücklicherweise hatte er die Hand am Schanzkleid, so daß Padstow ihn nicht zu stützen brauchte. »Es geht schon wieder.« Jetzt mußte er klaren Kopf behalten. »Bring eine Kugel von Geschütz Nummer eins her«, befahl er.

»Eine Kugel, Sir?«

»Ja. Nimm dir einen Mann zu Hilfe.«

»Brauch ich nicht.« Trotz seiner kleinen Gestalt – oder vielleicht gerade deswegen – war Padstow sehr stolz auf seine Körperkraft.

»Nimm einen Mann zu Hilfe, sage ich. Mach schnell!« Kelso merkte, daß sich die Welt wieder um ihn drehte – wenn etwas getan werden sollte, mußte es schnell geschehen. Der Großmast der Dhau war, soweit er sehen konnte, unentwirrbar verstrickt mit Buspriet und Klüverbaum der *Paragon*. Die Feluke dahinter erschien ihm verzerrt wie ein Spiegelbild in einem unruhigem Teich.

»Hier ist die Kugel, Sir«, sagte Padstow, der das Geschoß trotz des mitgekommenen Kanoniers allein trug. Es klang etwas besorgt.

Kelso stütze sich mit dem Unterarm auf die Schanz. »Recht so – jetzt roll sie rüber!«

»Sir?«

Überrascht sah Padstow ihn an; aber der Kanonier, ein Londoner namens Higgs, hatte begriffen. »Na klar! Faß mal mit an!« Zusammen hoben sie die Kugel aufs Schanzkleid; dann brauchte es nur noch einen kleinen Stoß, und sie rollte über Bord.

Sie fiel dreißig Fuß tief und landete mit schmetterndem Krachen auf dem offenen Piratenschiff. Sie schlug nicht durch, wie Kelso gehofft hatte; doch eine Bodenplanke wurde eingedrückt und kam gesplittert wieder hoch, so daß ein Loch entstand, in das die See sofort einströmte.

Auf der Dhau brach Panik aus. Die Besatzung, die unter einem Aufbau sowohl vor der Sonne als auch vor den Musketenkugeln der *Paragon* Schutz gesucht hatte, stürzte herzu und bemühte sich, mit Tüchern, Hemden, Turbanen das Leck zu stopfen.

»Noch eine Kugel – fix!« Kelso war fast ohnmächtig vor Schmerzen und Erschöpfung, so daß er gar nicht bemerkte, daß Padstow und Higgs seinen Befehl nicht erst abgewartet hatten. Als er wieder richtig sehen konnte, kamen sie schon mit einer zweiten Kugel herbei.

Sie plazierten sie sorgfältig etwa dort, wo die erste gelegen hatte, und rollten sie mit einem kräftigen Stoß über Bord.

Sie fiel auf fast die gleiche Stelle wie die erste, doch diesmal splitterten die Bodenplanken nicht nur, sondern wurden glatt durchschlagen. Ein gähnendes Leck klaffte, eine mannsdicke Wassersäule sprang hoch.

»Da habt ihr's, meine Süßen!« brüllte Higgs. »Stopft *das* mal mit euren Rotzlappen zu!«

Es war kein sehr wohlwollender Vorschlag. Schon war der Schiffsboden mit Wasser bedeckt, und während die Mahratten noch fieberhaft arbeiteten, um das Leck zu stopfen, sank die Dhau bereits. Sie kappten die Draggenleine zur *Paragon*, vielleicht weil sie fürchteten, noch eine Kugel abzukriegen; und ganz langsam kam das tiefliegende Fahrzeug vom Bug der Fregatte klar.

Padstow und die vorderen Geschützbedienungen schrien laut hurra, und als die *Paragon* langsam Fahrt aufnahm, schrie die ganze Mannschaft mit.

Für Kelso waren die nächsten Minuten ein Alptraum. Er taumelte über das Deck, tastete sich von einem Halt zum anderen, spürte das Schiff nach Backbord drehen und fühlte den plötzlichen Ruck, als sich die Segel mit Wind füllten. Und er hörte das herrliche Krachen der Steuerbordgeschütze. Aus dem donnernden Hurra schloß er, daß die blockierende Feluke getroffen war.

»Sir – warten Sie doch –, ich bringe Sie in Ihre Kajüte!« Wie von fern vernahm er Padstows angstvolle Stimme und fühlte seinen stützenden Arm.

»Nicht in meine Kajüte! Aufs Achterdeck!«

»Aber, Sir!«

»Aufs Achterdeck! Das ist ein Befehl!«

Irgendwie kam er die Leiter hinauf und bis zur Heckreling, wo er sich ausruhte, die Augen schloß und den Wind auf der Wange spürte. Padstow war nicht mehr da – warum er gegangen war, wußte er nicht –, doch über dem Brüllen der Kanonen vernahm er Fentons lauten Befehlt: »Kurs halten! Recht so!«

Plötzlich ein schmetternder Aufprall, der ihn umwarf und ihm wenigstens momentweise den Kopf klar machte. Die zweite Dhau! Also hatte Fenton sie wie befohlen gerammt. Während er mühsam wieder auf die Füße kam, sah er Padstow mit einer Flasche in der Hand angerannt kommen. »Hier, Sir! Trinken Sie.«

Er krächzte und spie den Mundvoll puren Brandy aus, war aber auf einmal wieder Herr seiner Sinne. Fenton, Heslop, der junge Winston: er sah sie nach vorn spähen, wo die gerammte Dhau rasch versank. Die Mahratten-Flottille blieb achteraus, abgesehen von der einen Feluke, die der *Paragon* den Weg hatte verlegen sollen. Doch auch sie scherte bereits unauffällig nach Steuerbord aus.

»Klar zum Halsen!« krächzte Kelso; aber sein Kommando wurde nicht gehört. Er stolperte zum Ruder. »Mr. Fenton«, rief er, »wollen Sie gefälligst . . .« Er war zu schlapp und zu benommen, um den Befehl richtig zu formulieren. »Denke gar nicht daran, wegzulaufen . . .« Er hielt sich an Fenton fest, und das letzte, was ihm klar im Gedächtnis blieb, war Fentons blutbefleckter Uniformrock. Dann gaben seine Knie nach, und er sank zusammen.

13

In dem dämmerigen Niemandsland zwischen Traum und Wirklichkeit starrte er auf den Lichtkreis, der durch sein Gesichtsfeld schwang. Vor und zurück, vor und zurück – gleichmäßig wie ein Pendel, manchmal rund und hell wie die Sonne, manchmal verformt wie der abnehmende Mond. Wenn er bei Bewußtsein war, grübelte er eine Stunde oder länger über dieses Licht nach und wurde wütend, weil sein müdes Hirn keine Erklärung dafür finden konnte.

Er wandte den Kopf, und sofort überkam ihn eine immer stärker werdende Flutwelle von Schmerz. Während er auf ihr Abebben wartete, öffnete er die Augen und sah, daß er in seiner eigenen Kajüte lag, in seiner eigenen Koje; das schwingende Licht war der Schein der Sonne, der durch das offene Bullauge auf die Schottwand fiel. Er erkannte seine Seekiste, sein Teleskop; und an der Seitenwand hing seine Uniform, vom Blut gereinigt, den aufgerissenen Ärmel grob zusammengeflickt.

Er war nicht überrascht, als er das Mädchen in der Kajüte gewahrte, und später fiel ihm ein, daß er es schon mehrmals gesehen haben mußte, wenn er bei Bewußtsein war, mit geradem Rücken an seinem Bett sitzend, in dem schwarzen Kleid, das so streng wie ein Nonnenhabit war. Nur eines verstand er nicht.

»Aber ich dachte, Sie . . .«

»Ich hatte das Gefühl«, erwiderte sie, »daß es Ihnen zustände, in Ihrer eigenen Kajüte zu sterben.«

»Danke.« Es war wirklich eine Erleichterung, die gewohnte Schottwand, die gewohnten Decksbalken zu sehen und über sich die Schritte des wachhabenden Offiziers zu hören.

Sein müdes Hirn nahm nur langsam auf, was sie gesagt hatte, aber dann sah er sie empört an und fragte: »Sterben? Ich denke ja gar nicht daran!«

»Das sagen Sie jetzt, aber noch vor ein paar Tagen sah es kaum so aus, als ob Sie durchkommen würden.«

»Vor ein paar Tagen? Wie lange bin ich denn schon hier?«

»Vier Tage. Heute ist der fünfte.«

»Vier Tage!« Er versuchte, sich aufzurichten, doch der scharfe Schmerz in der Schulter warf ihn wieder zurück. Schwer atmend lag er in der Koje.

»Sie haben Glück, daß Sie noch leben«, sagte sie ernst. »Jetzt müssen Sie geduldig sein.«

»Geduldig!« Er versuchte nochmals, sich aufzurichten, und sank wieder zurück. »Wie kann ich geduldig sein, wenn . . .« Erschöpft hielt er inne, und tausend Dinge, die zu tun waren, fielen ihm ein. »Wo sind wir? Welchen Kurs segeln wir?«

»Darüber können Sie sich später Sorgen machen. Jetzt müssen Sie ein bißchen schlafen.«

»Schlafen! Mein Gott, Weib, begreifen Sie denn nicht . . .« Er sah, daß sie vor Mißbilligung ganz steif wurde; ob wegen seiner Blasphemie oder wegen der Form der Anrede, das konnte er nicht ergründen. Er zwang sich zur Ruhe. »Entschuldigung. Ich habe keine Veranlassung, so grob mit Ihnen zu sein. Bitte verzeihen Sie mir.«

Sie gab keine Antwort, und im nächsten Moment hatte er sie auch völlig vergessen: an den Schiffsgeräuschen, dem stetigen Knirschen der Rumpfplanken beim Steigen und Fallen der *Paragon* – die See mußte ziemlich rauh sein –, an dem leisen Singen des Windes in der Takelage und vor allem an dem Gefühl der Vorwärtsbewegung merkte er, daß die *Paragon* vorm Wind lief. Gut! Fenton hielt sie also noch immer auf ihrem Kurs. Doch seine Freude war nur kurz, denn ihm fiel wieder ein, was Elspeth McPhee gesagt hatte: vier, beinahe fünf Tage! Bei diesem Wind und auf diesem Kurs mußten sie ja bald vor der Ile de France sein! Da gab es dutzendweise Probleme, hundert Fragen: Wie hatte die *Paragon* das Gefecht überstanden? War die Mahratten-Flottille total vernichtet? Waren sie mit der *St. George* ins Gefecht gekommen? Er konnte doch unmöglich bewußtlos dagelegen haben, während eine Schlacht, die ihm so viel bedeutete, ausgetragen wurde! Wie nahe waren sie an der Ile de France? Hatten sie französische Schiffe gesichtet? Und – das hätte er fast vergessen – wie lange konnten sie noch ohne frisches Trinkwasser bleiben?

»Holen Sie Mr. Fenton!«

Nur wegen seiner Befürchtungen hatte er so brüsk gesprochen, und als sie weder antwortete noch sich rührte, sah er, daß sie beleidigt war.

»Pardon. Ich wäre Ihnen verbunden, wenn Sie jemanden – Padstow – zu Mr. Fenton schicken würden. Ich möchte ihn gern sprechen.«

»In Ihrem Zustand können Sie jetzt keinen Besuch empfangen.«

»Mädchen, ich versichere Ihnen ...« Diese schwerfällige Höflichkeit ging über seine Kräfte. Er verlor die Geduld und brüllte: »Padstow! Bist du da?«

Fast sofort ging die Tür auf, und Padtow trat vergnügt grinsend herein. Er hatte einen Verband um den Kopf und trug den linken Arm in einer Schlinge. »Guten Morgen, Sir. Brauch gar nicht erst zu fragen, ob's Ihnen besser geht.«

»Mir fehlt gar nichts«, knurrte Kelso, »außer ...« Wieder versuchte er trotz seiner Schmerzen, sich aufzurichten, und konnte sich tatsächlich auf einen Ellbogen stützen.

»Sie schaden sich nur«, sagte Elspeth McPhee, und es klang eher angstvoll als mißbilligend.

»Das geht schon klar, Miss«, sagte Padstow unbekümmert. »Der Käpt'n hat schon manchen schlimmeren Puff abbekommen und überlebt.«

»So? Nun, wenn meine Dienste nicht mehr vonnöten sind . . .« Sie stand auf und schritt zur Tür. Doch heraus konnte sie nicht, denn Padstow blieb eisern stehen, und so mußte sie sich anhören, was er zu sagen hatte.

»Gar keine Rede davon, daß Sie nicht mehr gebraucht werden, Miss. Ohne Ihre Hilfe in den letzten paar Tagen . . . Der Käpt'n wäre viel schlimmer dran, schätze ich. Wir sind Ihnen wirklich alle sehr dankbar, Miss, und der Käpt'n bestimmt auch, wenn er das alles hört . . .«

»Was ich getan habe, tat ich nicht des Dankes wegen, sondern aus Christenpflicht«, erwiderte sie kalt. »Wollen Sie mich bitte jetzt vorbeilassen?«

»Ja, Miss, aber . . .«

»Kann ich vorbei?«

Padstow trat zur Seite, und ohne einen Blick zurück ging sie hinaus und in ihre Kammer.

»Hol Mr. Fenton!« Kelso hatte zuviel im Kopf, um Gedanken an Weiberlaunen zu verschwenden.

»Aye, aye, Sir, sofort«, sagte Padstow, blieb aber trotzdem noch in der Tür stehen, bis Kelso aufblickte und fragte: »Nun? Was ist noch?«

»Entschuldigung, Captain, aber diese junge Dame – Miss McPhee, meine ich – also, ich glaube, sie verdient ein Wort des Dankes. Noch vor ein paar Tagen – vor dem Gefecht –, da hatten die Männer nur einen Gedanken im Kopf . . . Die meisten jedenfalls . . . Wenn man sie im Logis so reden hörte . . . Also, ich glaube, es war ganz gut, daß Sie einen Posten vor ihre Tür gestellt haben.«

»Und jetzt?«

»Sie verehren sie, Sir. Jetzt würde keiner sie auch nur anrühren – nicht einmal, wenn sie zusammen auf einer einsamen Insel schiffbrüchig wären. Sie ist wie eine Mutter zu den Leuten. Was sie alles während des Gefechts getan hat, und nachher hier mit Ihnen . . .«

»Was hat sie während des Gefechts getan?« Der Kopf schmerzte ihm, aber er erinnerte sich noch an die Bestattung ihres Vaters und an die aus der Sonne auftauchenden Mahrattenschiffe. Er wußte auch noch, daß er sie unter Deck geschickt hatte.

»Sie war im Orlopdeck, Sir, die ganze Zeit, während wir kämpften, und nachher auch.«

»Bei den Verwundeten, meinst du?«

»Das meine ich, Sir. Einer von Mr. Foulkes' Sanitätsgasten war verwundet, und der Doktor hatte mehr zu tun, als er schaffen konnte; da hat sie die Verwundeten versorgt, wenn sie 'runtergebracht wurden.«

»Na, so etwas!« Staunen und Betroffenheit malte sich in Kelsos Miene. Er war einmal als Midshipman während eines schweren Gefechts als Helfer des Schiffsarztes abgeordnet worden, und er hatte dieses Erlebnis nie vergessen können: das Halbdunkel, die vollgestopfte Enge, der unglaubliche Gestank im Orlopdeck, die schreienden, betenden, um einen raschen Tod flehenden Verwundeten. Unter solchen Umständen konnte ein Schiffsarzt nicht viel tun, und die Behandlung bestand gewöhnlich darin, daß er Arme oder Beine, die so zerfetzt waren, daß sie nicht mehr heilen würden, kurzerhand amputierte, den Stumpf säuberte und verband. Erstaunlich immerhin, wie viele das überlebten.

»Und Miss McPhee war unten und hat dem Arzt geholfen?«

»Die ganze Zeit, Sir, eine richtige Heldin. Allemal besser als der Arzt, und 'n ganzes Ende sanfter.«

Keslo schwamm noch der Kopf, aber selbst bei klarem Hirn hätte er sich nur schwer die prüde, steifleinene Pastorentochter zwischen Blut, Erbrochenem und zerfetztem Fleisch vorstellen können.

»Und nachher, Sir, als wir klargekommen waren . . .«

»Was soll das heißen?« unterbrach Kelso scharf.

»Wieso?« Padstow sah ihn verwirrt an. »Nachher, als wir in Luv waren und den Mahratten sauber die Hacken gezeigt hatten . . .« Er wartete ab, bis Kelso nickte und mit mühsam bewahrter Ruhe sagte: »Erzähl' weiter!«

»Na ja, Sir – als wir klar waren, kam Miss McPhee aus dem Orlop hoch und wollte wohl 'ne Nase voll frischer Luft nehmen, schätze ich. Da sah sie, wie Sie unter Deck geschafft wurden. Sie waren –

wenn Sie mir den Ausdruck verzeihen wollen, Sir – kein hübscher Anblick.«

»Wieso?«

»Na ja – Ihre ganze linke Seite war – na, eben lauter Blut. Der Ärmel war aufgerissen, und der Arm darunter . . .«

»Weiß ich alles. Was hat sie also gemacht?«

»Gemacht, Sir? Sie kam angerannt, als wären Sie ihr eigener geliebter Vater – Friede seiner Seele! –, und bestand darauf, daß wir Sie in ihre Kajüte brachten – das heißt, Ihre Kajüte, Sir, wo sie aber drin wohnt, seit sie an Bord ist . . .«

»Ich verstehe schon.«

»Sie blieb da und wuselte um Sie wie 'ne Glucke um ihr Küken, während wir Ihnen den Rock aufschnitten, und dann, bitte schön, bestand sie darauf, die Pflege zu übernehmen.«

»Die Pflege wollte sie selbst übernehmen?«

»Jawohl, Sir; sie hat Sie gewaschen und verbunden und dafür gesorgt, daß Sie was Schmerzlinderndes zu trinken kriegten.«

»Und dann?«

»Sie blieb bei Ihnen, Sir – den ganzen Tag und den größten Teil der Nacht. Ich hab sie um sechs Glasen abgelöst – hätte es schon früher getan, wenn sie mich gelassen hätte. Seitdem – na, da gehen wir beide Wache um Wache, bloß daß ihre Wachen zwei-, dreimal so lange sind wie meine. Selbst wenn ich sie überreden konnte, daß sie sich mal hinlegte, mußte ich ihr versprechen, sie sofort zu holen, wenn's Ihnen schlechter gehen sollte.« Er grinste so breit, daß seine schlauen Augen kaum noch zu sehen waren. »Da haben Sie 'ne Eroberung gemacht, Sir, ganz bestimmt haben Sie das.«

Kelso versuchte eine unwillige Handbewegung, doch sein freier Arm wollte ihm nicht gehorchen. »Mein Kompliment an Mr. Fenton«, befahl er scharf, »und ich wäre ihm verbunden, wenn er mich aufsuchen würde.«

Als sein Steward gegangen war, sank Kelso in die Kissen zurück und versuchte, seine fiebernden Gedanken zu ordnen. Die *Paragon*, die *St. George*, die Mahratten-Flottille, die sie nur zur Hälfte vernichtet hatten, der Stützpunkt auf der Ile de France, das immer dringlicher werdende Trinkwasserproblem. Er konnte an Elspeth McPhee keinen Gedanken verschwenden.

»Guten Morgen, Sir. Freut mich, Sie so wohlauf zu sehen.« Fentons Ton war wärmer als seine Miene. Vielleicht wußte er, was kommen würde.

»Haben wir die Mahratten tatsächlich entkommen lassen?«

»Wir haben die Aktion abgebrochen, jawohl.«

»Aber warum? Um Himmels willen, warum? Sie kannten doch meine Befehle.«

»Ich kannte Ihre Absichten, jawohl – vor Ihrer Verwundung.«

»Und haben Sie angenommen, ich würde es mir anders überlegen?«

»Wenn Sie die Umstände gekannt hätten.«

»Niemals!« Mißmutig wandte Kelso sich ab und bekam sofort seine Strafe: einen brennenden Schmerz in der Schulter. Er wußte, daß er unfair war, daß Fenton ein tapferer und begabter Offizier war; aber irgendwie – wahrscheinlich lag es an seiner Schwäche – mußte er seiner Enttäuschung Luft machen.

»Wir haben die Aktion abgebrochen, nachdem wir das Bestmögliche herausgeholt hatten«, erläuterte Fenton. »Drei Feluken und vier Dhaus versenkt und eine weitere Feluke entmastet.«

»Genau! Wir hatten sie geschlagen. Sieben, nein, acht feindliche Fahrzeuge waren vernichtet! Dagegen unser Schaden? Ein Besanmarssegel verloren. Und da brechen Sie die Aktion ab!« Wieder drehte er sich mühsam zur Wand.

Daraufhin entstand eine Stille in der Kajüte, die nach einer gewissen Zeit so drückend wurde, daß sich Kelso endlich umdrehen und seinen Ersten Offizier ansehen mußte. Fenton stand in vorschriftsmäßiger Haltung da, Dreispitz unterm Arm, mit steinernem Gesicht wie bei einer Kriegsgerichtsverhandlung.

»Nun?« fragte Kelso, »haben Sie nichts darauf zu sagen?«

»Nur eins, Sir«, erwiderte Fenton kalt und dienstlich. »Wenn Sie mein Verhalten unwürdig finden oder denken, ich hätte meiner persönlichen Sicherheit wegen so gehandelt . . .«

»Ach, Unsinn!« Sekundenlang starrte er Fenton wütend an, doch dann mußte er zu seiner eigenen Überraschung plötzlich grinsen. »Seien Sie kein Narr, Mann! Kommen Sie her, setzen Sie sich!« Er wartete, bis sich Fenton mit aller Vorsicht in dem engen Raum zwischen Seekiste und Decksbalken installiert hatte, und fuhr dann fort: »Was Sie auch für Gründe gehabt haben mögen, die Aktion abzubrechen – Mangel an Mut gehört nicht dazu, das weiß ich.«

»Vielen Dank, Sir.«

»Aber sagen Sie mir: warum haben Sie abgedreht? Warum haben Sie die Bande nicht fertiggemacht?«

Fenton dachte einen Moment nach, als wolle er seine Gründe ordnen. Dann erklärte er: »Erstens, Sir, war unser Schaden größer, als Sie angenommen hatten. Es war erheblich mehr als nur ein Besanmast.«

»Was denn noch?« fragte Kelso betroffen. »Sind wir leckgeschossen worden?«

»Nicht ernsthaft, Sir, wenn wir auch ein paar Dinger abgekriegt haben: ein Loch im Bug, wo wir die Dhau rammten. Das habe ich mit einem Lecksegel gesichert.«

»Unter der Wasserlinie?«

»Nein, Sir. Acht Fuß drüber.«

»Immerhin, bei schwerer See . . .«

»Es wird schon halten bis zur Reparatur.«

Aber wann würde das sein? Sie brauchten mehrere Wochen – Monate möglicherweise – bis St. Helena, und noch länger bis Bombay. Kelso schob das Problem beiseite, denn Fenton fuhr fort: »Es ging nicht um die *Paragon* selbst, Sir. Die war durchaus noch kampffähig.«

»Um was dann? Die Mannschaft?«

»Fünfzehn Gefallene«, sagte Fenton sachlich, »und doppelt so viele Verwundete.«

»Na und?« Wieder wurde Kelso ärgerlich. »Wir sind schließlich auf einem Kampfschiff. Das weiß die Mannschaft doch.«

»Ein Kampfschiff mit einem ganz bestimmten Auftrag, Sir«, erinnerte Fenton. »Soviel ich weiß, lautet unsere Order, die *St. George* zurückzuerobern. Die dürfte aber inzwischen die Ile de France erreicht haben. Mit havariertem Schiff und halber Mannschaft können wir sie nicht zurückerobern.«

Kelso sah seinen Irrtum sofort ein. »Da haben Sie recht. Unsere Hauptaufgabe ist es, die *St. George* wiederzukriegen.«

»Und dann die Munition. Wir haben schon eine ganze Menge verbraucht. Vor St. Helena kriegen wir keinen Ersatz, und bis dahin . . .«

»Da haben Sie wieder recht. Ich bin froh, daß Sie so entschieden haben.«

Fenton nahm die Zustimmung mit einem kurzen Lächeln entgegen und fuhr fort: »Außerdem, Sir, hatten sie den Windvorteil.«

»Ich weiß.«

»Und dann natürlich – die junge Dame.«

»Miss McPhee?« Erstaunt sah er Fenton an. »Was hatte die damit zu tun?«

»Die Mahratten hatten zweimal zu entern versucht, Sir. Sie hätten es bestimmt noch ein drittes Mal probiert.«

»Und?«

»Beim nächsten Mal hätten sie vielleicht Erfolg gehabt.«

»Bezweifle ich. Meine Männer sind so gut, daß sie jeden Angriff heidnischer Piraten abschlagen können. Sie hätten es schon noch einmal geschafft.«

»Und wenn nicht?«

»Was?« Ärgerlich versuchte er, die Frage beiseite zu schieben; doch er wußte, was gemeint war. An Elspeth McPhees Sicherheit hatte er kaum gedacht. »Wahrscheinlich haben Sie recht, Mr. Fenton«, seufzte er. »Sie brauchen nichts weiter zu sagen.«

»Jetzt ist die Frage«, fuhr Fenton eifrig fort, »wo wir wegen Trinkwasser anlaufen können.«

»Wasser! Dafür ist Zeit genug, wenn wir die *St. George* wiederhaben!«

»Nein, Sir – mit allem Respekt. Wir brauchen das Wasser dringend, jetzt, in den nächsten Tagen.«

»Wieso? Wir hatten doch noch Vorrat für eine volle Woche?«

»Das war vor fünf Tagen, Sir.«

Seine Schwäche machte ihn unerträglich nervös. Er biß die Zähne zusammen und richtete sich mit Fentons Hilfe mühsam in sitzende Stellung auf. Der Kopf schwamm ihm, das Blut hämmerte in seinen Adern, doch nach und nach verebbte die Welle von Übelkeit und Schwindel. »Was ist unsere Position?« fragte er.

»47,5 Grad Ost, 10,2 Grad Süd.«

»Siebenundvierzig, sagten Sie?«

»Jawohl, Sir.«

»Aber dann sind wir ja viel zu weit westlich – ungefähr tausend Meilen.«

»Dafür sind wir auch dicht vor den Komoren. Morgen müßten wir Land sichten.«

Kelso fühlte sich zu schlapp, um zu protestieren. Bis jetzt hatten Fentons Erklärungen Hand und Fuß gehabt; er hatte das unangenehme Gefühl, in diesem letzten Punkt würde es genauso sein.

»Wir werden uns einen Ankerplatz auf einer der kleinen Inseln suchen«, erläuterte Fenton, »irgendwo, wo wir unsere Fässer füllen und vielleicht ein paar Früchte mitnehmen können. Eine wilde Ziege oder zwei wären auch nicht unwillkommen. Dann kann der Zimmermann den Schiffsrumpf flicken, wir können eine neue Rah riggen und das Besanbramsegel anschlagen. Im Krankenrevier liegt ein Mann mit Skorbut, der müßte frisches Gemüse kriegen. Und ich glaube, Miss McPhee würde zu einem kleinen Landgang auch nicht nein sagen. Und dann die Verwundeten . . .«

»Stopp!« Kelso hob die Hand und schloß die Augen. »Sie denken offensichtlich an alles. Machen Sie weiter, Mr. Fenton!«

14

Bei Morgengrauen liefen sie die Insel an und warfen eine halbe Meile vor der Küste Anker. Es war ein warmer, tropischer Sonnenaufgang; eine sanfte, ablandige Brise wehte betäubenden Mimosenduft herüber. Auf der Insel war kein Licht zu sehen; vermutlich war sie unbewohnt. Hügelkämme und Zedernwipfel glühten in der Morgensonne auf. Als es noch heller wurde, konnte man den weißen, geschwungenen Sandstreifen erkennen und das beruhigende Rauschen der Brandung hören.

»Wie schön!«

Überrascht fuhr Kelso an der Heckreling herum. Elspeth McPhee stand neben ihm und blickte mit glänzenden Augen und leicht geöffneten Lippen zum Strand hinüber.

»Scheint ein ziemlich sicherer Ankerplatz zu sein«, stimmte er knurrig zu, »wenn wir in Lee bleiben, heißt das. Wenn der Wind aber umspringt . . .«

»Das wird er nicht«, antwortete sie vertrauensvoll.

»Ich wünschte, ich könnte dessen auch so sicher sein.«

»Und ich wünschte, Sie könnten so auf Gott vertrauen wie ich«, entgegnete sie schlicht.

Als das Morgenlicht sich ausbreitete, sahen sie, daß sie in einem natürlichen Hafen lagen, dessen baumbestandene Landzungen sich schützend an zwei Seiten erstreckten; vor ihnen lag die Wasserfläche so ruhig und klar, daß man es für Entweihung halten konnte, diesen Spiegel mit einem Boot zu zerstören.

Doch der Bootsmann gab bereits Befehl, den Kutter auszusetzen. Ein Arbeitskommando schaffte die leeren Wasserfässer an Deck. Ein Scharfschütze der Marine-Infanterie wartete mit seiner Muskete. Die Männer hatten offensichtlich soviel Spaß dabei, daß Kelso einen Augenblick lang in Versuchung kam, sie einfach so gehen zu lassen, wie sie waren, gleich Schuljungen beim Ausflug; doch er dachte daran, daß keine dieser Inseln, mochte sie noch so freundlich aussehen, als sicher gelten konnte. Diese Gewässer waren von europäischen Freibeutern und Piraten verseucht; de Sousa, der Schlimmste von allen, hatte, wie Kelso aus eigener bitterer Erfahrung wußte, irgendwo auf den Komoren seinen Stützpunkt.

»Mr. Archibald!«

»Sir?« Offenbar hatte der junge Mann schon voller Hoffnung auf den Anruf gewartet.

»Sie gehen mit dem Kutter an Land. Mit Mr. Larkin und zwölf Mann.«

»Jawohl, Sir!« Archibald hatte bereits eine Hand auf der Reling bei der Fallreepspforte.

»Moment!« sagte Kelso. »Ihre Aufgabe ist es, Wasser zu finden. Füllen Sie die Fässer und bringen Sie sie zurück an Bord – so schnell wie möglich!«

»Aye, aye, Sir.« Tapfer versuchte der junge Mann, seine Enttäuschung zu verbergen, und die Gesichter mancher Matrosen wurden länger.

»Sie können ein Kommando an Land lassen«, fuhr Kelso fort, und die Gesichter der Matrosen erhellten sich wieder. »Wir brauchen frisches Obst und, wenn's geht, ein paar Ziegen oder Schweine.« Er musterte die Reihe. »Ist ein Scharfschütze dabei?«

»Jawohl, Sir«, schrien alle auf einmal los, »Perkins schießt wie der Teufel, und John Hicsott ist auch nicht schlecht!«

Er nickte. »Na schön, dann also ab mit euch. Und seht zu, daß ihr was mitbringt, das sich lohnt.«

Während das Boot ablegte, schritt Kelso mühsam zum Vorschiff und sprach zu den Männern, die an Bord geblieben waren. »Das sind gefährliche Gewässer«, sagte er, »auf diesen Inseln treiben sich eine Menge Freibeuter herum. Wenn Mr. Archibald zurückkommt und nichts Verdächtiges gefunden hat, schicken wir noch mehr Kommandos an Land. Inzwischen wollen wir die Geschütze ausrennen und die Gefechtsstaionen besetzen – für alle Fälle.«

Mit einem etwas schütteren Hurra machten sich die an Bord Gebliebenen voll Eifer ans Werk. Als sich Kelso unter Schmerzen umwandte und, den Arm in der Schlinge, zum Ruder ging, stieß er auf Elspeth McPhee.

»Aber hören Sie«, sagte sie vorwurfsvoll und nahm seinen gesunden Arm, »Sie dürften überhaupt nicht an Deck sein und schon gar nicht ohne Hilfe herumlaufen!«

»Mir geht's ausgezeichnet.«

»Unsinn«, protestierte sie und zog ihn zur Heckreling. »Jetzt setzen Sie sich!«

Ärgerlich blickte er sie und den Stuhl an, den sie von Padstow hatte an Deck bringen lassen. »Ich fühle mich wohl!«

»Dann werden Sie sich noch besser fühlen, wenn Sie sich hinsetzen und etwas ausruhen.«

Mit ihrer Unterstützung ließ er sich vorsichtig im Sessel nieder. Arm und Schulter schmerzten immer noch, aber am unangenehmsten war dieses demütigende Schwächegefühl. Er hatte tatsächlich Ruhe nötig.

»Nun«, sagte sie, neben ihm an die Reling gelehnt, »ein bißchen Ruhe an Deck und etwas Seeluft, dann müssen Sie wieder in Ihre Kajüte.«

»Nein!« Er versuchte, sich aufzurichten, doch sie hatte das vorausgesehen und sich vor ihn gestellt.

»Sie sind wirklich ein schrecklicher Patient! Wollen Sie denn nicht gesund werden?«

Widerspenstig blickte er sie an und sah zu seiner Überraschung, daß sie bei diesem zarten Sonnenschein, die Wangen gerötet und einen leichten Glanz in den Augen, eigentlich eine recht gutaussehende Frau war – ein bißchen eckig vielleicht, zu mager, beinahe knochig, und mit einer Miene, die immer, selbst in diesem entspannten Moment, leicht mißbilligend wirkte. Ihr etwas zu breiter Mund wurde durch das feste Kinn und die schmalen Lippen in Zucht gehalten; man spürte genau, daß dieses Gesicht wie kaum ein anderes schon von Kindheit an von strenger Erziehung geformt war.

»Mit dieser Insel haben wir Glück gehabt, Sir.«

Er wandte sich um: Fenton stand neben seinem Sessel. »Man muß es hoffen«, antwortete er.

»Ein paar Tage hier, und wir können es mit der französischen Flotte aufnehmen.«

»Ein paar Tage?« Wieder versuchte Kelso aufzustehen. »Wir müssen morgen Anker lichten – heute noch, wenn möglich.«

»Nein, Sir. mit allem Respekt – das geht nicht.«

»Wieso nicht?«

»Der Zimmermann braucht mindestens zwei Tage, um den Rumpf zu flicken – drei, wenn er neue Planken einziehen muß. Und dann noch die Marsrahe.«

»Oh!« Wütend schlug Kelso mit der Faust auf die Sessellehne. Wenn er bloß gesund gewesen wäre! »He! Helfen Sie mir auf!«

»Bitte, Captain!«

Er achtete nicht auf Elspeth McPhees Einwände und kam mit Fentons Hilfe auf die Füße. Meer und Himmel waren jetzt von tieferem Blau, und alle Farbtöne der Insel traten deutlich hervor.

»Bitte! Lehnen Sie sich doch gegen die Reling!« Er fühlte Elspeths Arm, der ihn stützte; und so gern er ihn weggeschoben hätte – er brauchte ihn, selbst für die zwei kurzen Schritte. Es war demütigend. Sobald er eine Hand an der Reling hatte, machte er sich von Elspeth los. »Ich fühle mich ganz wohl, danke sehr. Sie brauchen mich nicht zu stützen.«

Er blickte übers Wasser auf den weißen Streifen, der die Bucht begrenzte, und jenseits davon auf die grünen, baumbestandenen, von einer tiefen Schlucht durchschnittenen Berge. Selbst auf diese Entfernung konnte er eine Masse gelber Blüten erkennen, ein blasser Abglanz vor dem tiefen Grün. Weiter oben zog sich ein lebhafter roter Streifen durch das dunkle Zedernlaub: dort wuchs irgendeine Blume oder Schlingpflanze besonders üppig.

»Es ist so friedlich.«

»Vielleicht.« Ihr sanftes Wohlgefallen irritierte ihn genauso wie ihre unerwünschte Hilfe und ihre Gegenwart überhaupt.

»Das Boot ist jetzt beinahe am Strand«, bemerkte sie.

Er antwortete nicht, sondern beobachtete aufmerksam, wie der Kutter auf Strand lief und die Matrosen eifrig ins flache Wasser sprangen. Durch sein Glas sah er einen Schwarm bunter Vögel von den Baumwipfeln aufschwirren; ein paar Schildkröten, die sich gesonnt hatten, krochen unendlich langsam zum Wasser. Das Mädchen hatte recht: Es war friedlich. Doch er war trotzdem erleichtert, als er sah, daß Archibald umsichtigerweise hundert Yards nach rechts und links Wachen am Strand postierte, und noch eine weitere an der Baumgrenze. Es war eben doch Piratengebiet.

Obwohl die Sonne erst vor einer knappen Stunde aufgegangen war, merkte er, daß ihm der Kopf auf die Brust sank und ihm die Lider zufielen. Ärgerlich schüttelte er sich und versuchte, die Augen in der hellen Sonne offenzuhalten.

»Kommen Sie!« befahl die Stimme neben ihm. »Das reicht für einen Morgen!«

»Ich fühle mich ganz . . .« Er war zu müde, um den Satz zu Ende zu sprechen oder sich auch nur an die Worte zu erinnern, die er dazu brauchte. Schlafen! Ärgerlich versuchte er, wach zu bleiben, doch sein ganzer Körper schrie nach Schlaf.

»Kommen Sie, Sir.« Das war Fenton. »Hier gibt's jetzt nichts weiter für Sie zu tun.«

Er war zu müde, um zu diskutieren, zu schlapp, um Einwände zu machen. Das nächste, was er erfaßte, war die harte Kante seiner Koje, wo er saß – oder lag? – und ein kräftiger Arm, der ihn stützte, während jemand – Elspeth? – ihm die Schuhe auszog. Dann lag er auf dem Kissen, und ein überwältigendes Müdigkeits- und Wohlgefühl umfing ihn. Einmal noch wurde er kurz wach und hörte Fenton flüstern: »Ich gehe jetzt. Lassen Sie mich wissen, wenn Sie mich brauchen.«

Dankbar sank er wieder in Schlaf, einen tiefen, herrlichen, gesundheitsträchtigen Schlaf. Ab und zu wachte er auf, aber meistens nur für Sekunden; jedesmal, wenn er wieder einschlief, sah er Elspeth McPhee steif und spröde an seinem Bett sitzen.

Manchmal wurde ihm heiß, und einmal erwachte er davon, daß sie ihm Gesicht und Hals abwusch. Da blieb er etwas länger wach und meinte zu spüren – es war wirklich nur ein ganz unbestimmter Eindruck –, daß sie, als ihm die Sinne wieder schwanden, sich über ihn neigte und mit den Lippen leicht wie ein Schmetterling seine Wange streifte.

Als er ausgeschlafen hatte, war es Abend. Die Kajüte, tagsüber so stickig heiß, war jetzt angenehm kühl, und er spürte an der Bewegung des Schiffes, daß der Wind aufgefrischt hatte.

»Ist Mr. Fenton an Bord?«

Ohne den Kopf zu wenden, wußte er, daß sie noch an seinem Bett saß; und als sie sprach, war es, als sei er nur kurz eingeschlummert und ein zeitweilig unterbrochenes Gespräch ginge einfach weiter. »Ja«, antwortete sie, »er ist noch an Bord und geht Wache. Sie brauchen sich keine Sorgen zu machen.«

Er streckte sich beruhigt wieder aus und wandte leicht den Kopf, so daß er den Fleck glühender, reiner Farbe sehen konnte, den das offene Bullauge umrahmte. Es war Sonnenuntergang, und selbst das kleine Stück Himmel, das er sehen konnte, leuchtete in Purpur, Gold und Scharlachrot wie das üppige Faltengewand eines Prälaten. In zwei Minuten würde es dunkel sein: ein rasch vergänglicher, dem Höhepunkt einer Ekstase vergleichbarer Nachglanz lag noch über dem Himmel.

»Ich muß an Deck!«

»Nein!« Doch als er sich in sitzende Stellung hocharbeitete, stand sie neben ihm und, ihn halb stützend, halb hindernd, legte sie ihm, als sie seine feste Entschlossenheit merkte, schließlich doch den Arm um die Taille und half ihm aufzustehen.

Sobald seine Füße den Boden berührten, schob er ihren Arm weg und fand zu seiner Freude, daß er ohne Schwierigkeiten aus eigener Kraft stehen konnte und daß Wände, Decksbalken und Seekiste nicht mehr schwankten, als er ein paar Schritte tat.

»Ich gehe an Deck!«

»Dann komme ich mit.«

Sie öffnete die Tür und sah ängstlich zu, wie er hindurchging; sie wollte ihre Hand ausstrecken, um ihm zu helfen, wagte es aber doch nicht.

Auf dem Achterdeck war Fenton allein. Er kam herzu, als er Kelso und das Mädchen die Kampanjeleiter hinaufkommen sah.

»Wie fühlen Sie sich, Sir? Der Schlaf hat Ihnen gutgetan.«

»Zweifelsohne«, erwiderte Kelso säuerlich, »aber ich habe viel zu lange geschlafen. Man hätte mich schon vor ein paar Stunden wekken sollen.«

»Dazu war kein Anlaß, Sir. Mr. Archibald und ich sind sehr gut zurechtgekommen.«

»Ohne mich, meinen Sie?« Kelso versuchte, eine strenge Miene zu machen, doch er konnte es nicht lange durchhalten. Es war ihm eine Erleichterung zu lächeln. »Ich bin Ihnen sehr dankbar für Ihre Umsicht, Mr. Fenton. Der eine Tag Ruhe hat Wunder gewirkt. Ich fühle mich jetzt wieder vollkommen kampffähig und zu allem bereit.«

»Das freut mich zu hören, Sir, aber bei einigem Glück werden wir noch nicht kämpfen müssen. Mr. Archibald und seine Männer sind auf den höchsten Punkt der Insel gestiegen« –, er deutete über die schon dunkler werdende See –, »auf die Spitze jenes Berges dort drüben.«

»Und sie haben nichts gefunden?«

»Keine Menschen; aber es gibt verwilderte Schweine und ein paar Hühner. Sie haben die Überreste einiger Hütten gefunden, doch sehen sie aus, als hätte seit hundert Jahren niemand mehr darin gehaust.«

»Irgendwelche Pfade?«

»Nur Wildwechsel, obwohl sie merkwürdigerweise nicht eine einzige Ziege finden konnten. Aber Sie können sicher sein, daß die Insel unbewohnt ist.«

Er nickte, ging zu dem Mädchen zurück und lehnte sich neben sie an die Reling. Der Mimosendurft, der bei Tagesanbruch so stark gewesen war, kam jetzt mit der Abendbrise wieder. »Und Sie?« rief er zu Fenton hinüber. »Waren Sie auch an Land?«

»Jawohl, Sir«, erwiderte Fenton etwas unsicher, als sei er sich auch jetzt noch nicht klar, ob er recht daran getan hatte, das Schiff zu verlassen. »Aber da war Mr. Archibald an Bord, auch Mr. Craig und Mr. Tregowan. Ich blieb auch nicht lange weg.«

»Ich bin ganz froh, daß Sie drüben waren«, sagte Kelso. »Wenn wir erst wieder Segel setzen, kann es wer weiß wie lange dauern, bis wir wieder Land sichten.«

Er starrte ins Wasser und auf die phosphoreszierenden Wellen, die jedesmal wie ein Diamantenhagel aufsprühten, wenn sich eine Welle am Heck brach. Es war jetzt ganz finster, und die Insel lag nur noch wie ein tieferer Schatten vor dem Nachthimmel.

»Und Sie, Sir?« fragte Fenton, der beim Kompaß stand. »Wollen Sie nicht auch einen kleinen Landgang riskieren?«

Kelso nickte. »Vielleicht.« Er wandte sich von der Reling ab und sah das Mädchen an, das neben ihm stand und ihn seltsam versonnen anblickte. Er hatte Elspeth beinahe vergessen. »Ja«, sagte er, »morgen, denke ich.« Er sah ihr in die Augen und hielt ihren Blick mit dem seinen fest. »Vielleicht hätte Miss McPhee Lust mitzukommen?«

15

Sanft glitt der Kiel auf Sand, Kelso erhob sich und half dem Mädchen beim Aufstehen; dann trug der Bootsmann sie an Land, und dort war sie es, die ihn stützen mußte. »Es geht schon«, sagte er, ärgerlich über seine Schlappheit; und als er den leicht ansteigenden Streifen weißen Sandes hinanstieg, schlug er aus purem Trotz ein Tempo an, bei dem sie nicht mithalten konnte. Aber an der Baumgrenze blieb er stehen, weil seine Dickköpfigkeit ihm leidtat, wandte sich um und ging ihr entgegen.

»Bitte – lassen Sie mich Ihnen helfen.«

Wortlos nahm sie seinen Arm und schritt neben ihm zu den Bäumen, dann durch das Unterholz aus niedrigen Büschen und Gestrüpp, bis sie an die Schlucht kamen. Als sie zu den steilen, baumbestandenen Hügeln aufblickten, hörten sie Wasser rieseln und fanden ein blitzendes Rinnsal, das sich zu einem Teich erweiterte. Ein Stück weiter, auf einem Abhang, standen die Überreste hölzerner Hütten, jetzt durch Wind und Regen halb verrottet und von Schlingpflanzen überwuchert. Riesige, glockenförmige Blüten hingen herab und füllten die Luft mit ihren schweren Düften. Der Teich, der durch Aufstauen des Baches mit Steinen entstanden war, hatte kristallklares Wasser und sah in der feuchten Hitze des Tages höchst einladend aus.

»Ich wünschte ...« Das Mädchen blickte ins kühle Wasser, dann auf Kelso – und errötete.

»Möchten Sie baden?«

»Nein, nein! Das geht doch nicht!« Jetzt war sie blutrot übergossen; vielleicht aus diesem Grund wandte sie sich ab und begann, den Hügel hinaufzusteigen.

Er ging hinterher und hatte sie gerade eingeholt, als sie an einen Pfad kamen, oder vielmehr an eine Stelle, wo die Bäume etwas lichter standen. Nebeneinander gingen sie den ziemlich steilen Hang hinauf, ohne zu sprechen oder voneinander Notiz zu nehmen, bis er spürte, daß er sie verletzt haben mußte. Sie machte auch keine Anstalten, wieder seinen Arm zu nehmen.

Der Grund der Schlucht, die sie hinaufstiegen, war angenehm kühl; Mimosen, Akazien und ab und zu eine Zeder gaben Schatten, und die Brise von der Höhe her reichte eben aus, um die Luft etwas zu bewegen. Obgleich kein eigentlicher Pfad vorhanden war und sie gehen mußten, wie es Bäume und Unterholz erlaubten, blieben sie immer in der Nähe des Baches, und sein lustiges Geplätscher erhöhte noch die Illusion der Kühle. Weiter oben wurden die Bäume noch lichter, und so weit das Auge reichte, war die Schlucht rot von Oleanderblüten. Mit der Sonne im Rücken wurde das Steigen mühsamer; Kelso mußte alle paar Schritt anhalten, um zu Atem zu kommen und das Schwindelgefühl zu überwinden. Es machte ihn wütend, daß das Mädchen in seinem schwarzen Kleid, das Hals und Handgelenke umschloß und bis zum Boden reichte, unerträglich frisch und vergnügt aussah. Jedesmal, wenn er stehenblieb, trat sie neben ihn und versuchte, ihn mit ihrem Arm zu stützen, doch er wollte es sich nicht gefallen lassen. Trotz seiner schweren Uniform, die mehr dazu geeignet war, ihn in den rauhen, kalten Nächten auf See warm zu halten, trotz der wühlenden Schmerzen in seinem Arm war er fest entschlossen, weiterzugehen. Manchmal, wenn er über einen Stein stolperte oder beim Steigen Schwierigkeiten hatte, wartete er hoffnungsvoll darauf, daß sie sagte, sie könne nicht mehr. Aber sie schien unermüdlich.

Endlich, als sie sich der Spitze des Hügels näherten, blieb sie tatsächlich stehen, aber nur, weil sie die Aussicht bewundern wollte. Sie deutete den Hang hinunter, und ihr Gesicht, obwohl schweißbeperlt, strahlte vor Freude; sie lächelte mit halbgeöffneten Lippen. Wieder mußte er unwillig zugeben, daß sie eigentlich eine schöne Frau war. Als er bei ihr stand, drehte er sich mißmutig um, schaute über das unwahrscheinliche Panorma von grünen, mit lebhaftem Rot und zartem Gelb gesprenkelten Hügeln vor dem blauen Himmel und der See, die so glatt war, daß die *Paragon* aussah wie ein Spielzeug auf einer farbigen Glasplatte.

»Es ist schön!«

Fast gedankenlos, so kam es ihm vor, nahm sie seinen Arm, und er spürte ihren leise atmenden Körper neben dem seinen. »Ruhen wir uns ein Weilchen aus«, sagte sie.

»Was, hier? In der Sonne?«

Sie lächelte über seine schlechte Laune und deutete auf eine Baumgruppe. »Da drüben. Wenn ich mich nicht täusche, ist dort auch wieder der Bach.«

»Auf dieser Höhe? Da kann er doch bestenfalls nur ein Rinnsal sein.«

Aber er irrte sich. Als sie zu der Baumgruppe schritten, hörten sie das gleiche Wassergeplätscher wie vorhin, doch hier kam es von einer Quelle, die zwischen den Steinen entsprang und sich in einen natürlichen Teich ergoß. Sogar Elspeth schien überrascht zu sein, so etwas in dieser Höhe vorzufinden, denn sie ließ seinen Arm los und lief hin. Am Rande des Teiches kniend, tauchte sie die Finger ein und spritzte sich Wasser ins Gesicht. Als er näherkam, lächelte sie ihn an; das Wasser überperlte ihre Wangen und verlieh ihren Augen noch mehr Glanz.

»Herrlich!« rief sie. »So kühl und ...« Sie hielt inne und fragte dann, offensichtlich von ihrer Kühnheit selbst erregt: »Würden Sie es unpassend finden, wenn ich bade?«

»Warum sollten Sie nicht?« erwiderte er leichthin. »So hoch oben in den Bergen sieht es ja keiner.«

»Außer Ihnen.« Sie blickte ihn mit dem gleichen seltsamen Ausdruck an, der ihm schon am Vorabend auf dem Achterdeck aufgefallen war.

»Keine Angst. Mir ist so heiß – ich lege mich hier in den Schatten und mache die Augen zu.« Und da sie immer noch zögerte: »Wenn Sie wollen, gehe ich auch noch weiter den Berg hinunter.«

»Nein!« rief sie aus. »Ich könnte es nicht ertragen, allein zu sein. Vielleicht sind hier wilde Tiere, Schlangen ...«

»Beim Aufstieg haben wir keine gesehen.«

»Nein, aber trotzdem ...« Sie deutete auf eine Grasfläche hinter einer Gruppe Felsbrocken. »Wenn Sie dorthin gehen und sich hinlegen würden, wären Sie wenigstens in der Nähe.«

»Und doch nicht nahe genug, um Sie zu sehen.« Er wandte sich um. »Haben Sie nur keine Angst, ich werde Sie schon nicht belauschen.«

»Nein, so meine ich es nicht ...« Sie kam hinter ihm hergelaufen und faßte seinen Arm. »Wirklich nicht. Ich weiß doch genau, daß Sie ein Gentleman sind. Es ist nur . . .«

»Daß der Gedanke an ein Bad nach fünf Wochen in der stickigen Kajüte etwas Unwiderstehliches hat?« Er lächelte und setzte sich vorsichtig auf den Erdboden. »Wenn Sie mir helfen würden, meine Jacke auszuziehen . . .«

»Natürlich.« Sie kniete sich neben ihn und schob mit sanfter Hand den Uniformrock von seiner verwundeten Schulter, so daß er sich hinlegen konnte. Er spürte das frische Gras durch sein Hemd hindurch und die leichte Brise auf seinem Gesicht.

»Hier! Kopf hoch!« Sie kniete über ihm und schob ihm das zusammengefaltete Jackett in den Nacken.

»Danke.« Er schloß die Augen. »Und nun ab mit Ihnen! Nehmen Sie Ihr Bad!«

»Liegen Sie auch bestimmt bequem?«

»Ab ins Wasser, habe ich gesagt.«

Als sie weg war, schaute er ein Weilchen durch die Zweige in den makellos blauen Himmel und horchte auf das Plätschern des Baches. Obwohl es bald Mittag war, blieb es hier unter den Bäumen angenehm kühl. In der milden Brise fühlte er die Sonnenflecken über sein Gesicht spielen, und bald wurde er schläfrig. Die Augen fielen ihm zu, und er hörte – oder glaubte zu hören –, wie das Wasser platschte, als ob Elspeth McPhee sich endlich ein Herz gefaßt habe und hineingesprungen sei.

Als er aufwachte, hatte er das Gefühl, in seiner Kajüte zu sein. Jemand beugte sich über ihn, zog ihm das Hemd vom Arm, und dann fühlte er herrlich kühles Wasser auf seiner Brust. Unwillkürlich wehrte er ab und hörte Elspeths ruhige Stimme: »Still!«

Er öffnete die Augen und merkte, daß er noch in den Bergen war. Durch die Bäume konnte er den Himmel sehen und auch die scharlachrote Blüte, die ihm aufgefallen war, als er einschlief. Doch das war alles, was er sehen konnte, denn Elspeth McPhee beugte sich über ihn, und ihr langes Haar berührte sein Gesicht.

Sie hatte, soweit er sehen konnte, ein Unterkleid an, das sich fest an ihren Körper schmiegte, so daß sie sonderbar kindlich wirkte, was noch durch die nassen, tropfenden Haare und die Wasserperlen auf ihrem Gesicht unterstrichen wurde. Sie mußte direkt vom Teich zu ihm gekommen sein und wischte mit irgendeinem Kleidungsstück

– was es war, konnte er nicht erkennen – sanft seine Wunde ab.

Ohne ihn anzusehen sagte sie: »Ich bin geschwommen – es war so erfrischend ... Und ich konnte es nicht ertragen, daß Sie so heiß und unbequem daliegen.«

»Danke.« Er sah sie an, bis sie endlich seinen Blick erwiderte. »Kein Mann könnte sich eine bessere Krankenpflegerin wünschen.«

»Ich ... Nun ja ...« Sie errötete; um ihre Verwirrung zu verbergen, stand sie auf und ging zum Teich, um ihren behelfsmäßigen Schwamm aufs neue anzufeuchten.

Mit klopfendem Herzen wartete er auf ihr Zurückkommen. Sein Leben lang hatten ihm Frauen nicht viel bedeutet; die See und in letzter Zeit sein Schiff waren die einzigen, die er brauchte. Wie jeder Seemann hatte er flüchtige Liebesabenteuer gehabt, aber nach ein paar Tagen und Nächten im Hafen war er jedesmal froh gewesen, wieder zur Freiheit und Reinheit des Meeres zurückzukehren.

Als sie wiederkam, hatte er sich aufgesetzt und stützte sich auf seinen gesunden Arm. Den Blick, mit dem er sie empfing, konnte sie nicht mißdeuten.

Sie blieb ei dem Felsbrocken stehen und wartete. Dicht lag das Unterkleid an ihrem schlanken Leib, und ihre Augen wichen seinem Blick nicht aus. Dann kam sie näher, das nasse Wäschestück, mit dem sie ihn abgewaschen hatte, noch in der Hand, und kniete sich neben ihn, als sei nichts gewesen.

»Ich will Ihnen die Schulter abwischen.« Nur das Zittern ihrer Stimme verriet ihre Erregung. Sie beugte sich vor, bis ihre Gesichter nur ein paar Zoll voneinander entfernt waren, und drückte das Wasser aus dem Tuch über seiner Brust aus.

»Elspeth!«

Sie sah ihn an, sein Arm schlang sich um ihre Schultern, ihre Lippen trafen sich, und er zog sie neben sich ins Gras.

Später zogen sie sich an und gingen bergab zum Schiff. Kelso war müde, aber zufrieden: er bedauerte nichts, und als er Elspeth, die neben ihm schritt, verstohlen ansah, war er sogar froh, daß sie wenigstens einmal in ihrem Leben glücklich schien.

Denn daran war nicht zu zweifeln – sie war tatsächlich glücklich. Beim Gehen hielt sie seine Hand in der ihren und brach alle paar

Minuten aus, um ein paar Schritte zu hüpfen oder von Stein zu Stein zu springen wie ein Kind, das vergnügt am Meerestrand spielt. Ihre sonst so strengen Züge waren jetzt sanft. Sie lächelte ständig, und ab und zu lachte sie ohne erkennbaren Anlaß laut auf. Sie kamen an eine lichte Stelle im Wald, und da wollte sie zum Kamm des Hügels laufen, um zu sehen, wie es auf der anderen Seite der Insel aussah. »Komm mit«, sagte sie. »In einer Minute sind wir oben!«

Er schüttelte den Kopf. »Nein, ich bin müde.«

Sofort war sie wieder bei ihm und führte ihn an eine kühle Stelle, wo er ruhen konnte. »Bleib hier«, lächelte sie, »ich bin gleich wieder da.«

Sie lief ein paar Schritt, blieb stehen, kam zurück und küßte ihn auf die Stirn. Dann lief sie wieder bergauf.

Lächelnd, um ein leichtes Mißbehagen zu unterdrücken, sah er ihr nach. Er wollte zurück zum Schiff. Eine Stunde oder so, hatte er zu Fenton gesagt. Und nun war der Nachmittag schon angebrochen.

Aber sie war glücklich. Irgendwie entschuldigte das alles. Falls er sich für den Tod ihres Vaters verantwortlich fühlte, so hatte er das wenigstens teilweise wieder gutgemacht. Bestimmt würde sich Reverend McPhee im Himmel über das Glück seiner Tochter freuen.

Sie war jetzt auf dem Kamm, und er sah sie wie einen Scherenschnitt gegen den Himmel stehen. Ihr schwarzes, fußlanges Kleid verlieh ihr einen Ausdruck von Würde, den ihre lebhaften Bewegungen und seine Erinnerung an ihre Leidenschaftlichkeit Lügen straften. Wer sollte die Frauen verstehen? Wer hätte je gedacht, daß die hausbackene, bibellesende Elspeth ein solches Feuer in sich hatte? Nachsichtig lächelte er, als er sie winkend zurückkommen sah. Sie schwenkte die erhobenen Arme; ihre Hände deuteten auf irgend etwas. Erst einen Moment später wurde ihm klar, daß sie nicht vor Freude, sondern vor Schreck so erregt war. Sie rannte den Hügel herab; er stand auf und ging ihr entgegen.

»Das ist die *Toulon*«, sagte er. »Ein französisches Linienschiff mit vierundfünfzig Geschützen.«

An dem Hügelkamm, der die Wasserscheide der Insel bildete, hatte er Elspeth McPhee erreicht und sie hastig neben sich ins Gras gezogen. Da lagen sie nun und beobachteten den großen Zweidekker, der sich dort unten einen Ankerplatz suchte.

Ein prachtvoller Anblick. Wie die *Paragon*, so hatte auch die *Toulon* einen schönen, natürlichen Hafen gefunden; ihre breiten Rahen, die turmhohen Masten schienen fast die Bäume zu streifen, die einen engen, in eine Bucht auslaufenden Meeresarm umstanden. Nachdem sie einmal die Einfahrt passiert hatte, konnte sie sich ihren Ankerplatz nach Belieben im tiefblauen Wasser der kreisrunden Bucht wählen. Kelso konnte den Lotgasten in den Rüsten sehen und glaubte sogar manchmal, seinen Ruf zu hören.

Unter aufgegeiten Marssegeln glitt die *Toulon* langsam auf die Mitte der Bucht zu, wo, vermutlich weil der Lotgast flaches Wasser gemeldet hatte, der französische Kommandant den Befehl gab, das Großmarsegel back zu stellen und den Anker fallen zu lassen. Das große Schiff lief aus, und sie konnten erkennen, wie kleine Gestalten übers Deck rannten, um zwei Kutter und die Kommandantengig zu Wasser zu bringen. Fässer wurden an Deck gerollt und mit Davits in die Kutter abgefiert.

»Sie gehen an Land«, flüsterte das Mädchen, fast als könnte man dort, tausend Fuß tiefer, ihre Stimme hören.

»Ja, ihnen geht es wie uns. Sie brauchen Wasser – vielleicht auch Proviant. Ich muß sehen, wie viele Mann sie an Land schicken.«

»Glaubst du, sie werden uns finden?«

»Noch nicht. Wir haben Glück, daß wir sie zuerst gesehen haben. Sie werden nicht auf die *Paragon* stoßen, es sei denn, sie runden die Insel; aber das ist unwahrscheinlich, wenn sie nicht diesen Kamm ersteigen. Auf jeden Fall ist die *Paragon* bis dahin weg.«

»Du meinst, wir können nach Norden entwischen?«

»Entwischen?« Empört fuhr er herum. »Ich habe nicht die Absicht zu entwischen.«

»Aber du könntest es? Wenn du die *Paragon* zur anderen Seite der Insel bringst und dich dort verbirgst, bis es dunkel wird?«

»Elspeth!« Er legte ihr die Hand auf den Arm. »Wir in der Marine verstecken uns nicht vor unseren Feinden. Wir kämpfen.«

»Aber dieses Schiff ist riesig. Es muß doppelt so groß sein wie die *Paragon*!«

»Mindestens, aber das macht uns keinen Kummer. Wenn die Kommandanten der Ehrenwerten Company immer nur Schiffe ihrer eigenen Größe angegriffen hätten, dann wäre sie nicht da, wo sie heute ist – sie wäre überhaupt nicht in Indien.«

»Aber du mußt dieses Schiff doch nicht angreifen! Hast du nicht Order, die *St. George* zu suchen und zurückzuerobern?«

»Ja, aber der beste Auftakt dazu wäre, das französische Flaggschiff zu vernichten oder wenigstens kampfunfähig zu machen. Ich bezweifle, daß die Franzosen ein weiteres Schiff dieser Größe im ganzen Arabischen Meer haben.«

Sie schwieg, und er beobachtete, wie die beiden Kutter, bis an die Dollborde mit Wasserbehältern und Männern beladen, zum Strand ruderten. Kurz danach folgte die Gig mit zwei Offizieren im Heck.

»Vierzig Mann von ihrer Besatzung, schätze ich«, sagte Kelso, »dazu die Deckoffiziere und mindestens zwei Leutnants. Fragt sich, wie wachsam die an Bord sind.«

Nicht allzu wachsam, soweit er sehen konnte. Schade, daß er nicht daran gedacht hatte, sein Glas mitzunehmen. Aber an Deck war jedenfalls wenig Betrieb. Niemand schien bei den Geschützen zu sein, und der einzige Offizier auf dem Achterdeck saß – oder lag sogar – an der Heckreling. Er sah noch ein paar winzige braune und schwarze Flecken – das mußten wohl Matrosen sein, die in der Sonne lagen.

»Du willst eben kämpfen!« Ihre bitteren, anklagenden Worte trafen ihn unvorbereitet. Als er sich zu ihr umwandte, sah er, daß ihre Wangen gerötet und ihre Lippen böse zusammengepreßt waren.

»Natürlich will ich kämpfen«, erwiderte er kurz. »Dafür werde ich ja schließlich bezahlt.«

»Dafür, daß du deine Mitmenschen tötest und verstümmelst . . .«

»Das gleiche kann auch mir und meinen Leuten passieren, weißt du«, entgegnete er.

»Als ob ich das nicht wüßte!« sagte sie erregt. »Glaubst du, ich könnte je das Fürchterliche vergessen, das ich unter Deck gesehen habe, als du gegen die Mahratten kämpftest? Tüchtige, kerngesunde Männer zu blutigem Fleisch zerschossen, tapfere Männer, die sich im Todeskampf winden, und die nicht so Tapferen schreien nach dem Tod!«

»Ja, gewiß ...« Unsicher sah er sie an. »Die *Paragon* ist ein Kampfschiff, und mit so etwas muß ein Seemann eben rechnen.«

»Das war alles unnötig!«

»Unnötig? Ich begreife nicht, wie du so reden kannst. Die hätten uns bestimmt massakriert, wenn wir sie nicht vorher getötet hätten.«

»Ich weiß nicht«, erwiderte sie. »Wie ich es sehe, hättest du das Gefecht gegen die Mahratten ganz vermeiden können – du hättest an ihrer schwächsten Stelle glatt durchbrechen können. Du hattest den Windvorteil. Höchstens ein Glückstreffer hätte dir etwas anhaben können. Aber du hast dich entschlossen zu kämpfen.«

»Mein liebes Mädchen«, antwortete er heftig, »wäre ich direkt hindurchgesegelt, wie ich es nach deiner Ansicht hätte tun sollen, dann wäre die ganze Mahrattenflotte intakt geblieben. Vielleicht hast du recht, und wir wären glatt weggekommen; aber sollte ich etwa zulassen, daß diese Schakale den nächsten unglückseligen Indienfahrer anfallen, der ihnen in den Weg kommt? Diese Mahratten sind keine fairen Kämpfer, weißt du. Die machen keine Gefangenen, höchstens Frauen, und dann ...« Er brach ab und schloß ärgerlich: »Ach, du verstehst das nicht.«

»Ich verstehe durchaus«, erwiderte sie. »Ich verstehe, was dich dazu antreibt, den Kampf zu suchen. Nicht der Ehre wegen tust du es, wie du wahrscheinlich sagen wirst, oder weil es der Company nützt.«

Plötzlich wurde er regelrecht böse auf sie und konnte kaum an sich halten. »Was denn sonst?« stieß er wütend hervor.

»Die Lust am Töten«, sagte sie. »Genau das und sonst nichts.«

Zornig rutschte er ein Stück den Hügel hinab und stand auf. »Wir wollen lieber gehen.« Gleichgültig sah er zu, wie sie ungeschickt versuchte, ebenfalls aufzustehen, denn ihr langes Kleid war ihr hinderlich; doch es fiel ihm gar nicht ein, ihr behilflich zu sein. Unvermittelt wandte er sich ab und ging den Hügel hinunter.

»Roger!« Sie holte ihn erst ein, als er am Fuß der Schlucht war, und als sie seine wütende Miene sah, bekam sie plötzlich Angst. Schluchzend ergriff sie seinen Arm. »Nicht böse sein! Ich wollte dich nicht verletzen, nur . . .«

Er blieb stehen. »Nur was?«

»Nur daß ich dich liebe!« sagte sie einfach. »Und weil ich dich liebe, muß ich dich zu retten versuchen.«

»Vor der Verdammnis?« fragte er höhnisch. »Meinst du das?«

»Nicht gerade das.« Sein Zorn machte sie verwirrt. »Aber die Bibel sagt – ach, du weißt es doch selbst. Das fünfte Gebot: Du sollst nicht töten. Wie kannst du deine Handlungen damit in Einklang bringen?«

»Das brauche ich auch nicht«, erklärte er, ohne seinen Schritt zu mäßigen. »Ihr habt ja keine Ahnung, du und dein . . .«

»Mein Vater?« fragte sie gelassen. »Wolltest du das sagen?«

»Bibelwürmer!« rief er aus. »Ihr seht immer nur Sünde, und das Rechte erkennt ihr nicht mal, wenn ihr es seht!«

»Ich habe es heute nachmittag erkannt«, erinnerte sie ihn, »obwohl meine ganze Erziehung mir sagte, daß ich sündigte.«

»Ja, schon . . .« Er fand das irgendwie unfair von ihr, konnte aber nicht leugnen, daß sie bei jenem Teich Hemmungen überwunden hatte, die ihr ihre früheste Erziehung fest eingepflanzt hatte. Und er war ihr dankbar dafür.

Er blieb stehen und umfaßte sie mit seinem gesunden Arm. »Elspeth! Streiten wir uns doch nicht! Heute waren wir glücklich. Laß Kampf und Krieg doch meine Sache sein!«

Sie zögerte einen Moment und nickte dann. »Ja, gut.« Er versuchte, sich loszumachen, aber sie klammerte sich wild an ihn und küßte ihn leidenschaftlich auf den Mund. »Ich liebe dich sehr!«

Auf dem Weg zum Strand stießen sie auf Männer der *Paragon.* Ein Jagdtrupp unter Winstons Führung kam gerade mit einem prächtigen Eber zurück. Ein anderer Trupp schleppte ein Segel voller Früchte. Bootsmann Larkins wartete unten am Wasser.

»Gut, daß Sie wieder da sind, Sir. Wir haben uns schon Sorgen gemacht.«

»Sind die Wasserbehälter voll?«

»Jawohl, Sir, und wir haben frisches Obst und ein paar Schweine . . .«

»Lassen Sie sofort sammeln, Mr. Larkins. Wir setzen unverzüglich Segel.«

»Aye, aye, Sir.« Wenn Larkins von der Dringlichkeit dieses Befehls überrascht war, so zeigte er es jedenfalls nicht. »Benson! Makepeace! Alle zusammenholen! Sofort zurück an Bord!«

Während Kelso in der Ducht saß und die *Paragon* immer größer werden sah, durchdachte er wieder und wieder seinen Aktionsplan. Die südliche Bucht, in der das französische Schiff ankerte, lag noch abgeschlossener als diese hier. Der französische Kommandant mußte sich sehr sicher fühlen. Ob er wohl die elementare Vorsichtsmaßnahme ergriffen hatte, Ausguckposten auf den beiden Landzungen einzusetzen, die seine Bucht begrenzten? Während er mit Elspeth das Schiff beobachtete, war kein Boot dort hinausgerudert. Die vierzig Mann, die er gesehen hatte, waren vielleicht nur das erste Landkommando; das hielt er sogar für wahrscheinlich. Es war eher anzunehmen, daß mehr als ein Drittel der Gesamtbesatzung an Land war und daher bei einer Aktion für die Franzosen ausfiel. Die an Bord Gebliebenen mußten bei dieser schwülen Nachmittagshitze träge und unaufmerksam sein.

Er blickte zum Windstander am Großmast der *Paragon* auf und sah, daß die Brise, soweit sie vorhanden war, immer noch ablandig wehte. Das war seine Hauptsorge gewesen. Kein Kommandant war geneigt, sein Schiff an einer Leeküste aufs Spiel zu setzen. Mit achterlichem Wind dagegen konnte er schon etwas riskieren, besonders für einen so hohen Preis; und wenn er daran dachte, wie gut die *Paragon* in anderen kritischen Situationen reagiert hatte, so traute er ihr zu, daß sie auch diese überstand, ohne Schaden zu nehmen.

Noch ehe er darauf gefaßt war, stoppte der Schlagmann, und die Gig ging bei der *Paragon* längsseits. Ein Matrose fenderte das Boot ab, und Kelso bekam das baumelnde Fallreep in Reichweite. Dann fiel ihm auch das Mädchen wieder ein.

»Miss McPhee!« Er half ihr durchs Boot und legte einen Arm um sie, als sie nach dem Fallreep griff. Ungeduldig kletterte er hinter ihr her an Bord.

»Und ihr habt alle begriffen, was wir vorhaben?« Kelso hatte soeben vom Achterdeck aus seine Besatzung eingewiesen.

»Aye, aye, Sir!« Der Ruf aus hundert Kehlen bestätigte ihm, daß er die Männer hinter sich hatte. So war es immer auf einem Kampfschiff. Die Mannschaft respektierte Kühnheit ebenso, wie sie jeden Kleinmut verabscheute. Sie hatte lieber einen Kommandanten, der zwanzig Mann in Ehren zu verlieren wußte, als einen, der jede Feindberührung vermied, um sein Schiff unbeschädigt in den Hafen zu bringen. Jetzt sahen sie ihm vergnügt, fast mit einer gewissen Zuneigung ins Gesicht, und als er sie auf ihre Stationen schickte, brachten sie ein Hoch aus.

»Und vergeßt nicht«, rief er ihnen nach, »die Aktion muß in aller Stille ausgeführt werden. Sobald sie angelaufen ist, kein lautes Wort mehr – oder es gibt die Peitsche!«

Er wandte sich den beiden Leutnants zu. Fentons wettergegerbtes Gesicht war unbewegt wie immer, doch Archibald sah so nervös und aufgeregt aus wie ein Junge vor seinem ersten Schultag.

»Also dann, Mr. Fenton«, sagte Kelso, »Anker lichten!«

Mit aufgegeiten Oberbram- und Bramsegeln schob sich die *Paragon* in die offene See hinaus. In der geschützten Bucht hatte nur eine schwache Brise geweht, doch vor den Landzungen würde sie steifer sein, und angesichts der weißen Schaumkronen dort draußen mußte es für ein Schiff, selbst wenn es so gut segelte wie die *Paragon*, keineswegs leicht sein, dicht unter Land zu bleiben.

»Entschuldigung, Sir«, sagte Heslop, »sie hat kaum Druck auf dem Ruder.«

»Schon gut. Mr. Fenton, bitte setzen Sie Marssegel!«

Sowie die *Paragon* diese zusätzliche Leinwand spürte, sprang sie förmlich an und durch die enge Einfahrt der Bucht, eigentlich zu schnell für Kelsos Seelenfrieden; doch schon ein paar Minuten später zog sie majestätisch in die offene See hinaus.

»Ruder hart Steuerbord!«

Das Rad drehte sich, die *Paragon* legte sich über, und mit dem jetzt von Steuerbord kommenden Wind zügelte sie ihr sprunghaftes Vorwärtsstürmen und machte stetige Fahrt von etwa sechs Knoten.

»Welcher Kurs, Sir?« Der Steuermann war besorgt. Obwohl sie in mindestens zwei Kabellängen Distanz vom Land segelten, konnte niemand wissen, welche Untiefen unter Wasser lauerten. Und in der Tat: ein ängstliches Gemüt konnte bei jedem Schaumwirbel ein überwaschenes Riff vermuten.

»Kurs beibehalten, Mr. Heslop. Halten Sie einen Strich von dieser Landzunge ab.«

»Aye, aye, Sir.« Der trübe Ton des Steuermanns verriet, was er von dieser Order hielt.

»Unsere einzige Hoffnung ist, so dicht wie möglich unter Land zu segeln«, erläuterte Kelso, und zwar nicht nur zu Heslops, sondern auch zu seiner eigenen Beruhigung. Er war sich bewußt und fühlte sich keineswegs wohl dabei, daß er mit seinem Plan das Schiff gefährdete. »Einen Mann zum Loten in die Rüsten, Mr. Fenton«, befahl er, »aber er soll nicht aussingen. Mr. Winston, Sie gehen am besten ins Vorschiff und signalisieren mir seine Lotungen.«

»Aye, aye, Sir.«

Der Lotgast war ein gewisser Sicherheitsfaktor – vorausgesetzt, daß der Meeresgrund langsam und gleichmäßig anstieg. Waren Klippen oder andere Hindernisse vorhanden, dann hatte die *Paragon* keine Chance.

Besorgt blickte er zum Strand und den steil aufragenden Hügeln hinüber; auf den unteren Hängen war jeder Baum deutlich zu erkennen, ebenso die Oleander- und Mimosenbüsche; und näher – ganz erheblich näher – schäumte die Brandung.

»Recht so, der Kurs.« Die Aktion war jetzt im Gange, und er konnte sie nicht mehr abblasen. Wenn er nicht weitermachte und dem Franzosen heimlich über den Hals kam, ging er das viel größere Risiko ein, auf eine Unterwasserklippe oder eine Muschelbank zu laufen. Andererseits konnte die *Toulon*, wenn sie den Angriff rechtzeitig bemerkte, ihre überlegene Feuerkraft einsetzen und, da sie den Windvorteil hatte, die *Paragon* beinahe nach Belieben zusammenschießen. Seine Hauptchance war das Überraschungsmoment, und das brauchte er auch.

Der Lotgast war jetzt außenbords und tat seinen ersten Wurf. Gespannt sah Kelso zu, wie er die Leine straffzog, bis sie senkrecht stand, und dann die Marke prüfte. Er mußte seine Meldung gemacht haben, ohne sich auch nur umzuwenden, denn Winston hielt neun

Finger hoch. »Neun Faden*)«, murmelte Archibald, »und wir haben immer noch Landkurs.«

Gespannt wartete Kelso; er konnte seinen Blick nicht von der Küste losreißen, die ihm jetzt schrecklich nahe vorkam. Soeben warf der Lotgast die Leine wieder aus.

»Sieben Faden.«

Kelso zwang sich, ruhig zu bleiben. Wenn der Meeresgrund weiter so rasch anstieg, würde er den Kurs ändern müssen – vorausgesetzt, daß dann noch Zeit dazu blieb.

»Sieben genau.«

»Entschuldigung, Sir . . .« begann Heslop dringlich.

»Recht so. Kurs beibehalten.«

Der kritische Punkt, das wußte er, würde kommen, wenn sie die nächste Landzunge rundeten. Er wagte nicht, der *Paragon* soviel Manövrierraum zu geben, daß sie sicher war; vielmehr mußte er dicht unter Land bleiben, auf die Vorsehung und ausreichende Wassertiefe vertrauen.

»Und siebeneinhalb.«

Auf dem ganzen Achterdeck war die Erleichterung zu spüren. Heslop stieß neben Kelso einen aus tiefstem Herzen kommenden Seufzer aus. »Soll ich jetzt abfallen, Sir?«

»Nein, Mr. Heslop. Kurs beibehalten.«

Fast ein Vierteljahrhundert lang hatte Heslop Schiffe gesteuert, schon bevor Kelso geboren war. In dieser ganzen Zeit hatte er kein Schiff verloren, nie Grundberühung gehabt. Jetzt, so schien es ihm, rannten sie ins Verderben. Aber er war zu sehr Seemann, um einen Befehl anzuzweifeln.

»Sieben genau.«

»Wird schon wieder flacher«, sagte jemand; und dann, als das neue Signal »Sechseinhalb« von vorn kam: »Jesus Christus! Das wird knapp!«

»Ruhe!«

Sie waren jetzt fast in Höhe der Landzunge und nur eine Kabellänge von der Küste entfernt. Kelso konnte eine Lichtung sehen, auf der ein Wildschwein äste. Es sah erst hoch, als das große Schiff vorbei war, verhoffte einen Moment erstaunt und stürmte dann ins

*) 1 Faden (Maß für die Wassertiefe) = 1,829 m

Unterholz.

»Sieben genau.«

Eisern blickte Kelso nach vorn, fest entschlossen, sich seine Erleichterung nicht anmerken zu lassen; und beim nächsten Signal »Siebeneinhalb« wußte er, daß es gutgegangen war.

Auflaufen würden sie zwar nicht mehr, aber die eigentliche Gefahr stand noch bevor. An Steuerbord voraus lag die östliche Landzunge und dahinter die Einfahrt zur Bucht. Die Hügel waren so steil, daß die *Toulon* nicht zu sehen war. Er hoffte, daß dieser Hang auch die *Paragon* verbergen würde. Alles hing jetzt davon ab, ob der französische Kommandant Ausguckposten eingesetzt hatte oder nicht.

Kelso ging zur Vorschiffsreling und sah, daß die gesamte Besatzung gefechtsbereit war. Die Decks waren jetzt bespritzt und mit Sand bestreut, die Geschütze ausgerannt, und hinter jedem kniete die Bedienung bei Pulver, Kugeln und glimmenden Lunten. Die Deckwache stand bei Brassen und Fallen in Bereitschaft. Tregowans Marine-Infanteristen hatten sich auf dem Hauptdeck formiert, Scharfschützen warteten längs des Schanzkleids. Neben dem Großmast stand Craig.

Kelso wandte sich wieder seiner Navigation zu. Die Landzunge war schon viel näher, so nahe, daß er durch das Glas Bäume und Büsche, sogar einzelne Blumen unterschied. Soweit er ausmachen konnte, war kein Ausguck vorhanden. Doch das hob seine Zuversicht keineswegs. Wenn die *Paragon* bemerkt worden war, hätte ein vorsichtiger Kommandant seine Posten rechtzeitig versteckt oder sogar eingezogen, so daß sie in eine Falle segelten.

Er schob diese Zweifel von sich. Es war sowieso zu spät, um noch aufzugeben. Jetzt mußte er weitermachen.

»Einen Strich nach Backbord, Mr. Heslop!«

»Ein Strich Backbord, Sir.« Heslop vernahm den Befehl mit spürbarer Erleichterung.

Wenn sie den Zugang zur Bucht mit höchster Fahrt passieren wollten – und Schnelligkeit war jetzt von ausschlaggebender Bedeutung –, dann mußte die *Paragon*, von der offenen See her kommend, eine Wende fahren. Und dabei durften die Franzosen sie vor dem eigentlichen Angriff nur ganz kurz zu Gesicht bekommen.

Sie kamen jetzt aus der Abdeckung heraus, und plötzlich sah

Kelso an Steuerbord die Einfahrt und dahinter – es war nur eine flüchtige Wahrnehmung – die Masten, die Rahen, das vergoldete Heck des französischen Kriegsschiffes.

»Hart Backbord!«

Das Rad wirbelte, der Bug schwang zur Wende herum und in die Einfahrt, die Deckswache holte Schoten und Brassen dicht. Kein lauter Befehl, kein Fluch, kein sausender Bootsmannstampen – die Lautlosigkeit an Bord war unheimlich. Wie ein Gespensterschiff glitt die *Paragon* in die Bucht. Als sie auf gleiche Höhe mit dem baumbestandenen Land kam, wurde sie unvermittelt von der Strömung erfaßt, und Kelso verstand jetzt, warum das viel größere Schiff gegen den Wind so glatt hineingekommen war.

Sie waren jetzt beinahe in der Mitte. Die beiden Landzungen öffneten sich zur Küste hin, der Strand mit dem steil aufragenden Hügel lag recht voraus. Und vor ihnen, sanft im azurblauen Wasser schwojend, lag das hochmastige Linienschiff, die *Toulon*.

Es war kaum zu glauben – doch ein Alarm war nicht erfolgt. Durch sein Glas konnte Kelso vierzig oder fünfzig Mann auf dem Hauptdeck liegen sehen; am Bug hockten zwei und angelten; die Offiziere auf dem Achterdeck schienen zu schlafen. Näher, immer näher glitten sie heran. Er konnte eine rotwollene Pudelmütze erkennen, den reglosen Körper eines Schlafenden. So still war die Luft, daß er einen lauten Wortwechsel zwischen zwei Männern hörte – ging es ums Kartenspiel, um Frauen? –, und auch den barschen Befehl, der sie zur Ruhe wies.

»Hart Backbord!« befahl Kelso leise; und gerade, als sich die *Paragon* auf den anderen Bug legte, hatte bei einem der Angler ein Fisch angebissen.

Kelso hörte seinen freudigen Ausruf und beobachtete, wie er die Rute hochriß. Der zappelnde Fisch war schon halbwegs an Deck, da hielt der Mann schreckensstarr inne: er hatte die feindliche Fregatte erblickt, die jetzt nur eine Kabellänge entfernt war. Sekundenlang stierrte er verständnislos mit offenem Mund herüber und holte dann, wahrscheinlich ohne zu wissen, was er tat, seine Schnur weiter ein. Doch ehe der Fisch in Höhe des Schanzkleids war, ließ er ihn wieder ins Wasser fallen und schrie: »*Regardez! Regardez! Le vaisseau anglais*!«

Die panische Angst in seiner Stimme riß seine Kameraden hoch, und im nächsten Moment war die Reling dicht mit glotzenden Franzosen bestanden, von denen keiner seinen Augen zu trauen schien. Auch die Offiziere auf dem Achterdeck waren aufgesprungen und reihten sich am Heckgeländer auf wie Stare auf einem Zaun.

Kelso hob die Hand. »Feuer!« brüllte Craig, und wie ein einziger Donnerschlag krachte die Backbordbatterie los.

Bei so kurzer Distanz und spiegelglatter See konnte kein Schuß danebengehen. Sichtbar krängte der Uranzose unter den Einschlägen, und als der Qualm verweht war, konnte Kelso die klaffenden Löcher in Rumpf und Aufbauten sehen. Das Chaos war unbeschreiblich. Mehrere Geschosse waren als Abpraller über das Deck geflogen. Die Befehle der Offiziere und Deckoffiziere mischten sich mit den Schreien der Verwundeten.

»Ausputzen! Neu laden! Feuer!«

Wieder brüllten die Geschütze der *Paragon* auf, und wieder schwankte der Franzose unter dem Aufprall des vernichtenden Eisens. Eine Kugel hatte den Großmast ein paar Fuß über Deck getroffen, und wenn der Mast auch nicht fiel, so bekam er doch eine deutliche Neigung. Ein weiterer Schuß oder sogar eine leichte Bö mußten ihn herunterholen.

»Recht so!« rief Kelso. »Noch eine, Jungs, dann ist sie fertig!«

Doch er hatte die Disziplin der Franzosen unterschätzt. Trotz des Chaos an Deck gingen die Stückpforten auf, und ein Geschützrohr nach dem anderen fuhr heraus. So eilig hatten es die Stückmeister, daß eine Mündung noch ihren roten Stopfen trug.

Als die britischen Matrosen das sahen, brachen sie in lautes Hohngeschrei aus, während die Kanoniere sich in die Züge legten, die Rohre ausputzten und neu luden.

»Feuer!«

Die Steuerbordseite der *Toulon* war von Einschüssen zerlöchert. Auch im Schanzkleid klafften Lücken, und die Vormarsrah war gebrochen. Durch die vertörnte Masse von Leinwand und Tauwerk arbeiteten sich die französischen Toppmatrosen nach oben. Auch in der Takelage des Großmasts arbeiteten noch Männer, doch da ihre Anstrengungen nur dazu führten, daß der Mast noch mehr kippte, trauten sie sich nicht höher als bis zur Saling. Vom Achterdeck schrien die Offiziere ihre Befehle hinunter zum Hauptdeck. Von einem Deckoffizier angeführt, der noch nicht den Kopf verloren hatte, mühten sich einige Matrosen am Gangspill; doch bis der Anker freikam, Segel gesetzt wurden und das Schiff Fahrt aufnahm, würden lange Minuten vergehen, in denen die britischen Kanonen ihren Blutzoll forderten.

Eine neue Breitseite durchlöcherte den Rumof gerade über der Wasserlinie, riß die Kompaßsäule weg und fegte einen unglückseligen Seekadetten vom Achterdeck. Das Großmarssegel sah schon aus wie ein Sieb.

Doch obwohl die bewegungslose *Toulon* ein bequemes Ziel bot, mußte die *Paragon* wenigstens für gewisse Zeit ihren Vorteil aufgeben. Da sie mit Halbwind segelte, war sie schon über den Punkt hinaus, von dem aus ihre Vorschiffgeschütze noch Schußfeld hatten; selbst mit dichtgeholtem Großmarssegel machte sie noch zuviel Fahrt, als daß die achteren Kanonen genau schießen konnten. Nur noch das Heckgeschütz konnte ernsthaften Schaden anrichten.

»Klar zur Halse!«

Kelso wartete nicht erst ab, bis die Order bestätigt war. Er sah die achteren Rahen überkommen, hatte aber gleich wieder die Augen bei dem Franzosen, auf dem der erste Schock inzwischen abgeklungen sein mußte. In der Tat standen jetzt alle Stückpforten offen, und die Doppelreihe der Kanonenrohre glitzerte drohend in der Sonne. Die *Toulon* konnte immer noch hart zurückschlagen.

Als er sich das überlegte und das Gewicht des Eisens schätzte, das seine geliebte *Paragon* treffen konnte, änderte er seinen Entschluß. »Order belegt!« schrie er. »Mr. Fenton! Wir luven an und wenden!«

»Aye, aye, Sir.«

Er wartete, bis die achteren Rahen wieder angebraßt waren, und befahl dann: »Ruder hart Steuerbord!«

Der Rad wirbelte, starke Arme holten Schoten und Brassen dicht, die *Paragon* drehte in den Wind, und die Backbordgeschütze, die bisher als einzige in Aktion gewesen waren, bekamen jetzt erstmals freies Schußfeld auf den ungeschützten Bug des Franzosen.

»Feuer!«

Nichts ist so tödlich wie eine Breitseite, die vom Bug bis zum Heck durch die ganze Länge eines Schiffes schlägt. Die erste Salve riß das Vorderkastell auf, fegte durch das Hauptdeck, nahm Offiziere, Seekadetten und Matrosen mit; und schließlich landeten die Kugeln in einer unglücklichen Geschützbedienung oder schlugen, wenn das betreffende Geschütz zuviel Elevation gehabt hatte, durch die Takelage und fielen ins Meer.

»Ausputzen! Neu laden! Feuer!«

Wieder brüllte eina Breitseite los und richtete furchtbaren Schaden an.

»Sehen Sie doch, Sir! Der Großmast!« Der junge Tenison, der Dritte Offizier, tanzte vor Aufregung, denn der Großmast des Feindes, der schon zu Beginn des Überfalls beschädigt worden war, hatte wieder einen Treffer bekommen und kippte jetzt dwars weg. Nur das Rigg hielt ihn noch – dem französischen Kommandanten wäre es zweifellos im Hinblick auf die Manövrierfähigkeit seines Schiffes lieber gewesen, wenn er ihn ganz verloren hätte. Er hing in einem Winkel von fünfundvierzig Grad in der Schräglage, und durch das Gewicht der bereits gesetzten Segel, in denen sich jetzt auch noch der Wind fing, holte das Schiff so stark über, daß es ohne Zweifel gekentert wäre, wenn der Kommandant irgendwelche Manöver versucht hätte oder wenn stärkerer Wind aufkam.

Aber nicht nur der Franzose hatte seine Sorgen.

»Sir!« rief Heslop, und das klang so besorgt wie zuvor, als er gemeint hatte, sie segelten zu dicht unter Land. »Sind Sie sicher, daß wir genug Wasser unterm Kiel haben?«

»Nein, Mr. Heslop, sicher bin ich nicht, aber wir müssen es eben riskieren. Mr. Fenton!« rief er. »Schicken Sie bitte wieder einen Mann zum Loten!«

»Schon da, Sir.« Es klang nicht einmal selbstgefällig, obwohl Fenton ein gewisses Recht dazu gehabt hätte. Da er wußte, daß sie in ein begrenztes Revier hineinsegelten, hatte er ganz richtig vorausgesehen, daß unbedingt wieder gelotet werden mußte.

Das Risiko wurde jetzt noch deutlicher, als sie vor dem Bug der *Toulon* passierten und den geschwungenen Strand in wenigen hundert Yards Entfernung vor sich sahen. Wenn der Meeresboden nicht steil abfiel – und das wäre in einer landumschlossenen Bucht ungewöhnlich gewesen –, war die Gefahr der Grundberührung durchaus gegeben. Doch damit hatte Kelso gerechnet, als er statt der Halse eine Wende befohlen hatte. Er hatte dies gegen die Gefahr einer feindlichen Breitseite auf kürzeste Entfernung abgewogen. Beides waren erhebliche Risiken, aber er setzte auf die Wirkung seiner

Breitseiten, die den Franzosen über die ganze Länge des Schiffs getroffen hatten, und außerdem auf die Möglichkeit, daß der französische Kommandant dieses Manöver nicht erwartet hatte. Seine erste Annahme war richtig gewesen, und die zweite erwies sich, als die *Paragon* durch den Wind ging, als ebenso zutreffend. Die Backbordgeschütze der *Toulon* waren noch nicht einmal ausgerannt.

»Sieben Faden genau«, sang der Lotgast aus.

Kelso konnte sich ein triumphierendes Lächeln nicht verkneifen. Fortuna war heute auf seiner Seite.

»Ziel erfassen! Feuer!«

Beide Schiffe lagen jetzt so nahe beieinander, daß Kelso die Offiziere auf dem Achterdeck, den Rudergänger und sogar die Matrosen sehen konnte, die sich schwitzend bemühten, den Großmast zu kappen.

Der Großmast! Er blickte hoch und sah, daß er auf die *Paragon* fallen mußte, wenn er klarkam, und sie so manövrierunfähig machen würde wie jetzt die *Toulon*.

»Sieben genau.«

Kelso geriet ernsthaft in Versuchung, von der *Toulon* weg zu steuern, doch schon ein einziger Strich nach Steuerbord mußte die *Paragon* auf die Untiefe bringen. Bei sieben Faden gab es keinen Sicherheitsspielraum mehr.

»Sir! Der Großmast des Franzosen!«

»Ich weiß! Kurs halten!«

Jeder auf dem Achterdeck schien sich der Gefahr bewußt zu sein, und auch die Männer im Vorschiff starrten gebannt nach oben. Nur Craig und seine Kanoniere hatten keine Zeit, an die Gefahr zu denken. Wieder brüllten die Geschütze los, und die Distanz war so kurz, daß man die fruchtbare Zerstörung drüben deutlich erkennen konnte. Die Steuerbordkanoniere der *Toulon*, die auf ihre Vergeltungschance gewartet hatten, bekamen einen Treffer von achtern und wurden durcheinandergewirbelt. Drei Geschütze waren bereits aktionsunfähig, und beim Besanmast lagen noch mehr Tote.

Und am Großmast arbeiteten die Männer mit den Beilen immer noch. Die Axthiebe, die scharfen Befehle der Deckoffiziere waren zwischen den Breitseiten deutlich zu vernehmen, und als das Großstag endlich gekappt war, klang das Krachen brechenden Holzes den Männern der *Paragon* drohend in den Ohren.

»Er kommt!« schrie jemand erschrocken im Vorschiff; doch es erwies sich als falscher Alarm. Der Großmast hing zwar jetzt noch gefährlicher über, doch die Wanten hielten ihn in der Schwebe.

»Zurück auf Stationen!« rief Kelso ärgerlich. »Mr. Fenton! Halten Sie Ordnung!«

»Aye, aye, Sir.«

Schuldbewußt eilte die Deckswache wieder auf ihre Plätze, und als schließlich ein splitterndes Reißen verkündete, daß der Mast fiel, wagten sie sich kaum umzuwenden.

Aber Kelso sah es und auch der Steuermann, der seinen Kommandant im Geist beschwor, den Kurz zu ändern.

Langsam, so langsam, daß es aussah, als gelange die *Paragon* tatsächlich noch rechtzeitig aus der Gefahrenzone heraus, neigte sich der Mast mit seinen Rahen und dem laufenden Gut dem Meere zu. Der Großmast der *Paragon* kam klar, und, wie Kelso bald merkte, auch der Besan. Die einzige Gefahr: er konnte direkt aufs Achterdeck schlagen, ihm und seinen Offizieren auf den Kopf, und die *Paragon* immer noch manövrierunfähig machen.

»Er kommt!«

Inutinktiv duckte sich der junge Winston hinter das Achterdeckschanzkleid, der Steuermann betete mit geschlossenen Augen, und nur Kelso sah wirklich, wie die riesige Masse Holz, Tauwerk und Leinwand fiel und mit einem gigantischen Klatschen ins Meer stürzte – nur einen guten Yard hinter dem Heck der *Paragon.*

»Gott sei gepriesen!« Des Steuermanns Dankgebet ging im Donnern einer weiteren Breitseite unter.

»Und siebeneinhalb!« Pflichtbewußt sang der Lotgast immer noch die Tiefe aus.

»Klar bei Brassen?« Sie waren an Backbord des Linienschiffs vorbei, und Kelso wollte halsen, damit seine Kanoniere auch das Heck des Franzosen unter Feuer nehmen konnten. Den französischen Offizieren war das offenbar klar, denn Kelso sah sie nach vorn rennen und sich am Kampanjeniedergang drängen.

Nur einer blieb, außer dem Rudergänger und einem unerschrokkenen Kadetten. Dieser Offizier trug Admiralsuniform, und so dicht lagen die Schiffe beieinander, daß Kelso sein Gesicht erkennen konnte, das ihm merkwürdig bekannt vorkam. Erst später, als die *Toulon* endgültig zum Wrack geschossen im flachen Wasser am

Strand lag, fiel es ihm ein: der besiegte Admiral war niemand anderer als der angebliche Captain Smith von der *St. George*.

18

»Und jetzt sollte ich dir wahrscheinlich gratulieren.«

In diesem Augenblick des Triumphes war es Kelso nicht sehr angenehm, daß Elspeth neben ihm stand. Sie war ans Heckgeländer gekommen und beobachtete gemeinsam mit ihm die Panik und das Durcheinander am Strand. In dem ungewissen tropischen Zwielicht lag das einst so stolze Schiff wie ein sterbendes Seeungeheuer im flachen Wasser. Fock- und Besanmast und gebrochene Rahen kratzten im Sand; der kugeldurchlöcherte, schräg aus dem Wasser ragende Rumpf sah seltsam würdelos, beinahe mitleiderregend aus. Die französischen Landkommandos, die ja nicht an der Aktion beteiligt gewesen und erst zum Strand gelaufen waren, als sie das Geschützfeuer hörten, halfen den Überlebenden an Land und konnten weiter nichts tun, als wertvolles Material aus dem Wrack zu bergen.

»Was du da für einen schönen Bericht schreiben kannst!«

Er sah sie unbewegt an und erwiderte: »Ich hatte einen Einsatz zu fahren, und das habe ich getan.«

»Um welchen Preis? Wie viele Leben hast du heute nachmittag vernichtet? Wie viele Menschen hast du verstümmelt?«

»Ich habe getan, was ich tun mußte.«

»Ohne Gnade und Mitleid.«

Ärgerlich wandte er sich ab und sah, daß fast seine gesamte Mannschaft am Schanzkleid stand und gleich ihm auf den geschlagenen Gegner starrte.

»Mr. Larkins! Haben die Leute nichts Besseres zu tun?«

»Jawohl, Sir! Ich dachte . . .«

»An die Brassen und klar zum Segelsetzen! Wir laufen sofort wieder aus!«

Er schritt zum Kompaß, blieb aber mit schmerzverzerrtem Gesicht stehen, denn das Mädchen hatte ihn an seinem verwundeten Arm gepackt.

»Du willst sie doch nicht einfach hierlassen?«

»Wie?« Verständnislos sah er sie an. »Was denn sonst?«

»Ich erwarte von dir etwas christliches Mitgefühl, selbst zu so später Stunde.«

»Wie denn? Wie stellst du dir das vor?«

»Du mußt an Land gehen«, erwiderte sie empört, »oder Mr. Fenton schicken, wenn du Angst hast.«

Es fiel ihm schwer, seinen Ärger zu zügeln. Sie würde nie erfahren, wie nahe sie daran gewesen war, eine Ohrfeige zu bekommen. »Wozu? Was könnte ich denn da tun?«

»Du könntest ihnen helfen, ihre Toten zu beerdigen, könntest ihnen anbieten, ihre Verwundeten zu pflegen.«

»Und alle Überlebenden an Bord nehmen?«

»Natürlich.« Seine Ironie hatte sie überhaupt nicht bemerkt. »Du hast gesiegt, sie sind dir auf Gnade und Ungnade ausgeliefert. Sicherlich ist das doch der rechte Moment, Mitleid zu zeigen.«

»Du weißt ja gar nicht, was du da für einen Unsinn redest.« Ärgerlich wandte er sich zum Gehen, blieb aber noch stehen. »Du weißt aber, wie überfüllt das Schiff ist. Unten im Zwischendeck schlafen die Männer dicht nebeneinander. Da ist kein Zoll Platz. Der Gedanke, auch nur zehn Mann zusätzlich unterzubringen, von hundert oder zweihundert gar nicht zu reden, ist einfach Irrsinn.«

»Und der Platz, den die Männer hinterlassen haben, die du von den Mahratten umbringen ließest? Und der Platz, den . . .« Sie hielt inne, doch er wußte genau, was sie sagen wollte: Der Platz, den mein Vater geräumt hat?

»Wenn wir zehn oder zwölf Verwundete übernähmen – und das ist das abolute Maximum –, dann wären sie Gefangene.«

»Und?«

»Das heißt, siw müßten gesondert untergebracht und bewacht werden.«

»Wäre das so ein furchtbares Problem?«

»Und sie würden Wasser brauchen«, fuhr Kelso brüsk fort, »Wasser, das wir nicht erübrigen können.«

Jetzt sah sie ihn mit offener Feindseligkeit an; wenn der Zorn ihre Züge scharf und hart machte, dann war sie nicht mehr schön, sondern wieder die Frau, die ihn im Garten des Gouverneurs auf so selbstgerechte Weise attackiert hatte. »Ich muß dich bitten, entweder in deine Kajüte zu gehen oder dich hinüber an die Leereling zu verfügen und den Mund zu halten!« Er sprach mit bewußter Härte, und sein Ton, oder auch seine ganze Art, die völlige Gleichgültigkeit ausdrückte, trieb ihr das Blut in die Wangen.

»Nein!« Sie stemmte die Füße fester, als wolle sie ihn herausfordern, sie wegzuschieben, und ließ nicht locker: »Sage mir einen stichhaltigen Grund, warum du meine Bitte abschlägst.«

»Ich habe es dir schon erklärt.«

»Und diese armen Männer an Land – was soll aus denen werden?«

»Die Schwerverwundeten werden sterben«, erwiderte er, »so wie sie hier an Bord sterben würden. Die anderen werden leben; sie haben sogar eine viel größere Chance als auf der *Paragon.*«

»Wie kannst du so etwas sagen!«

»Sie haben Früchte, reichlich Wasser und vollkommene Ruhe – wenn du was von Krankenpflege verstündest, würdest du wissen, was sie brauchen!«

»Halte mir gefälligst keine Vorträge über Krankenpflege!« stieß sie böse hervor.

»Was die anderen betrifft«, fuhr er gleichmütig fort, »so haben sie Musketen und Munition, Äxte, Messer und Tauwerk. Es gibt genug zu essen auf der Insel – Früchte, wilde Schweine und reichlich Wasser. Wie ich die Franzosen kenne, werden sie es sich bestimmt ganz gemütlich machen, bis sie gerettet werden.«

»Und wann wird das sein?«

Er zuckte die Achseln, und dabei tat ihm die verletzte Schulter so weh, daß er wünschte, er hätte es lieber nicht getan. »Ein paar Monate – ein Jahr. Wenn der Krieg schnell vorbei ist, werde ich veranlassen, daß die französische Regierung Bescheid bekommt.«

»Wie großzügig von dir.« Zornig machte Elspeth kehrt und ging wie befohlen zur Leereling. Kelso seufzte erleichtert und wandte sich den wichtigeren Problemen zu.

Es war jetzt fast dunkel. Die kurze tropische Dämmerung war beinahe vorüber; dem verblassenden Rot und Purpur am Himmel würde in ein paar Minuten tiefe Dunkelheit folgen.

»Mr. Fenton!« rief er. »Lassen Sie bitte Mars- und Oberbramsegel setzen! Steuermann, bringen Sie das Schiff vor den Wind!«

Mit einer achterlichen Brise, ausgebraßten Rahen und bauchigen Segeln eilte die *Paragon* der Ausfahrt und dem offenen Meer zu. Sie mußte gegen die Tide segeln, und als sie sich der Enge zwischen den

Landspitzen näherte, konnte Kelso draußen die Strömung sehen, die ohne diesen achterlichen Wind ein unlösbares Problem gewesen wäre. Selbst jetzt kam er in Versuchung zu warten, bis die Tide wechselte; doch als er die Gefahren der Dunkelheit gegen die des Segelns gegen dem Strom abwägte, fand er schon aus angeborener Ungeduld, daß die Chancen gleich standen.

»Halten Sie sich in der Mitte des Fahrwassers«, sagte er zu Heslop, »und so stetig, wie Sie irgend können.«

»Aye, aye, Sir.« Wieder einmal mußte der Steuermann eine Probe seines Könnens ablegen, auf die er mit Freuden verzichtet hätte. Vorausgesetzt, daß das Fahrwasser gerade verlief und der Winddruck stärker war als der Flutstrom, konnte der *Paragon* aller Voraussicht nach nichts passieren. Wenn jedoch das Fahrwasser, sei es irgendwelcher Klippen oder der Unebenheit des Meeresgrundes wegen, von der Geraden abwich, oder wenn die Gezeitenströmung zu stark wurde, dann konnte alle Steuerkunst der Welt nicht verhindern, daß die Fregatte auflief.

»Mr. Fenton! Ein Mann zum Loten!«

»Aye, aye, Sir!«

Das war eine zusätzliche Vorsichtsmaßnahme, die jedoch, wie ihm durchaus klar war, wenig praktischen Wert hatte. Waren sie erst einmal im Fahrwasser, hatten sie kaum Zeit zum Loten, geschweige denn zur Kursänderung.

Sie hatten inzwischen fast die Ausfahrt erreicht, und selbst in dem schwindenden Licht konnte Kelso jede Einzelheit der Steilküste erkennen, das schnellströmende Wasser an ihrem Fuße und oben die Pinien, die wie Schildwachen zwischen leuchtendgelbem Buschwerk standen. Es war eben eine Sache der genauen Berechnung und des Glücks.

»Stetig, Mr. Heslop!«

Der Steuermann brauchte keinen Hinweis; es war sogar zweifelhaft, ob er ihn überhaupt gehört hatte. Eben lief die *Paragon* mit dem Bug in die Verwirbelungen und verlor dabei an Fahrt; dann, als die Strömung sie voll traf, sank die Fahrt über Grund fast auf null. Ein paar verzweifelte Sekunden lang sah es aus, als wolle sie aus dem Ruder laufen. Der Bug luvte schon an, und nur eine rasche Drehung des Rades brachte ihn wieder ins Fahrwasser. Unter Aufbietung aller Selbstbeherrschung bewahrte Kelso den Anschein der

Ruhe und berechnete, wie dicht sie an die Klippe herankommen würden, die sich vor ihnen erhob. Langsam, mit kaum wahrnehmbarer Fahrt, glitten sie vorbei; Kelso war nicht einmal sicher, ob sie es auf ebenem Kiel geschafft hätten – vielleicht war es nur gegangen, weil das Schiff krängend weniger Tiefgang hatte. Bestimmt konnte Heslop nur mit größter Schwierigkeit Kurs halten.

Kelso rief einen der Midshipmen an: »Mr. Crane! Gehen Sie zu Mr. Heslop ans Ruder!« Dann sah er, daß der Bug wieder zu geien begann, und rief: »Mr. Fenton! Alle Mann zum Segelsetzen! Probieren Sie mal, wie schnell wir Vollzeug kriegen!«

Die Deckswache brauchte keine zweite Aufforderung – ehe Fenton die Order weitergegeben hatte, enterten sie schon in die Masten auf.

»Mal sehen, wer schneller ist!« brüllte Kelso. »Backbord gegen Steuerbord! Zeigt, was ihr draufhabt!«

Klar übertönte sein anfeuernder Ruf das Brausen der Strömung, und die Männer in den Webeleinen erhoben ein munteres Geschrei, als sie die Marsrahen erreicht hatten und, sich mit der Ellbogenbeuge am Holz festklammernd, die Fußpferde entlangtasteten, bis sie die aufgegeiten Segel ausschütteln konnten, die ihre Kameraden dann an den unteren Rahen belegten. Backbord gegen Steuerbord – ein freundschaftlicher, aber nichtsdestoweniger ernster Wettkampf, wie er auf jedem Schiff ausgetragen wurde.

»Alle Segel gesetzt, Sir.«

Befriedigt nickte Kelso und beobachtete, daß die zusätzliche Segelfläche schon ihre Wirkung tat: nun lief das Schiff wieder richtig im Ruder, und der Steuermann, vom jungen Crane unterstützt, hatte es nicht mehr so schwer, Kurs zu halten.

Es war jetzt beinahe finster, doch wenn sie nicht noch an einer Untiefe aufsaßen, mußten sie in Kürze klar vom Land sein. Die offene See lag vor ihnen, und selbst mit der von der tiefen Dämmerung verkürzten Kimm waren sie und der achterliche Wind eine Herausforderung, der kein Seemann widerstehen konnte.

»Du bist anscheinend unbesiegbar«, vernahm er Elspeths Stimme dicht neben sich. »Selbst die See erkennt dich als ihren Meister an.«

Es klang so bitter, daß er herumfuhr und ihr eine scharfe Antwort geben wollte. Doch da sah er, wie sich auf dem Vorland etwas bewegte, eine Muskete aufblitzte – und gleich darauf prallte eine Kugel am Schanzkleid ab und flog jaulend davon.

»In Deckung!«

Das Mädchen war erschrocken, begriff aber nicht gleich. Angstvoll blickte sie ihn an; er nahm sie in die Arme und riß sie herum, so daß er zwischen ihr und der Landzunge stand.

»Was ist?« fragte sie mit zitternder Stimme.

»Französische Musketiere. Ich hätte daran denken müssen, daß sie uns bis hierher folgen würden.«

»Schießen sie auf uns?«

»Auf mich höchstwahrscheinlich, aber wenn du so offen hier stehst, kannst genausogut du getroffen werden.«

»Sollten wir nicht lieber unter Deck gehen?«

»Ich nicht. Ich renne vor keinem Froschfresser weg. In ein, zwei Minuten sind wir sowieso außer Schußweite.«

Wie um zu beweisen, daß er unrecht hatte, schlug eine weitere Kugel zwischen Kompaßbussole und ihrem Standort ein; das Mädchen klammerte sich fester an ihn, rührte sich sonst aber nicht.

»O Roger – bitte!« Sie hatte immer noch Angst.

»Ist schon vorbei. Wir sind zu weit weg. Der beste Scharfschütze der Welt könnte uns jetzt nicht mehr treffen.«

Sie spähte angstvoll über seine Schulter. »Wenn du meinst . . .«

»Ja«, erwiderte er, »wir haben nichts mehr zu fürchten.«

Er hielt sie immer noch umfaßt, und ihr Gesichtsausdruck, als sie zu ihm aufblickte, erinnerte ihn wieder daran, wie sie sich – war das wirklich erst ein paar Stunden her? – in den Hügeln geliebt hatten. So küßte er sie zärtlich.

19

»Wie spät ist es?«

»Wir haben noch Zeit.« Er wandte ihr das Gesicht auf dem Kissen zu und sah, daß ihre Augen warm und liebevoll auf ihm ruhten. Doch sie sah – und das beunruhigte ihn etwas – irgendwie zufrieden, besitzsicher, beinahe triumphierend aus. Kein Zweifel, ihre leise lächelnden Lippen sagten ohne Worte: Du bist mein.

Und sie war sein. Als er sich auf einem Ellbogen aufrichtete, schlang sie die Arme um seinen Hals und zog ihn zu sich herab. Etwas beiläufig küßte er sie und horchte dabei auf die Schiffsgeräusche. Nach dem Steigen und Fallen des Decks, dem Knirschen der Planken zu schließen, mußten sie immer noch guten Wind haben. Seit einer Stunde war er wach und lauschte auf den Schritt des Wachoffiziers und das Drehen des Rades. Soweit er beurteilen konnte, waren weder Kurs noch Segelstellung geändert worden. Wenn sie unterwegs auf keine französischen Kriegsschiffe stießen, konnten sie mit so einem Wind in einer Woche vor der Ile de France sein.

Und dann . . . Er lächelte flüchtig und wurde sich des Mädchens erst wieder bewußt, als es sich brüsk von ihm löste und auf die Koje zurückfallen ließ. »Geh doch!« rief sie. »Mach doch, daß du wieder auf dein Achterdeck kommst!«

»Was?« Verständnislos sah er sie an und war überrascht, daß sie Tränen in den Augen hatte. »Worüber regst du dich so auf?«

»Über dich«, erwiderte sie böse, »nur über dich.«

»Aber . . .«

»Sag mir, woran du gedacht hast«, forderte sie.

»Wann?«

»Jetzt eben, als ich lieb zu dir sein wollte.«

Er überlegte kurz. »Ich dachte an das Schiff – ob der Wind sich wohl hält und was zu tun ist, wenn wir auf Franzosen stoßen.«

»Oh!« Sie mußte seine Ehrlichkeit anerkennen, sosehr sie sich auch darüber ärgerte, und konnte weiter nichts tun, als den Kopf von ihm wegzudrehen. Im Profil sah sie unvorteilhaft aus; ihre Züge waren zu scharf, ihr Kinn zu ausgeprägt.

»Gleich acht Glasen«, sagte er, »ich muß aufstehen.«

»Ja«, sagte sie böse, immer noch mit dem Gesicht zur Wand, »kümmere dich um dein Schiff, es bedeutet dir ja mehr als ich. Ich frage mich, ob dir irgendeine Frau jemals auch nur halb so viel bedeuten wird.«

Er setzte sich in der Koje auf, die Unterarme auf den Knien, und ließ sich die Frage durch den Kopf gehen; doch als er die Antwort gefunden hatte, konnte er sie zunächst nicht aussprechen. Dann antwortete er auf die einzige Art, wie er konnte, ohne ihre Gefühle zu verletzen – er streichelte ihre Schulter. Aber es war ihm gar nicht so recht, daß ihre Stimmung sofort umschlug.

»Liebling«, flüsterte sie, »vergib mir. Ich könnte nicht so häßlich zu dir sein, wenn ich dich nicht so liebte.«

Danach, als sie eingeschlummert war, ließ er sie schlafen und verzog sich erleichtert in seine eigene Kajüte.

Er hatte kaum Zeit, sein Bettzeug etwas in Unordnung zu bringen, als auch schon die Tür aufging und Padstow erschien. Er hatte einen Napf mit Rasierwasser in der Hand und grinste komplizenhaft. »Wußte nicht genau, in welcher Kajüte Sie sind, Sir«, verkündete er fröhlich. »Sie haben ja so oft gewechselt.«

»Was soll das heißen?« fragte Kelso scharf, doch der Steward hatte nur ein unschuldiges Lächeln bereit.

»Na ja, Sir, als der geistliche Herr an Bord kam, logierten Sie bei Mr. Fenton. Und dann, als Sie verwundet waren . . .«

»Schon gut. Schluß damit. Wie ist das Wetter?«

»Stetiger achterlicher Wind, Sir, leicht krimpend nach Steuerbord. Mr. Fenton fährt Marssegel und gegeite Bramsegel auf.«

»Recht so. Ich komme gleich an Deck.«

Als er im sanften Frühlicht aus dem Niedergang trat und den Wind auf der Wange fühlte, war er auf einmal glücklich – glücklicher als er es in der engen Kajüte je gewesen war, glücklicher sogar als bei jener ersten leidenschaftlichen Erfüllung an dem kleinen Bergsee. Sein Schiff und ein guter Wind, die Aussicht auf Abenteuer waren ihm wichtiger als Liebe. Die *Paragon* war mit ihren turmhohen Masten, dem steilen Buspriet und dem eleganten Rumpf in seinen Augen schöner als jede Frau. Es war ein ernüchternder Gedanke, und als er aufs Achterdeck kam, konnte er nicht umhin, so etwas wie Mitleid für das Mädchen zu empfinden, das er unter Deck allein gelassen hatte. Mit der Intuition einer liebenden Frau hatte Elspeth die Wahrheit erkannt.

Fenton tippte grüßend an den Zweispitz, als Kelso erschien. »Guten Morgen, Sir.«

»Richtiger Soldatenwind! War er die ganze Nacht so?«

»Ohne jede Abweichung, Sir. Seit wir auf der Höhe von Madagaskar sind, laufen wir stetig acht Knoten.«

»Dann wollen wir beten, daß er so bleibt. Noch sechs oder sieben Tage, dann haben wir die Ille de France in Sicht.«

»Jawohl, Sir«, bestätigte Fenton und sah Kelso neugierig an. »Sie wollen sich also wirklich mit den Franzosen anlegen?«

»Natürlich«, entgegnete Kelso etwas verwundert. »Sind wir nicht deswegen hier?«

»Unsere Segelorder lautete, die *St. George* zurückzuholen, Sir.«

»Und Commodore Braithwaite mit seinen Leuten zu befreien.«

»Wenn die Möglichkeit dazu besteht, Sir.«

Kelso war immer noch verwundert. »Und wie sollten wir das machen, wenn wir nicht dorthin segeln, wo sie sind?«

»In irgendwelchen Gefängnissen auf der Ile de France?«

»Nun, darüber können wir nur Vermutungen anstellen. Wenn wir dort sind, werden wir ja sehen.«

Fenton antwortete nicht, sondern sah starr geradeaus. Schließlich fragte Kelso irritiert: »Haben Sie einen besseren Plan?«

»Sir?«

»Meine Absicht scheint Ihnen nicht zuzusagen. Wissen Sie eine andere Methode, um den Commodore und seine Männer zu befreien?«

»Nein, Sir.«

»Nun, dann . . .«

»Mit allem Respekt, Sir, ich meine, Sie fassen die Order des Gouverneurs zu wörtlich auf.«

»Was, zum Teufel –«

»Man hat, wie Sie sich erinnern werden, Sir, damit gerechnet, daß wir die *St. George* einholen. Wenn uns das gelungen wäre, hätten wir eine gute Chance gehabt, sie aufzubringen. Und wenn wir die *St. George* erobert und Commodore Braithwaite samt seinen Männern befreit hätten, hätten wir direkt nach St. Helena segeln können und der Ile de France nicht auf hundert Meilen nahezukommen brauchen.«

»Na und? Wir haben die *St. George* nicht eingeholt, was übrigens nicht unsere Schuld war. Jetzt müssen wir sie eben suchen.«

»Und das mit Miss McPhee an Bord?«

»Was?« Überrascht starrte Kelso ihn an. »Was hat denn sie damit zu tun?«

»Wir sind ein Kampfschiff, Sir, und ob wir nun die *St. George* finden oder nicht – wir laufen ständig Gefahr.«

»Selbstverständlich.«

Fenton wandte den Kopf, und im ersten Morgenlicht sah Kelso etwas, das er nie zu sehen erwartet hatte: sein Erster Offizier war rot geworden. »Ich bin davon überzeugt, Sir«, erwiderte Fenton verlegen, »daß der Gouverneur und der Rat uns niemals Passagiere zugemutet hätten, wenn sie gewußt hätten, daß wir beabsichtigten, die Franzosen ausgerechnet in ihrer Inselfestung herauszufordern.«

»Aber das müssen sie gewußt haben.«

»Nein, Sir, bei allem Respekt. Wir haben schon einmal einen Sieg über die *St. George* davongetragen: daraufhin konnten sie, besonders da das Schiff durch einen Behelfsmast in seiner Seetüchtigkeit beeinträchtigt ist, vernünftigerweise damit rechnen, daß wir dasselbe noch einmal schaffen würden.«

»Natürlich hätten wir das geschafft! Wenn wir nicht erst von der Flaute, dann vom Zyklon und zum Schluß von der Mahrattenflottille aufgehalten worden wären, dann hätten wir die *St. George* jetzt und wären auf dem Wege nach St. Helena.«

»Genau! Aber wir wurden eben aufgehalten und konnten sie nicht einholen. Und deshalb, Sir, mit dem allergrößten Respekt, möchte ich vorschlagen, daß wir mit Rücksicht auf Miss McPhee unverzüglich Kurs ändern und nach St. Helena segeln.« Fenton war zwar verwirrt, aber doch entschlossen; er hatte immer noch einen roten Kopf – oder lag es vielleicht an der Morgensonne? –, aber er hielt die Lippen fest zusammengepreßt und sah seinen Kommandanten furchtlos an.

Kelso war zu überrascht, um zornig zu werden. Er sprach so langsam wie zu einem geistig zurückgebliebenen Kind: »Aber Mr. Fenton – Sie wollen doch nicht ernsthaft behaupten, daß wir uns nach St. Helena verdrücken sollen, ohne etwas erreicht zu haben?«

»Haben wir denn nichts erreicht, Sir? Ich bezweifle, daß der Rat von St. Helena die Vernichtung eines französischen Linienschiffes und einer halben Mahrattenflottille als ›nichts‹ bezeichnet.«

Verzweifelt schüttelte Kelso den Kopf und ging zur Heckreling hinüber, um seine Gedanken zu ordnen. Er konnte Fenton einfach nicht begreifen. Während dieser paar Schritte blickte er fast instinktiv nach oben und sah die windgeschwellten Segel, die vor dem blassen Himmel schwankenden Mastspitzen, hörte die See an den Vordersteven schlagen und zischend zu beiden Seiten des scharfen Bugs ablaufen. Sie mußten acht, vielleicht sogar zehn Knoten Fahrt machen.

Er trat wieder zu Fenton. »Hören Sie zu! Was der Rat von St. Helena denkt, ist ganz unerheblich. Ich muß meinem eigenen Gewissen Genüge tun.«

»Ist das so schwer, Sir, wenn Sie daran denken, was wir bereits erreicht haben?«

Kelso schüttelte den Kopf und schlug sich mit der gesunden Hand auf den Oberschenkel. »Es ist eben nicht genug. Ich ruhe nicht, bis wir die *St. George* wiederhaben.«

»Das kann ich verstehen«, erwiderte Fenton steif. »Doch um sie könnten wir uns später kümmern – wenn wir Miss McPhee in Sicherheit gebracht haben.«

»Kommt gar nicht in Frage! Ich begreife Sie nicht, Fenton. Ich kann nicht verstehen, daß Sie auf einmal den Kavalier spielen. Mir wäre es weiß Gott lieber, wenn Miss McPhee von Bord wäre, doch Sie werden mir niemals einreden, daß ihre Sicherheit wichtiger ist als die *St. George*.«

Aber da merkte er zu seiner Bestürzung, daß Fenton regelrecht böse wurde. »Das ist Ansichtssache«, erwiderte er und faßte mit ausdrucksloser Miene an den Hut. »Und nun, Sir, entschuldigen Sie mich bitte. Ich möchte meine Freiwache antreten.«

Verständislos blickte Kelso ihm nach und wandte dann seine Aufmerksamkeit dem Schiff zu. Doch da war wenig zu tun. Der raume Wind kam von Steuerbord, die *Paragon* segelte fast unter Vollzeug und hätte sich beinahe selbst steuern können. Die Sonne stieg höher, und da an der immer weiter wachsenden Kimm nichts von irgendwelchen Schiffen zu sehen war, hatte Kelso Muße genug, über das rätselhafte Verhalten seines Ersten nachzudenken. Warum machte sich Fenton solche Sorgen um Elspeth McPhee?«

»Kaffee, Sir?«

Erleichtert sah er Padstow übers Achterdeck kommen.

»Danke.« Er nippte am heißen Kaffee und fragte gedankenlos: »Hast du Mr. Fenton gesehen?«

»Jawohl, Sir«, antwortete Padstow selbstgefällig. »Unter Deck, neben Ihrer Kajüte.«

»Aber das ist doch . . .«

»Die von der jungen Dame, Sir, jawohl. Er fragte sie gerade, wie sie geschlafen hätte.«

Kelso sah ihn streng an. Sollte das ein Scherz sein? »Ist das wahr, was du da sagst?«

»So wahr wie die Bibel, Sir«, entgegnete der Steward im Ton verletzten Stolzes. »Mr. Fenton ist sehr angetan von der Pastorentochter.«

Um sich seine Verwirrung nicht anmerken zu lassen, nahm Kelso noch einen Schluck Kaffee. Er war so heiß, daß er sich den Mund verbrannte; Tränen standen in seinen Augen, als er endlich schlukken konnte.

»Mußt du den Kaffee immer so heiß machen?«

»Entschuldigung, Sir.« Padstow war keineswegs entmutigt, sondern kam vertraulich näher. »Es hat ihn ganz schön geärgert, daß Sie mit der jungen Dame an Land gegangen sind, und noch mehr, daß Sie beide den halben Tag in den Bergen waren.«

Kelso wußte recht gut, daß es sich für ihn nicht schickte, sich diesen Bordklatsch anzuhören; doch die Angelegenheit interessierte ihn so stark, daß er Näheres erfahren wollte. Und sein Steward brauchte auch keine Ermunterung.

»Der Erste war so knurrig und bissig wie'n Hund, der seinen Knochen verloren hat, und ist auf dem Achterdeck hin und her getigert. Wenn ich 'n Penny hätte für jedes Mal, wo er durch sein Glas nach Ihnen Ausschau hielt, dann wär' ich jetzt 'n reicher Mann, Sir, das kann ich Ihnen flüstern.«

Kelso hatte seine Gedanken wieder beieinander. Den Kaffeebecher noch in der Hand, sagte er: »Ich glaube, du hast dir das bloß ausgedacht, Padstow.«

»Nein, Sir!«

»Weil Mr. Fenton Miss McPhee im Vorbeigehen guten Morgen gesagt hat . . .«

»Nein, Sir, so war's nicht.«

»Ich denke doch. Und außerdem rate ich dir, deine Zunge im Zaum zu halten, sonst könntest du die Peitsche des Bootsmanns spüren.«

»Aber, Sir! Das ist doch nicht Ihr Ernst! Bloß weil ich die Wahrheit gesagt habe?«

»Wenn es die Wahrheit ist!«

»Natürlich ist es die Wahrheit, Sir, das sieht doch jeder, der nicht . . .« Padstow hielt inne, aber offenbar nicht so sehr aus Vorsicht, wie um seine Gedanken zu ördnen. »Hören Sie, Sir, wissen

Sie noch – die erste Woche nach Bombay, als wir gegenan kreuzten, tagaus, tagein?«

»Selbstverständlich.«

»Und dann, als wir bekalmt lagen? Der Himmel hing so tief, als ob uns die Wolken ins Meer drücken wollten, und es war so heiß . . .«

»Ich weiß.«

»Also, Sir, was denken Sie, wer da Miss McPhee kannenweise Wasser gebracht hat?«

»Nun – du, nehme ich an.«

»Ich nicht, Sir«, grinste Padstow spöttisch. »Von mir hat sie ihre Tagesration bekommen, mehr nicht.«

»Und du meinst, Mr. Fenton hat . . .« Er konnte es immer noch nicht glauben, doch der gesunde Verstand mußte ihm sagen, daß Padstow niemals gewagt hätte, so etwas zu erfinden.

»Jawohl, Sir, zum Waschen, zum Trinken – und das, obwohl wir so knapp mit Wasser waren.«

Kelso dachte kurz darüber nach, dann schüttelte er den Kopf. Er wollte es einfach nicht glauben. »Ich kann mir das nicht vorstellen.«

»Wieso nicht, Sir? Ich hab's mit eigenen Augen gesehen.«

»Aber ich nicht.«

»Natürlich nicht, Sir«, antwortete Padstow nachsichtig. »Das hat er doch nur gemacht, wenn Sie an Deck waren.«

»Nein. Das kann ich einfach nicht glauben.« Kelso wandte sich zum Gehen, hielt jedoch inne. »Wenn das stimmt, warum hat sich dann Miss McPhee bei mir darüber beklagt, daß du ihre Wasserration gekürzt hast?«

»Da waren wir schon wirklich sehr knapp, und Mr. Fenton wußte das. Ich habe selbst gehört, wie Sie ihm in der Messe sagten, wir hätten nur noch für 'ne Woche Wasser. Vielleicht bildet sich Mr. Fenton ein, er wäre in die junge Dame verknallt, Sir. Aber seine wahre Liebe ist die *Paragon* – genau wie bei Ihnen, Sir, wenn Sie mir den Vergleich gestatten.«

»Schon gut.« Kelso hatte das Gefühl, es sei an der Zeit, eine Unterhaltung abzubrechen, die besser gar nicht erst stattgefunden hätte. »Genug davon jetzt.«

»Aye, aye, Sir.« Padstow brachte die Karikatur einer Ehrenbezeugung zustande und verschwand unter Deck.

Hölle und Verdammnis! Während Kelso langsam zum Kompaß zurückging, spürte er bei einem momentanen Aussetzen des Windes, wie das Deck nachgab und die Segel an Spannung verloren.

»Stützruder, zum Donnerwetter!«

»Aye, aye, Sir.«

Der Wind frischte sofort wieder auf, aber Kelso hatte wenigstens Gelegenheit gehabt, etwas Ärger abzureagieren. Er war zwar immer noch nicht völlig überzeugt; doch je mehr er über Padstows Bericht nachdachte, um so wahrscheinlicher kam er ihm vor. Er dachte daran, wie außerordentlich höflich Fenton immer zu Elspeth war, ihr ständig kleine Aufmerksamkeiten erwies, sie bei jeder Gelegenheit anlächelte. Ihm fiel wieder ein, wie beflissen der sonst so schweigsame Mann sich bemühte, mit ihr ins Gespräch zu kommen. Und auch, wie Fenton, als er die Mahratten-Flottille nach Belieben hätte zusammenschießen können, statt dessen das Schiff schnellstens in Sicherheit gebracht hatte.

20

Als sie sich der Ile de France näherten, setzte Kelso Ausgucks in den Fock- und den Besanmast; doch obwohl sich die *Paragon* jetzt tief in feindlichen Gewässern befand, kam an diesem ganzen sonnendurchglühten Tage nur einmal Meldung vom Mast, und die betraf ein unidentifizierbares Fahrzeug Steuerbord achteraus, dessen Rumpf unter der Kimm blieb. Ehe Midshipman Crane ins Vortopp aufentern konnte, war es schon wieder verschwunden; Kelso nahm an, daß es ein Fischerboot war oder höchstens ein französisches Versorgungsschiff, das sich auf die lange Heimreise machte. Um sechs Glasen der Nachmittagswache waren sie nach Angabe Mr. Jenkins', des Navigationsoffiziers, knapp zwanzig Meilen vor der Ile de Franceß Wenn sie auf diesem Kurs und mit dieser Fahrt weitersegelten, würden sie die Insel vor Einbruch der Nacht erreichen. Kelso wurde sich klar darüber, daß die Stunde der Entscheidung gekommen war.

Der Anblick von Elspeth McPhee und Fenton, die miteinander aufs Achterdeck traten, kam ihm bei seinen Überlegungen zustatten. Wie beflissen Fenton das Mädchen am Arm stützte, als es die Kampanjeleiter hinaufstieg, und wie sanft ihre scharfen Züge bei dieser Aufmerksamkeit wurden! Sie kamen zu ihm an die Heckreling.

»Guten Abend, Captain«, grüßte sie, doch fiel ihm auf, daß sie dabei dicht an Fentons Seite blieb.

»Wir sind beinahe da«, sagte Kelso. »Innerhalb einer Stunde müßte die Pieterbotte in Sicht kommen.«

Sie sah ihn fragend an. »Die Pieterbotte?«

»Ein zuckerhutförmiger Felsen«, erläuterte Fenton, »eine Landmarke, die man auf zwanzig Meilen erkennen kann.«

»Nach Jenkins' Ansicht sind wir jetzt so dicht dran«, bemerkte Kelso mißmutig.

»Ah ja«, sagte sie munter, »dann dauert es ja nicht mehr lange, und Sie können endlich wieder kämpfen!« Dabei sah sie Fenton lächelnd von der Seite an.

»Die *Paragon* ist ein Kampfschiff«, entgegnete Kelso, »das habe ich Ihnen schon einmal gesagt. Und wir haben einen Auftrag.«

»Den Auftrag, so viele Franzosen umzubringen, wie Sie können? Und die übrigen zu verstümmeln und zu Krüppeln zu schießen?«

»Die *St. George* zurückzuerobern«, entgegnete er, »und das habe ich auch vor.« Er sah erst Fenton, dann das Mädchen bedeutsam an und schritt zur Luvreling.

Die See war bis zur Kimm von makellosem Blau. Keine Welle, keine Schaumkrone, kein Lateinersegel unterbrach die glatte Fläche. Eine Zeitlang starrte er hinaus, dann schwammen ihm die Augen, und er konnte kaum noch erkennen, wo sich See und Himmel trafen, wo die eine azurblaue Fläche begann und die andere endete. Er wandte sich ab und sah zum Besantopp auf, wo Kilgowan, ein besonders zuverlässiger Deckoffzier, mit seinem Glas die Kimm absuchte. Kelso kam in Versuchung, eine Frage hinaufzurufen; doch er unterließ es. Kilgowan und Prendergast, der Ausguck im Fockmast, würden es sofort melden, wenn etwas auftauchte.

Diese Ruhe machte ihn nervös. Wenn sie sich tatsächlich dem französischen Stützpunkt näherten – und er hatte genug Vertrauen zu Jenkins, um davon überzeugt zu sein –, dann konnte er nicht verstehen, warum sie überhaupt keinen Schiffsverkehr antrafen. In Kriegszeiten mußten die Franzosen an einem strategisch so wichtigen Punkt doch bestimmt mehr als nur ein Linienschiff stationiert haben. Von der Ile de France aus konnte ein französisches Geschwader das Arabische Meer beherrschen, und jeder Konvoi nach Ostindien mußte durch diese Gefahrenzone. Von hier aus konnten die Franzosen leicht die britischen Besitzungen in Indien blockieren.

Ein Auflachen Elspeths störte seine Gedankengänge, und er fragte sich wiederum, wie Fenton ihre Sicherheit für wichtiger halten konnte als diese strategischen Tatsachen. Erneut lachte das Mädchen, und Kelso blickte ungeduldig in den Mast hinauf. In diesem Moment rief der Ausguck: »Land in Sicht! Land Steuerbord voraus!«

Blinzelnd sah Kelso in den Nachmittagsglast hoch. »Was sonst noch?«

»Ein Zuckerhutfelsen, Sir. Könnte die Pieterbotte sein.«

»Schiffe?«

»Nein, Sir, aber wenn wir näher dran sind, wird bestimmt . . .«

»Scharf aufpassen!« Ungeduldig wandte sich Kelso ab, und da er Fenton noch bei dem Mädchen stehen sah, rief er: »Mr. Baker!«

»Sir?«

»Bitte nehmen Sie Tuch weg – alle Marssegel und Vor- und Besanbramsegel aufgeien!«

Als er wieder an den Kompaß trat, kam Fenton herbei. »Kann ich helfen, Sir?«

Kelso warf einen Blick auf das Mädchen, das noch an der Heckreling stand. »Nicht nötig – Sie sind ja beschäftigt.«

»Aber nicht, wenn es etwas zu tun gibt«, protestierte Fenton. »Ich habe Miss McPhee nur etwas Gesellschaft geleistet.« Er war tatsächlich rot geworden, und Kelso bedauerte seine Bissigkeit sofort, vielleicht weil er dieses Zeichen menschlicher Schwäche besonders rührend fand bei einem Mann, den er immer für so hart, fast erhaben über alle Gefühle gehalten hatte. »Ich beabsichtige, beizudrehen«, erläuterte er, »und beizuliegen, mindestens bis es dunkel ist. Dann gehen wir näher heran und sehen uns die Lage an – falls wir etwas sehen können.«

»Bei Mondlicht, Sir?«

»Vielleicht; lieber möchte ich ganz aus der Nähe rekognoszieren.«

»Ein Landkommando?«

»Wahrscheinlich.«

»In diesem Fall, Sir . . .« Fenton war jetzt, da ein konkreter Plan diskutiert wurde, wieder so kühl und sachlich wie immer. »Darf ich bitten, daß Sie mir bei einem eventuellen Landeunternehmen den Befehl darüber geben?«

Lächelnd schüttelte Kelso den Kopf. »Nein. Allen Respekt vor Ihrem Draufgängertum, Mr. Fenton, aber wenn jemand an Land geht, dann bin ich das.« Er zog sein Glas heraus und suchte den Horizont an Steuerbord voraus ab. Zuerst sah er nichts, doch als er das Glas langsam im Bogen zurückführte, erwischte er einen undeutlichen Fleck, den er zuerst für ein Stäubchen auf der Linse hielt; doch dann erkannte er, daß es eine Landmarke war – und zwar die Spitze der Pieterbotte auf der Ile de France.

»Mr. Baker!« rief er. »Wie lange dauert das noch?«

»Gleich fertig, Sir.«

Die Mars- und Bramsegel an Fock und Besanmast waren bereits aufgegeit. Die Deckswache war noch dabei, das Großmarssegel zu reffen. »Hol dicht, zum Teufel! Hol dicht!« brüllte der Bootsmann. »Und belegen!«

Das schwere Tuch war zur Rahe hochgeholt, und die Männer sicherten es mit Zeisingen und Jackstagen.

»He, Middleton!« brüllte der Bootsmann, »dichter! Noch dichter! Das Segel sieht ja aus wie'ne . . .« Er hielt inne, und Kelso tauschte ein Lächeln mit Fenton – dem Bootsman war gerade noch eingefallen, daß eine Dame mitfuhr. Der alte Vergleich »wie 'ne schwangere Jungfer« blieb unausgesprochen.

»Alles klar, Sir!«

»Gut, Mr. Baker. Jetzt stellen Sie bitte das Großbramsegel back.«

Dadurch blieb die *Paragon* auf ihrer gegenwärtigen Postion liegen, und er behielt immer noch genügend Tuch oben, um Fahrt aufzunehmen, wenn es nötig werden sollte. Doch die See blieb leer, und als am Himmel die warmen, prächtigen Farben des Sonnenuntergangs erschienen, ließ er wieder mehr Segel setzen; bei einbrechender Dunkelheit nahm die *Paragon* Kurs auf das Land.

Es war ein prachtvoller Abend. Die stete Brise fiel nun als Halbwind von Steuerbord ein, die See war so ruhig, daß das Deck kaum schwankte. An Bord war alles still, obwohl die Geschütze ausgerannt waren und die Bedienungen daneben saßen oder sich über das Schanzkleid beugten, in der Hoffnung, ein Stückchen schwärzere Dunkelheit zu erspähen, das vielleicht ein feindliches Schiff sein konnte. Vom Achterdeck aus waren nun die Lichter von Port Louis deutlich zu sehen, etwa zwei Meilen entfernt, nach Kelsos Schätzung. Sicherlich würden sie bald auf feindliche Schiffe stoßen.

Die Augen schmerzten ihm von dem angestrengten Vorausstarren; er wandte sich um und sah, daß Fenton und Elspeth McPhee immer noch an der Heckreling standen. Sie waren in ein ernsthaftes Gespräch vertieft – so kam es ihm jedenfalls vor –, und ab und zu vernahm er ihre Stimme, die entschieden ablehnend klang. Vielleicht macht Fenton ihr einen Antrag, dachte er eifersüchtig.

Doch gleich darauf vergaß er die beiden, denn vom Vorschiff kam ein Ruf: »Boot voraus! Boot an Steuerbord voraus!«

Er rannte zur Steuerbordseite und sah ein dunkles Gebilde im Wasser, vielleicht eine Kabellände entfernt, und ein Licht, das die Laterne eines Fischerboots sein mußte. Er kannte diese Eingeborenenboote und irrte sich bestimmt nicht. Das Problem war jetzt nur, es aufzubringen und, was noch wichtiger war, die Mannschaft gefangenzunehmen, ehe sie die Insel alarmieren konnte. Rasch blickte er sich um, doch soweit er feststellen konnte, war das Boot allein. Das Lateinersegel war gesetzt; wenn er nicht ganz schnell vorging, konnte der Fischer die *Paragon* leicht ausmanövrieren und in der Dunkelheit verschwinden.

»Mr. Heslop! Zwei Strich Steuerbord!«

»Zwei Strich Steuerbord liegt an, Sir.«

Nach der Drehung des Rades wies der Bug der *Paragon* direkt auf das Boot, dessen Besatzung noch nicht zu merken schien, daß sie sich in Gefahr befand. Vielleicht hatte sie die Fregatte überhaupt noch nicht gesehen.

»Was hast du vor?«

Er zuckte vor Schmerz zusammen, denn Elspeth McPhee hatte ihn am Arm gepackt.

»Ich will es rammen, ehe es entwischt.«

»Aber das kannst du nicht! In diesem Boot sind doch Menschen – dabei muß jemand ums Leben kommen!«

»Geh beiseite!« Er schob sie mit dem gesunden Arm weg und rief ärgerlich: »Mr. Fenton! Kümmern Sie sich bitte um Ihre Freundin!«

Als Fenton herzutrat und Elspeth beim Arm nahm, machte sie keine Schwierigkeiten; doch als die *Paragon* bei der Kollision mit dem Boot erzitterte, wandte sie sich ab und barg den Kopf an Fentons Brust.

»Großbramsegel back! Mr. Larkins, setzen Sie den Kutter aus und nehmen Sie Überlebende an Bord!«

Selbst in der Finsternis konnte er sehen, daß das Fischerboot in zwei Teile geschnitten war. Der Mast mit dem Lateinersegel trieb achteraus davon, und er glaubte, die Köpfe von Männern zu sehen, die sich an die Wrackteile klammerten. Doch mindestens einer hatte weniger Glück gehabt: seine Hilfeschreie, laut und wild zuerst, dann immer schwächer, erstarben, bevor der Kutter im Wasser war.

»Achteraus – da drüben!« rief Kelso, und mit stetigem Riemenschlag glitt der Kutter auf das Wrack zu.

Ein paar Minuten später stieß der Bootsmann die zwei Schiffbrüchigen vor sich her zum Achterdeck. Es waren der Skipper, ein französischer Kreole mittleren Alters, und sein indischer Matrose.

»Dein Name?« redete Kelso den Skipper auf französisch an.

»Paraton, Monsieur, ein armer Fischer aus Port Louis.«

»Wie stark war die Besatzung?«

»Zwei Mann, Monsieur – dieser hier und noch einer, aber der ist . . .« Er verstummte und schlug das Kreuz.

»Tot«, ergänzte Kelso. »So wie du, wenn du nicht meine Fragen beantwortest.« Er zog seinen Säbel, und Elspeth McPhee stieß einen Schrei aus, was ihn maßlos irritierte. Der Fischer fuhr erschrocken zurück.

»Ich brauche Informationen«, sagte Kelso grob. »Gibst du sie mir nicht, dann stirbst du. Wenn du mir etwas Falsches erzählst, dann stirbst du auch. Ist das klar?«

»Ja, Monsieur.«

»Also dann: wie viele französische Kriegsschiffe liegen in Port Louis?«

»Keins, Monsieur, außer einer Schaluppe, aber die liegt immer hier.«

»Wie meinst du das?«

»Dieses Schiff, die *Espérance*, gehört zu unserem Küstenschutz.

Sie liegt schon seit – oh, seit zehn oder fünfzehn Jahren hier. Sie ist nicht mit den anderen gekommen.«

»Mit welchen anderen?«

»Mit dem französischen Geschwader, Monsieur, das vor zwei Monaten eingelaufen ist; erst da hörten wir, daß Krieg ist.«

»Wie viele Schiffe hat das Geschwader?«

»Das weiß ich nicht genau, Monsieur – ich bin nur ein armer, unwissender Fischer, und . . .«

Drohend hob Kelso den Säbel: »Wie viele?«

»Fünf, Monsieur, nein – sechs.«

»Wenn du lügst . . .« drohte Kelso, immer noch mit gezückter Waffe.

»Nein, nein, Monsieur – sechs Schiffe, ich schwör's.«

»Gut. Was waren das für Schiffe?«

»Monsieur?«

»Name, Größe, wie viele Geschütze?«

»Nun, Monsieur . . .« Der Franzose machte ein sehr unglückliches Gesicht. »Da war das Flaggschiff, die *Toulon*, vierundfünfzig Geschütze, Kommandant ist Admiral Ferrand.«

»Wo ist sie jetzt?«

Der Franzose breitete die Arme aus. »Das weiß ich nicht, Monsieur. Sie ist vor zwei Wochen ausgelaufen, nach Norden. Ich denke, sie sucht englische Schiffe.«

Oder sie liegt gestrandet in einer fernen Lagune, dachte Kelso wütend. Das war jedenfalls ein Schiff, das keinen englischen Kauffahrer mehr abfangen würde.

»Wo ist das übrige Geschwader? Ist es mit der *Toulon* gesegelt?«

»Aber nein, Monsieur – sie sind einen Tag später ausgelaufen, vielleicht auch zwei Tage.«

»Mit welchem Kurs?«

»West, Monsieur.«

»Mit welchem Ziel, weißt du das?«

»Nein, Monsieur.« Der Franzose starrte den immer noch erhobenen Säbel an und schrie angstvoll: »Das weiß ich wirklich nicht, ich schwöre es! Ich habe sie auslaufen sehen, das ist alles.«

»Na schön.« Kelso ließ die Waffe sinken. »Und was sind das für Schiffe?«

»Drei Fregatten, Monsieur – die *Abbeville*, die *Poitiers*, die *Duc d'Orléans* –, und zwei Schaluppen, deren Namen ich leider vergessen habe.«

»Aha.« Kelso sah ihn abschätzend an, als überlege er, ob er ihm nicht doch noch die Kehle aufschlitzen sollte. »Und es sind keine anderen französischen Kriegsschiffe in Port Louis stationiert?«

»Nein, Monsieur – außer der *Espérance*, heißt das.«

»Weißt du, Paraton«, sagte Kelso nachdenklich, »ich habe das Gefühl, daß du mir nicht die volle Wahrheit sagst.«

»Nein, Monsieur – ich meine: ja, Monsieur! Es ist die Wahrheit, das schwöre ich!«

Wieder bemerkte Kelso, daß Elspeth Miene machte zu protestieren, doch Fenton faßte sie beim Arm, und sie schwieg.

»Ich habe aber gehört«, sagte Kelso, »daß ein englisches Kriegsschiff hier im Hafen liegt.«

»Aber sicher, Monsieur«, bestätigte der Franzose sofort und fügte entschuldigend hinzu: »Sie haben ja nur nach französischen Kriegsschiffen gefragt.«

»Das gleiche Gerücht besagt, daß dieses englische Schiff, die *St. George*, in französische Dienste gepreßt worden ist.«

»Das, Monsieur, mag stimmen, obwohl ich es nicht glaube.«

»So, du glaubst es nicht«, fuhr Kelso auf den Franzosen los, der sich angstvoll duckte. »Du glaubst es nicht, aber du hast es mit französischer Besatzung in See stechen sehen, mit Admiral Ferrand persönlich an Bord?«

Jetzt kamen dem Mann tatsächlich die Tränen. »Nein, Monsieur! Ich weiß nichts davon, Monsieur, das ist die reine Wahrheit!«

»Lassen Sie ihn!« schrillte Elspeth McPhees Stimme über das Achterdeck. »Sehen Sie nicht, daß er nichts weiß?«

»Padstow! Mr. Larkins!« brüllte Kelso. Er war jetzt ernstlich wütend. »Packt den Kerl und schmeißt ihn über Bord!«

»Sir?« Padstow war ohne weiteres bereit, aber dem Bootsmann war der Befehl offenbar nicht ganz geheuer.

»Schmeißt ihn über Bord!«

»Nein, das geht doch nicht! So eine Unmenschlichkeit!« schrie Elspeth in höchster Erregung.

»Padstow! Mr. Larkins!«

Die beiden packten den unglücklichen Franzosen und zerrten ihn zum Decksrand. Sie hatten den Mann, der sich verzweifelt wehrte, bereits übers Schanzkleid gehoben, da schrie er: »Halt! Ich sage alles!«

Fragend blickte der Bootsmann Kelso an; dieser winkte, den Franzosen zurückzubringen, und sagte streng: »Beim nächsten Mal ist es zu spät!«

»Fragen Sie, Monsieur! Fragen Sie, was Sie wollen!« Der Franzose lag vor Kelso auf den Knien.

»Also, was ist mit der *St. George*?«

»Es stimmt, Monsieur, sie fährt jetzt für uns. Sie hat eine französische Besatzung, und . . .«

»Was hat man mit den Engländern gemacht?«

»Monsieur?«

»Der englische Kommandant und seine Mannschaft – wo sind sie?«

»In Gefangenschaft, Monsieur.«

»Das kann ich mir denken, aber wo?«

»Im Château Piton.«

»Wo ist das?«

»In den Bergen über der Stadt, Monsieur. Es ist ein altes Fort am Rand einer Klippe. Nicht zu verfehlen.«

»Und wie kommt man hin?«

»Es führt ein Zufahrtsweg den Berg hinauf, Monsieur.«

»Ist er gut bewacht?«

»Aber ja, Monsieur. Kein Stadtbewohner würde es rikieren, nachts dort entlangzugehen, aus Angst, erschossen zu werden.«

»Und einen anderen Zugang gibt es nicht?«

»Nein, Monsieur. Die Seeseite ist senkrechter Fels.«

Kelso nickte. »Und nun die *St. George*. Liegt sie im Hafen?«

»Ja, Monsieur.«

»Seit wann?«

»Zuerst kam sie vor zwei Monaten, nachdem sie gekapert worden war. Seitdem . . .«

»Ich weiß. Wann ist sie zuletzt zurückgekommen?«

»Vor sieben, acht Tagen, Monsieur.«

»Was sie seetüchtig?«

»Nein, Monsieur. Sie hatte einen Notmast und Löcher im Rumpf, die ungenügend gestopft waren. Man hörte die Pumpen schon, als sie noch eine Meile draußen war.«

»Und seitdem?«

»Ist sie repariert worden – ein neuer Großmast, der Rumpf ist geflickt. Morgen läuft sie wieder aus.«

»Morgen?«

»Ja, Monsieur. Das habe ich jedenfalls gehört.«

Kelso nickte. Obwohl sein Hirn in rasender Eile alle Möglichkeiten durcharbeitete, klang seine Stimme ganz ruhig, als er sagte: »Danke, Paraton. Diese Information kann sehr nützlich sein. Ich segle Port Louis heute nacht an.«

»Heute nacht! Aber, *mon capitaine* . . .«

»Ja?«

»Die Riffe! Ich meine, ein Schiff dieser Größe – wenn Sie das Fahrwasser nicht kennen . . .«

»Das ist ein interessanter Punkt.« Kelso bückte sich und klopfte dem immer noch knienden Franzosen auf die Schulter. »Wir kennen das Fahrwasser nicht. Aber andererseits –«, er packte den Mann am Kragen und zog ihn hoch –, »aber andererseits: du kennst es ja.«

21

Unter Ober- und Unterbramsegeln glitt die *Paragon* auf die Küste zu. Sie waren kurz vor Einbruch der Nacht losgesegelt, als der Himmel noch die prachtvollen Farben des ersterbenden Sonnenuntergangs trug, und der Wind war, obwohl in der letzten Stunde etwas abgeflaut, immer noch kräftig. Auch als sie höchstens eine Meile vor dem Land waren, ließ sich kein Schiffsverkehr sehen. Ab und zu blinzelten die Laternen einer einzelnen Fischerdhau durch die Nacht, doch auf Rufdistanz kam keine, so daß Kelso bald in Zweifel geriet, ob sie auch im richtigen Fahrwasser waren. Sie waren ganz auf Paraton angewiesen. Kelso hatte zwar Post Louis nie angesegelt, doch wußte er von den Korallenriffen, die eine natürliche Schranke bilden, nicht nur vor dem Hafen selbst, sondern im Umkreis der ganzen Insel. Wenn sie nicht die Durchfahrt fanden, waren sie hilflos.

»Paraton!« Er hatte leise gesprochen, doch der Franzose antwortete augenblicklich, als hätte er darauf gewartet.

»Monsieur?«

»Du bist sicher, daß wir das Fahrwasser ansteuern?«

»Aber ja, Monsieur. Wenn sich der Piton de la Rivière Noire und das Hafenfeuer decken, kommen Sie auch ins Fahrwasser.«

»Ich hoffe um deinetwillen, daß es so ist.«

Und wenn nicht? Angenommen, dieser bibbernde Franzose besaß mehr Rückgrat, als es den Anschein hatte? Angenommen, er lotste sie absichtlich auf das Riff?

»Sir!«

Kelso ging zur Heckreling hinüber, wo Archibald Ausschau hielt, und horchte. »Was ist?«

»Brandung voraus, Sir.« Der junge Mann schwieg einen Moment und hielt die Hand hoch. »Können Sie hören?«

»Ich höre nichts.«

»Doch, Sir. Ganz bestimmt. Recht voraus sind Brecher.«

Kelso horchte nochmals und vernahm – oder er glaubte es wenigstens – ein schwaches Geräusch. Es konnte das Tosen ferner Brecher sein. Wenn ja, dann waren sie noch weit weg.

»Paraton!« Auf den scharfen Anruf hin kam der Fischer herbeigerannt. »Monsieur?«

»Ich glaube, ich höre Brecher voraus.« Stille gebietend hob er die Hand, doch der Franzose antwortete sofort. »Natürlich, Monsieur.«

»Aber wie weit? Es hört sich ziemlich entfernt an.«

»Gewiß, Monsieur – eine halbe Seemeile vielleicht oder mehr.«

»Wie kann das sein? Der Hafen liegt doch direkt voraus. Noch eine Meile, und wir sind da.«

»Natürlich. Das Geräusch, das Sie hören, Monsieur, kommt vom Durchlaß im Riff. Wir sind bereits im Fahrwasser.«

Kelso blickte ihn scharf an, doch selbst in der Dunkelheit konnte er sehen, daß der Mann die Wahrheit sprach. »Na schön. Und auf dieser Zufahrt können wir bis in den Hafen laufen?«

»Aber nein, Monsieur, bei Ebbe nicht.«

»Aha.« Nachdenklich musterte Kelso die Lichter des Hafens und die Lichter des Gefängnisses auf dem Berg, wo Commodore Braithwaite und hundert Engländer saßen.

»Wie dicht können wir unter Land?«

»Mit ausreichender Sicherheit, Monsieur? Vielleicht noch eine halbe Meile – mehr nicht.«

»Wann ist wieder Hochwasser?«

»Erst morgen früh, Monsieur, kurz vor Sonnenaufgang.«

»Und dann soll das englische Schiff auslaufen?«

Der Franzose hob die Schultern. »Vielleicht nicht ganz so früh, Monsieur, denn der Wasserstand ist noch mindestens bis eine Stunde nach Sonnenaufgang hoch genug.«

»Schön.« Kelso wandte sich um und rief: »Mr. Fenton!«

»Sir?« antwortete der Leutnant, der beim Ruder stand.

»Wir segeln noch zwei Kabellängen weiter. Dann gehe ich im Kutter an Land.«

»Sie gehen an Land, Sir? Allein?«

»Nicht allein. Ich nehme zwanzig gute Leute mit, vorzugsweise Toppmatrosen, einen Midshipman – Mr. Winston –, und Mr. Larkins.«

»Jawohl, Sir, aber denken Sie nicht . . .«

Kelso sah ihn lächelnd an. »Das lieber Sie gehen sollten? Diesmal nicht, Mr. Fenton. Das hier muß ich persönlich erledigen.«

»Gewiß, Sir«, erwiderte Fenton, offenbar noch nicht überzeugt. »Aber mit Ihrem Arm und der Schulter . . .«

»Ich kann immer noch den Entersäbel schwingen und eine Pistole abfeuern.«

Kelso ging unter Deck, schnallte mit Padstows Hilfe seinen Säbel um und schob eine langläufige Pistole unter den Uniformrock. Dann fiel ihm noch etwas ein: er wühlte in seiner Seekiste und fand einen rasiermesserscharfen Matrosendolch.

»Glauben Sie, es gibt 'ne Keilerei, Sir?« fragte Padstow munter.

»Nur wenn unbedingt nötig. Aber wenn wir kämpfen müssen – dann schnell und lautlos.«

Der Steward rieb sich erwartungsvoll die Hände. »Ganz mein Geschmack.«

»Dann mach dich fertig. In zehn Minuten am Fallreep!«

»Aye, aye, Sir.« Mit schwungvoller Ehrenbezeugung öffnete der Steward die Tür und verschwand.

Durch das offene Bullauge konnte Kelso die Lichter der Stadt jetzt deutlich erkennen. Die Brecher, die sie vorhin so weit entfernt gehört hatten, waren jetzt viel näher, jedoch schon achteraus, soweit er es beurteilen konnte. Das war wichtig, denn es bedeutete, daß sich die *Paragon* in der Bucht von Port Louis befand. Er spähte durch die Finsternis nach den Masten der *St. George* aus, doch außer den flimmernden Lichtern und den dunklen Bergen dahinter konnte er nichts ausmachen.

Ungeduldig wandte er sich ab und wollte an Deck, doch als er die Tür öffnete, fuhr er überrascht zurück. Draußen wartete Elspeth McPhee.

»Nun?«

»Roger! Ich muß dich sprechen!« Sie schob sich an ihm vorbei in die Kajüte und schloß die Tür. »Liebster! Ich konnte es nicht ertragen, dich gehen zu lassen, ohne . . .« Sie stockte.

»Ohne was?« Es sollte nicht allzu ungeduldig klingen.

»Ohne dir zu sagen, daß ich dich liebe – trotz allem.«

»Was meinst du damit – trotz allem?«

Sie hatte ihn in die Arme genommen, doch als sie die Pistole an seiner Brust fühlte, fuhr sie zurück. »Trotz diesem hier«, sagte sie und legte die Hand auf seinen Rock, wo die Pistole stak. »Vorhin an Deck, als du so bedenkenlos dieses wehrlose Boot überlaufen hast, wobei ein Mensch ertrinken mußte, und du nachher durchaus bereit warst, noch einen zweiten zu ertränken . . .« Sie hielt inne, weil sie offenbar seinen Protest erwartete, doch als er nichts dazu sagte, fuhr sie fort: »Und jetzt gehst du, ohne an deine Wunden zu denken, an Land und suchst nach noch mehr Menschen, die du töten kannst. Du bist durchaus dazu bereit, und – ich sehe es dir an den Augen an – kannst es kaum erwarten, daß es losgeht.«

Abweisend erwiderte er: »Es gibt sehr viel zu tun, und wir haben wenig Zeit. Wundert es dich, daß ich ungeduldig bin?«

»Roger!« Wieder umfaßte sie ihn. »Geh nicht! Du hast weiß Gott für einen Tag genug Blut an den Händen. Gib den Befehl, abzudrehen und mehr Segel zu setzen, bevor wir entdeckt werden. Morgen können wir schon unterwegs nach St. Helena sein.«

»Du weißt nicht, was du redest«, erwiderte er und versuchte, sie zur Seite zu schieben. »Wir sind im Krieg und in Feindesland. In diesem Hafen liegt ein Indienfahrer, der jetzt dazu benutzt wird, englische Schiffe zu vernichten und Engländer zu töten. Und du willst, daß ich einfach davonsegele!«

»Roger, Bitte! Tu's für mich!« Flehend und erwartungsvoll blickte sie zu ihm auf, doch als sie seinen festgeschlossenen, unerbittlichen Mund sah, brach sie in Tränen aus und barg den Kopf an seiner Schulter. »Und ich habe dich so geliebt«, schluchzte sie verzweifelt.

»Entschuldigung, Sir, aber der Kutter ist ausgesetzt und das Landekommando angetreten.«

Kelso fuhr zusammen und sah über die Schulter des Mädchens: In der Tür stand Fenton in dienstlich korrekter Haltung, mit ausdruckslosem Gesicht. Er sah an Elspeth vorbei.

»Danke, Mr. Fenton. Ich komme mit.«

So sanft wie möglich machte er sich los. Als sie auf seine Koje niedersank, hatte er nur ein unbestimmtes Mitgefühl für sie übrig, und noch ehe er an der Kampanjeleiter war, hatte er sie vollkommen aus seinem Gedächtnis gestrichen.

Auf dem Hauptdeck warteten die ausgesuchten Matrosen unter dem Komando von Midshipman Winston und Bootsmann Larkins. Sogar im Finstern konnte er ihre erwartungsvollen Gesichter erkennen. »Also, Männer«, begann er, »ich werde euch jetzt erklären, was wir zu tun haben.«

Als er geendet hatte und seine Leute hinunter in den Kutter kletterten, hielt er nach Fenton Ausschau. Zu seiner Überraschung war er nicht da. »Hat jemand Mr. Fenton gesehen?«

»Nein, Sir.« Die Männer der Deckswache blickten einander an und dann zum Achterdeck hinauf. Dann sah Kelso seinen Steward herbeikommen.

»Padstow! Hast du Mr. Fenton gesehen?«

»Jawohl, Sir.«

Da Padstow stehenblieb, rief Kelso: »Und wo ist er?«

»In Ihrer Kajüte, Sir. Hab ihn im Vorbeigehen gesehen.«

»In meiner Kajüte?« Erst als er Padstows verschmitzte Miene sah, verstand er: Fenton tröstete immer noch das Mädchen.

»Mein Kompliment an Mr. Fenton, und ich möchte, daß er sofort an Deck kommt.«

»Aye, aye, Sir.«

Gleich darauf lief Fenton eilends herbei. »Entschuldigung, Sir, ich habe nicht . . .«

»Wir gehen jetzt an Land, Mr. Fenton. Sie wissen, was wir vorhaben?«

»Jawohl, Sir, zumindest . . .«

»In erster Linie werden wir versuchen, Commodore Braithwaite und seine Männer zu befreien. Und dann, wenn sich eine Chance bietet, werden wir versuchen, die *St. George* zu nehmen.«

»Mit zwanzig Mann, Sir?«

»Zwanzig gute Seeleute reichen für die *St. George*, bis wir mit ihr auslaufen.«

»Und wenn Sie keinen Erfolg haben, Sir?«

»Dann haben Sie immer noch genug Leute für die *Paragon.*«

»Ja, gewiß, Sir; aber so habe ich das nicht gemeint.«

»Weiß ich«, lächelte Kelso. »Wenn es schiefgeht, Mr. Fenton, werden wir versuchen, in den Kutter zu kommen. Dann sind wir irgendwann vor Morgengrauen wieder an Bord und müssen sofort auslaufen.«

»Mit Kurs auf St. Helena?«

»Auf keinen Fall! Nicht bevor wir die *St. George* wiederhaben!«

»Aber wenn Sie es nicht schaffen . . .«

»Dann warten wir auf See einen günstigeren Zeitpunkt ab. Ich verlasse diese Gewässer nicht ohne die *St. George*, Mr. Fenton.«

»Aye, aye, Sir.« In Fentons Stimme klang zwar leiser Zweifel, aber auch Bewunderung mit.

»Sie bleiben bis zum Morgengrauen beigedreht liegen, Mr. Fenton. Wenn wir beim ersten Licht noch nicht zurück sind, setzen Sie Segel und warten eine Meile weiter draußen noch eine weitere Stunde.«

»Und wenn Sie auch dann noch nicht zurück sind, Sir?«

»Dann nehmen Sie Kurs auf St. Helena.«

»Und Sie soll ich hierlassen?«

»Warum nicht? Wenn wir bis dahin nicht zurück sind, können Sie sicher sein, daß wir alle im Gefängnis sitzen – oder tot sind.«

22

Je näher sie der Küste kamen, um so leiser mußten sie sich verhalten. Es war ein langer Pull gewesen, länger als Kelso gedacht hatte, und ihm schien, als müsse man das schwere Atmen der erschöpften Ruderer oder das gelegentliche Platschen eines falsch geführten Riemens in der ganzen Bucht hören. Trotz der umwickelten Dollen war das regelmäßige Rucken der Riemenschläge nie ganz zu vermeiden. Sie hatten insofern Glück, als zwar immer noch zahlreiche kleinere Fahrzeuge ausliefen, doch keins von ihnen näher als eine Kabellänge an das Boot herankam, obwohl sie sich nur eine Meile unter der Küste befanden. Nach den Positionslampen hielt Kelso sie für Fischerboote, die ins tiefere Wasser wollten. Später, wenn die Tide wechselte, würden sie zurückkommen. Und dann, dachte Kelso mit einem Gottvertrauen, das sonst gar nicht seine Sache war, sind wir schon auf der *St. George*.

Er hatte einen Kurs parallel zur Küste gesteuert; doch jetzt, eine Viertelmeile vorm Hafen, drehte er landeinwärts. Auf diese Entfernung war nicht auszumachen, ob der Strand leer war oder ob noch andere Fischer ihre Netze zusammenpackten und seeklar machten. Das war eben Glückssache. Doch wenn diese Aktion Aussicht auf Erfolg haben sollte, mußten sie unbemerkt an Land kommen.

Sie waren jetzt ganz dicht unter der Küste. Durch das Dunkel konnte er die verschwommenen Konturen niedriger Felsen und Bäume erkennen. Doch sah er weder Lichter noch Häuser; ein Fleck von noch tieferer Schwärze oben auf den Klippen mochte ein Schuppen sein.

»Sir!« flüsterte Midshipman Winston, der neben ihm im Heck saß, und deutete zum Strand.

Erst konnte Kelso nichts sehen, doch dann erkannte er, was Winston meinte. Ein Liebespaar spazierte den Strand entlang. Sie waren so nahe, daß Kelso das weiße Kleid des Mädchens sehen und den dunklen Arm des Mannes unterscheiden konnte, der um ihre Taille lag. »Weiterrudern!« Er legte die Ruderpinne leicht herum, so daß der Kutter wieder parallel zum Strand lief. Wenn sich hier Liebespaare treffen, dachte er, dann muß es wenigstens einsam sein. Er wartete, bis das Pärchen im Dunkel verschwunden war, und steuerte dann wieder den Strand an.

Schon nach ein paar Schlägen glitt der Kiel lautlos in den Sand. Der Bootsmann und ein Matrose sprangen ins flache Wasser, und in ein paar Minuten hatten sie den Kutter auf den Strand gezogen.

Kelso stieg aus und horchte. Außer den schweren Atemzügen der Männer, die das Boot heraufgezogen hatten, vernahm er nur fernes Hundegebell, was er merkwürdigerweise eher beruhigend fand. Es hätte eine ganz normale ländliche Szene sein können – ein ruhiger

Strand, baumbestandene Klippen, ein Schuppen und zweifellos ein paar bestellte Felder, ein Bauernhaus dahinter. Für ihre Zwecke war es genau der richtige Landeplatz.

»Mr. Larkins!«

»Sir?«

»Schaffen Sie den Kutter vom Strand weg. Sicher können Sie ihn irgendwo zwischen den Steinen verbergen. Inzwischen gehen Mr. Winston und ich rekongnoszieren.«

Die Klippen stießen nicht, wie er angenommen hatte, an Ackerland, sondern an ein steiniges, mit Gebüsch und scharfdornigem Heidekraut bewachsenes Areal. Blumenstauden, die er sogar in der Dunkelheit deutlich sehen konnte, verströmten einen Duft, der ihn sekundenlang schmerzlich an England erinnerte, ähnlich dem von taufrischem Jelängerjelieber. »Wo gehen wir hin, Sir?« fragte Winston, der offenbar nicht an solchen Heimwehgefühlen litt.

»Hier hinauf.« Kelso lief voran durch Buschwerk und Gestrüpp, bis sie den Kamm einer Anhöhe erreichten. Dort, zu ihrer Rechten und nur eine Viertelmeile entfernt, lag unterhalb des Berges die Stadt Port Louis; und nicht allzuweit von ihr – so schien es jedenfalls – ragte die schwarze Masse des Piton-Gefängnisses auf, in dem einige Fenster erhellt waren.

»Also dann, Mr. Winston – holen Sie die Leute her.«

Als alle zusammen waren, teilte er sie in zwei Gruppen; die eine unter seiner Führung war Vorausabteilung, die andere unter Larkins sollte in fünfzig Yard Abstand folgen. Er hielt es für unwahrscheinlich, daß sie in einen Hinterhalt gerieten; aber wenn es doch dazu kam, würden wenigstens ein Dutzend von ihnen nicht davon betroffen sein.

Am höchsten Punkt der steinigen Fläche erhob sich eine Gruppe Pinien, dahinter verlief ein Sandweg. Er wollte diesen überqueren und weiter bergan gehen; doch da war weder Weg noch Steg, und selbst das kleine Stück Heide, das er überblicken konnte, war besät mit hinderlichem Buschwerk, Gestrüpp und Felsbrocken und sah so unpassierbar aus, daß er sich entschloß, leichteres Terrain zu suchen. Er wandte sich nach rechts, dem Sandweg zu, mußte jedoch nach einigen Schritten enttäuscht feststellen, daß hier schon die Vorstadt begann, denn kurz hinter der nächsten Biegung lagen die ersten kleinen Häuser. Er überlegte, ob er umdrehen wollte, doch logischerweise war anzunehmen, daß der Weg zum Gefängnis nicht außenherum, sondern mitten durch die Stadt führen würde.

Kelso zögerte auch nur kurz. Er wußte, was er zu tun hatte, und jetzt gab es nur diese eine Möglichkeit. Er sammelte die Leute seiner Abteilung um sich, so daß ein Vorbeikommender, der in der Dunkelheit nicht genau hinsah, glauben konnte, sie kämen von der Feldarbeit zurück oder wollten zum Hafen oder ins Wirtshaus.

In den ersten Hütten war alles dunkel, in einer jedoch schrie ein Kind, und als sie an einer anderen vorbeikamen, bellte ein Kettenhund. Doch niemand kam heraus, um nachzusehen.

Zwischen den ersten Hütten lagen bestellte Felder zu beiden Seiten des Weges, doch bald wurden die Häuser zahlreicher. Licht fiel aus den Fenstern auf die Straße, Menschen waren unterwegs; aus einem der Gebäude, es war wohl das Wirtshaus, ertönte Gesang. Trunkene, streitende Stimmen waren zu hören, und beim Näherkommen sah Kelso, daß auch vor dem Wirtshaus Tische standen. Hier konnte er unmöglich vorbei.

Er wich mit seiner Vorhut nach links über die Böschung aus, in ein Weizenfeld. Auf dem weichen Boden war nur schwer vorwärtszukommen, doch merkte er, daß es gleichmäßig bergan ging, und als sie am oberen Rand des Feldes eine Pause machten, schien es ihm, als seien sie dem Gefängnis schon erheblich näher. Das verhältnismäßig kurze Stück würde aber eine schwierige Kletterei werden. Er erkannte einen Wald und dahinter eine dunkle Masse, wahrscheinlich die Klippe, von der Paraton gesprochen hatte. Die Zugangsstraße mußte jetzt zu ihrer Rechten liegen.

Er marschierte weiter geradeaus und gelangte vom Weizenfeld in einen Olivenhain. Unter den Bäumen war es dunkel, doch nicht so, daß es für einen geschickten Kletterer gefährlich gewesen wäre. Ab und zu hörte er einen dumpfen Aufprall und einen gemurmelten Fluch, wenn einer der Männer gegen einen Baum lief, aber sie hatten so viel Disziplin – vielleicht auch Angst vor einem französischen Gefängnis –, daß kein lauter Ruf ertönte.

Nachdem sie eine halbe Stunde gestiegen waren, stießen sie plötzlich auf eine Schlucht oder einen Graben, denn der Einschnitt verlief eher längs des Hanges als talwärts; von der Kante aus konnte Kelso auf der anderen Seite, nur einen knappen Steinwurf entfernt, die Felswand und darüber die Brustwehr des Gefängnisses sehen.

»Mr. Winston!«

»Sir?«

»Gehen Sie zurück zu Mr. Larkins. Er soll aufschließen und sich bei mir melden.«

Inzwischen blickte er über die Schlucht und versuchte, im ersten Mondlicht zu erkennen, ob drüben ein Pfad den Felsen hinaufführte. Aber so etwas gab es nicht. So weit er sehen konnte, war die Wand glatt, fast senkrecht, ohne irgendwelche Tritte, mit deren Hilfe ein unerschrockener Toppmatrose hätte hinaufklettern können. Damit hatte er gerechnet: Männer, die gwohnt waren, auf schwankenden Rahen siebzig, achtzig Fuß über Deck zu arbeiten, würden vor einer Klippe keine Angst haben. Doch wenigstens ein paar Unebenheiten für Füße und Hände müßten vorhanden sein. An diesem glatten Stein fand höchstens eine Fliege oder ein Vogel Halt.

»Bootsmann Larkins zur Stelle, Sir.«

Er nahm den Bootsmann und Winston beiseite und erklärte ihnen sein Problem. »Drüben kommt keiner hinauf«, schloß er. »Wir müssen also umdisponieren.«

»Entschuldigung, Sir, aber ich glaube, der eine oder andere von den Männern würde es schon mal probieren«, meinte Larkins.

Kelso schüttelte den Kopf. »Kann sein, Mr. Larkins, aber die Chancen sind so gering, daß mir das Risiko zu groß ist.«

Ratlos spreizte der Bootsmann die Hände. »Wie soll es dann weitergehen, Sir?«

»Wir müssen auf dem einzig möglichen Weg in das Gefängnis hinein – von der Vorderseite.«

»Jawohl, Sir, aber entschuldigen Sie – wird es nicht bewacht sein?«

»Ganz bestimmt ist es bewacht. Unsere einzige Chance ist die Überraschung.«

»Jawohl, Sir.« Aber das klang zweifelnd.

Winston dagegen war begeistert. »Ein großartiger Plan, Sir – mit allem Respekt. Ich meine, wenn wir uns so nahe wie möglich anschleichen und dann stürmen . . .«

»Dann töten wir vielleicht ein paar Wachtposten und haben selbst Verluste«, erwiderte Kelso, »aber die Tore sind immer noch geschlossen.«

»Allerdings, Sir, jawohl.« Der junge Mann war sichtlich beschämt.

»Der erste Teil Ihres Planes ist schon ganz richtig«, sagte Kelso begütigend. »Wir werden so nahe herangehen, wie es uns möglich ist, ohne daß sie uns bemerken, und dann – nun, dann müssen wir weitersehen.«

Sie stiegen durch den Olivenhain und an der Schlucht entlang weiter aufwärts, bis sie nach einigen hundert Yards auf ein ausgefahrenes Wagengeleise stießen, das offenbar der Hauptzugang – oder besser, der einzige Zugang – zum Gefängnis war. Kelso teilte seine Truppe wieder und ließ die Abteilung des Bootsmanns in fünfzig Yard Abstand auf der anderen Seite des Weges folgen. Er selbst schritt kühn auf das Gefängnis zu, während seine Leute unter möglichster Ausnutzung der Deckung hinter ihm herkamen.

Er brauchte nicht weit zu gehen. Als er einen Felsbrocken passiert hatte, überraschte er zwei Soldaten, die rauchend und schwatzend am Boden saßen. Erschrocken sprangen sie hoch, wahrscheinlich weil sie glaubten, Kelso sei einer ihrer eigenen Offiziere. Ehe sie jedoch die Uniform der East India Company erkennen oder ihre Musketen ergreifen konnten, die am Felsen lehnten, blickten sie schon in die Mündung seiner Pistole.

Sie waren zu erschrocken, um Widerstand zu leisten. Während sie noch versuchten, dieses unerwartete Ereignis zu verarbeiten, war Padstow schon hinter ihnen und fällte sie mit zwei Knüppelhieben.

»Soll ich sie töten, Sir?« fragte der Steward munter.

»Nein. So lange, bis wir drin sind, werden sie schon still sein.«

»Jawohl, Sir«, sagte Padstow, anscheinend enttäuscht.

»Aber feßle sie trotzdem und steck' ihnen was in den Mund.«

»Aye, aye, Sir.«

»Erst zieh ihnen die Uniformen aus.«

Während Padstow beschäftigt war, überschaute Kelso den offenen Platz vor dem Gefängnistor. Deckung war nicht vorhanden; jeder Ankömmling war dem Feuer der Gefängniswache ausgesetzt.

»Befehl ausgeführt, Sir«, meldete Padstow, »und hier sind die Uniformen.«

»Recht so.« Kelso legte die Pistole weg und knöpfte seinen Rock auf. »Hilf mir beim Umziehen!« Er hatte immer noch Schmerzen, wenn er den Arm bewegte. Der Rock des größeren der beiden

Posten paßte ihm einigermaßen, allerdings bekam er nicht alle Knöpfe über der Brust zu. »Jetzt den Tschako!« Zufrieden präsentierte er sich Padstow zur Begutachtung.

»Prima, Sir. Genau richtig für die Rolle, wenn ich so sagen darf. Wüßte ich's nicht besser, so würde ich glauben, Sie sind 'n Frog.«

»Dann laß sehen, ob du's auch kannst.«

Obwohl Padstow nur eine verschwommene Idee von Kelsos Plan hatte, gehorchte er mit großem Eifer. In ein paar Minuten gab auch er die ganz passable Imitation eines Franzosen ab; nur der zu große Tschako saß ihm etwas schräg auf den Ohren.

»Mr. Winston, Mr. Larkins!« sagte Kelso. »Padstow und ich versuchen, als Franzosen durchs Tor zu kommen und die Gefängniswache zu erledigen. Wenn wir das geschafft haben, gibt einer von uns Signal. Dann kommt ihr alle herein, leise, schnell, mit blanker Waffe. Und denken Sie daran – sagen Sie es auch allen Männern: wenn gekämpft wird, dann nur mit blankem Stahl!« Er sah sich um. »Noch Fragen?«

»Nein, Sir.« Larkins war mit diesem Plan offenbar sehr einverstanden.

»Mr. Winston?«

»Nein, Sir. Nur, mit allem Respekt, wäre es nicht besser, wenn ich statt Ihrer ginge?«

»Warum?«

»Nun, Sir, Sie sind verwundet; wenn es einen Kampf gibt . . . Ich meine, ehe wir dazukommen . . .«

»Sprechen Sie französisch, Mr. Winston?«

»Nein, Sir.«

»Dann brauchen wir nicht weiter darüber zu reden.« Lächelnd nickte er dem jungen Mann zu. »Nächstes Mal, wenn die Dinge anders liegen, kriegen auch Sie Ihre Chance. Das verspreche ich Ihnen.«

23

Sie traten aus dem Schatten des Felsens auf die freie Fläche vor dem Gefängnis. Im Mondlicht kamen sie sich seltsam preisgegeben vor, als könnte ein Wachtposten selbst auf hundert Yards an ihrem

Gang und dem schlechten Sitz der Uniformen erkennen, daß sie keine Franzosen waren. Doch kein Anruf erfolgte, und mit jedem Schritt wuchs Kelsos Selbstvertrauen. Die Wache hatte ja auch keinen Grund, besonders aufmerksam zu sein, überlegte er. Obwohl Krieg war, konnten die Franzosen annehmen, daß – abgesehen von ihren Gefangenen – der nächste Engländer sich in St. Helena oder Bombay aufhielt, dreitausend Meilen entfernt. Angesichts der Doppelpatrouille draußen konnten sie sich völlig sicher fühlen.

»Nicht so schnell«, murmelte Kelso aus dem Mundwinkel, denn Padstow schritt zu rasch aus. Damit es noch überzeugender wirkte, drehte Kelso sich um und dehnte die Arme wie ein müder Wachsoldat.

»Was ist, Sir?« flüsterte Padstow. »Haben Sie was gesehen?«

»Wir sind auf Patrouille«, entgegnete Kelso, »und wir lägen lieber im Bett. Wir denken, es gibt keinen Engländer im Umkreis von tausend Meilen. Wozu sollen wir uns also beeilen?«

Nach kurzem Überlegen nickte Padstow. »Entschuldigung, Sir.«

Langsam, routinemäßig nahmen sie ihre Patrouille wieder auf; und erst ein paar Yards vor dem Tor wurde jemand auf sie aufmerksam. »*Chambertin! Cotret!*« rief eine verschlafene Stimme. »*Quelle heure est-il?*«

»*Il se fait tard*«, antwortete Kelso und gähnte dabei, damit seine Worte nicht allzu deutlich klangen. Er trat ans Tor und lehnte sich dagegen, achtete jedoch darauf, daß er mit dem Rücken zum Fenster stand, durch das der Wachhabende gesprochen hatte. Padstow folgte einem Beispiel, reckte schläfrig die Arme und lehnte sich neben seinem Kommandanten ans Tor.

»*Un moment, j'ai à vous parler*«, befahl der Wachhabende, und eine Minute später hörten sie, wie sich der Schlüssel im Schloß drehte. Als das Tor aufging, standen Kelso und Padstow zu beiden Seiten des Einganges, und als der Wachhabende hinaus ins Mondlicht trat, fühlte er einen muskulösen Arm um seine Kehle und eine Messerpsitze unterm Kinn. Nur durch ein Augenrollen konnte er kundtun, daß er sich ergab.

»Jetzt, *mon brave*«, sagte Kelso auf französisch, »bring uns zu den gefangenen Engländern.«

Aus den unverständlichen Lauten, die der Franzose ausstieß, war zu entnehmen, daß er etwas sagen wollte.

»Schön«, sagte Kelso zu Padstow, »laß ein bißchen locker, damit er reden kann.«

Padstow gehorchte, ließ jedoch sein Entermesser ein paarmal über die Kehle des Franzosen gleiten, um anzudeuten, was ihm passieren würde, wenn er um Hilfe schrie.

»Zu den englischen Gefangenen!« sagte Kelso.

Der Wachhabende trug Sergeantentressen, doch seine zitternden Lippen und flehenden Augen paßten schlecht zu seinem Rang. Er sah aus, als wolle er jeden Moment in Tränen ausbrechen.

»Die gefangenen Engländer!« wiederholte Kelso scharf, und Padstow setzte ihm das Messer fester an die Kehle.

»Im Ostflügel«, flüsterte der Franzose, »auf der anderen Seite!«

»Gut. Führ uns hin!«

»Aber, Monsieur . . .«

»Nun?«

»Ich bringe Sie gern hin, aber wie wollen Sie hineinkommen?«

»Hast du keine Schlüssel?«

»Nein, Monsieur, nur zum Tor und zu den Zellen.«

»Was für Zellen?«

»Unsere eigenen Arrestzellen, dort an der Rückwand der Wachstube.«

Vorsichtig trat Keslo durch das halbgeöffnete Tor ins Innere des berüchtigten Piton-Gefängnisses. Er stand in einem Kreuzgang, der in den gepflasterten Hof führte. Zur Rechten war eine Tür halb offen; vermutlich lag dahinter die Wachstube. Zwei unheimliche Gebilde, ein Galgen und ein Pranger, warfen im Mondschein ihre Schatten in den Hof. Der Galgen war leer, doch am Pranger hing ein Mann an den ausgebreiteten Armen. Jetzt warf er den Kopf zurück, heulte wie ein Hund und schrie heiser: »Wasser! Um Himmels willen, Wasser!«

»Mein Gott, ein Engländer«, rief Padstow, der dicht hinter Kelso herkam und den unglücklichen Wachhabenden immer noch an sich gepreßt hielt.

»Später!« sagte Kelso und sah Padstow an. »Paß einen Moment auf den Kerl auf. Aber sachte! Ich brauche ihn lebend.«

Zögernd lockerte Padstow seinen Griff. »Aye, aye, Sir.«

Die Berglandschaft draußen lag in tiefer Stille, die spärlichen

Felsbrocken waren deutlich zu erkennen; im Tal zwinkerten die Lichter von Port Louis, und dahinter lag die weite, nachtschwarze See. Niemand konnte vermuten, daß ein englisches Schiff dort draußen auf Schußweite lauerte und daß zwanzig kräftige Matrosen nur hundert Yards entfernt warteten.

Kelso gab ihnen ein Armzeichen; sie kamen hervor und eilten zum Tor – zu eilig, dachte Kelso, denn einer stieß an einen Stein, stolperte und riß beinahe seinen Nebenmann um.

»Ruhe!«

Sie sammelten sich am Tor; ihre rauhen, verwitterten Gesichter glänzten erwartungsvoll.

»Mr. Winston!«

»Sir?«

»Ich lasse Sie mit zehn Mann hier. Stellen Sie eine Wache draußen auf und eine im Hof. Sie haben die Aufgabe, das Tor für uns zu halten.«

»Aye, aye, Sir.«

»Dort ist die Wachstube. Entwaffnen Sie die Wache und sperren Sie sie in die Arrestzelle. Wenn jemand Lärm macht, wissen Sie, was zu tun ist.«

»Jawohl, Sir.« Der junge Winston schien sich nicht ganz sicher zu sein, aber das tiefe Grollen der Männer verriet, daß sie verstanden hatten.

»Gut. Denkt daran, Leute: es muß in aller Stille erledigt werden!«

Er hätte sich die Worte sparen können. Lautlos wie Gespenster folgten ihm die ausgesuchten Matrosen auf nackten Füßen in die schwach erleuchtete Wachstube. Eine Laterne, so weit hinuntergedreht, wie der Docht erlaubte, verbreitete flackerndes Licht und übelriechenden Qualm. Auf dem Fußboden, Arme und Beine von sich gestreckt, schliefen die sechs Mann der Wache.

»Leise!« flüsterte Kelso. Er nahm den Schlüssel vom Koppel des Wachhabenden und schloß die Arrestzelle auf. Schnarchen und ein gemurmelter Fluch begrüßten ihn, aber die Arrestanten schliefen genauso fest wie ihre Bewacher. »Jetzt!« sagte Kelso. »Immer einer nach dem anderen!«

Der Mann neben der Tür lag ganz gelöst und mußte etwas Schönes träumen. Er hatte ein Lächeln auf den Lippen, das noch ein paar

Sekunden andauerte, bis er merkte, daß der Traum aus war. Als er aufwachte, sah er in die wilden Augen eines riesigen, bärtigen Engländers, der ihn fest gepackt hielt. Er wollte schreien, doch eine Hand preßte sich wie ein Schraubstock auf seinen Mund.

»Du bist gefangen«, sagte Kelso, »verstanden? Ein Gefangener der Engländer.«

Der Unglückliche konnte nicht sprechen, nur nicken.

»Wir werden dich nicht töten – noch nicht«, flüsterte Kelso weiter, »wenn du still bist. Aber ein einziger Laut –«, er machte eine drohende Bewegung mit dem Bordmesser –, »und es ist dein letzter.«

Der Mann wankte in die Zelle und weckte dabei die zwei Insassen auf. Mißgelaunt fuhren sie ihn an, doch beim Anblick der Engländer und ihrer Messer wurden sie sofort still. In ein paar Minuten war die ganze Wache mit Ausnahme des Wachhabenden in die Zelle eingeschlossen.

»Mr. Winston«, sagte Kelso, »wissen Sie, was Sie jetzt zu tun haben?«

»Jawohl, Sir.«

»Wir anderen suchen die Gefangenen. Es dürfte nicht allzulange dauern.«

»Jawohl, Sir.«

Kelso ging zur Tür. »Und – Mr. Winston!«

»Sir?«

»Wenn wir entdeckt werden, wenn Sie Lärm hören, verteidigen Sie das Tor so lange, wie Sie es für vertretbar halten.«

»Jawohl, Sir, mit anderen Worten, bis Sie wieder hier sind.«

»*Wenn* wir zurückkommen«, entgegnete Kelso grimmig. »Wenn nicht, müssen Sie mit diesen Männern so schnell wie möglich an Bord zurück.«

»Und Sie soll ich Ihrem Schicksal überlassen, Sir?«

»Zur *Paragon* zurück, Mr. Winston! Das ist ein Befehl.«

Kelso ging in den Hof, wo Padstow immer noch den unglückseligen Sergeanten bei der Kehle hielt. Dem Franzosen traten die Augen aus dem Kopf; er schien dem Ersticken nahe zu sein.

»Schön«, sagte Kelso, »du kannst ihn ein bißchen loslassen.«

Padstow lockerte seinen Arm, und der Franzose tat ein paar tiefe keuchende Atemzüge. Es dauerte eine volle Minute, bis er wieder ruhiger atmete und Kelso ihn befragen konnte.

»Nun – wo sind die Schlüssel zum Gefängnis?«

»Monsieur, das weiß ich nicht genau. Ich glaube . . .«

»Die Schlüssel zum Gefängnis!« wiederholte Kelso, und Padstow drückte fester zu.

Als der Franzose zu Atem kam, war sein Widerstand gebrochen. »Im Zimmer des Kommandanten, Monsieur«, keuchte er. »Der Kommandant hat sie persönlich in Verwahrung.«

»Dann führ uns zu ihm.«

»Aber Monsieur . . .«

»Führ uns zu ihm!«

Ohne weiteren Protest wandte der Wachhabende sich um und führte sie zum Rand des Hofes. Ehe er aus dem Schatten treten konnte, packte Kelso ihn am Arm. »Ist das der einzige Weg?«

»Dort hinüber«, bedeutete der Franzose. »Dort hat *monsieur le commandant* seine Diensträume.«

»Dann können wir auch außen um den Hof gehen?«

Verständnislos sah der Franzose ihn an. »Aber ja, Monsieur.«

»Dann also außen herum.«

Lautlos umschritten sie, einer hinter dem anderen, die beiden Seiten des Hofes. Sie waren beinahe am Büro des Kommandanten, da gab es einen Zwischenfall: sie stießen auf einen französischen Soldaten, der an der Mauer urinierte. Schlaftrunken und verständnislos blickte der Mann ihnen entgegen. Er hatte seine Sinne noch nicht recht beieinander, da sandte ihn ein Hieb mit dem Säbelknauf ins Vergessen.

Eine Minute lang horchten die Engländer gespannt, ob sich drinnen etwas bewegte; doch alles blieb still, und so gingen sie weiter vor, bis zur Tür des Kommandanten.

»Hier?«

»Ja, Monsieur«, flüsterte der Wachhabende verschwörerisch, als sei er jetzt auf ihrer Seite.

»Und der Kommandant schläft wo?«

»Im Hinterzimmer.«

Kelso trat zur Tür und probierte die Klinke. Sie gab sofort nach; die Tür ging ohne weiteres auf. Dahinter lag ein geräumiges Zimmer; es enthielt, soweit sie im Halbdunkel sehen konnten, einen Tisch, ein paar Stühle und ein Buffet, auf dem mehrere Weinflaschen standen.

Kelso deutete auf eine der Türen. »Da drin?«

»Ja«, nickte der Franzose energisch.

Kelso legte das Ohr an die Tür und konnte das regelmäßige Atmen eines Schlafenden hören. Vorsichtig öffnete er die Tür und sah in einem breiten Strahl Mondschein einen dicken Mann auf dem Bett liegen. Und er sah noch etwas: auf dem Nachttisch, nur eine Armlänge von dem Schläfer entfernt, lag ein Bund Schlüssel.

Mit erhobener Hand gebot Kelso seinen Leuten Halt. Lautlos wie ein geübter Einbrecher bewegte er sich um die Bettkante herum auf die Schlüssel zu.

Er hatte sie schon beinahe erreicht, da stieß er mit dem Fuß an etwas Weiches. Er blickte hinunter: ein Hund, ein Spaniel, sah schwanzwedelnd und zutraulich zu ihm hoch.

»Guter Hund!« Kelso wagte nur zu flüstern, aber das genügte. Friedlich legte das Tier wieder den Kopf auf den Teppich.

Kelso trat über ihn zum Nachttisch und streckte die Hand nach den Schlüsseln aus – da fühlte er, daß jemand sein Handgelenk packte.

Er wandte den Kopf: der Kommandant, jetzt hellwach, hatte ihn gepackt und hielt eine Pistole auf ihn gerichtet.

24

»Was soll das?« fragte der Kommandant ärgerlich. »Wie heißt du?« Und als Kelso nicht gleich antwortete, fragte er nochmals und lauter: »Wie ist dein Name?«

Die Weiderholung der Frage gab Kelso das Stichwort. Er hatte ganz vergessen, daß er immer noch Rock und Tschako eines französischen Soldaten trug: der Kommandant hielt ihn für einen seiner eigenen Leute. Rasch antwortete er: »*Labouche, mon commandant, Pierre Labouche.*«

»So – Labouche! Und was tust du in meinem Zimmer?«

»Da ist irgend etwas mit den Gefangenen, *mon commandant.* Der Wachhabende schickt mich – ich soll die Schlüssel holen.«

»Und du bildest dir ein, du könntest sie einfach nehmen – ohne mich zu fragen?«

»Sie schliefen, *mon commandant*, oder ich dachte es jedenfalls, und der Wachhabende hat mir befohlen, die Schlüssel so schnell wie möglich zu bringen.«

»So? Und was ist mit den Gefangenen?«

Kelso hob die Arme *à la française*. »Ich weiß nicht, *mon commandant*. Ich bin gerade erst von der Runde gekommen. Aber der Wachhabende sagt . . .«

»Egal! Reich mir meinen Schlafrock!«

Mit einem energischen Schwung, der bei einem so dicken Mann überraschend wirkte, warf der Kommandant die Decke ab und sprang aus dem Bett. Er drehte die Lampe heller, und Kelso hatte insofern Glück, als der Hund sich vom Teppich erhoben hatte und winselnd um die Füße seines Herrn strich, so daß dieser abgelenkt war und nicht daran dachte, sich den Pseudo-Labouche genauer anzusehen. Sonst wäre dem Kommandanten selbst in dem ungewissen Licht bestimmt diese seltsam gemischte Montur aufgefallen: Rock und Tschako eines französischen Soldaten über Kniehosen, Strümpfen und Schuhen eines Kapitäns der East India Company.

»Komm mit, Labouche!«

Pistole in der Hand, Schlafrock überm Nachthemd, Spaniel bei Fuß, trat der Kommandant in die Nacht hinaus. Er wandte sich nach links und übersah dabei die englischen Matrosen mit dem gefangenen Franzosen, die der Schatten der Mauer verbarg.

»Schnell!«

Das lange Nachthemd des Kommandanten, der eilig durch den Kreuzgang schritt, flatterte wie ein Frauenrock, und Kelso, der sich dicht hinter ihm hielt, mußte aufpassen, daß er nicht drauftrat. Doch als der Kommandant an der Biegung plötzlich stehenblieb, konnte Kelso nicht verhindern, daß es doch geschah.

»*Imbécile*!« Der Kommandant war zwar ärgerlich, doch zu besorgt wegen der Gefangenen, um mit weiterem Schimpfen Zeit zu verschwenden. Er blickte sich um und sah statt des Wachhabenden, den er erwartet hatte, eine Gruppe Männer im Schatten stehen – zehn, ein Dutzend, vielleicht mehr.

»Sergeant!« rief er ärgerlich. »Sind Sie da?«

Er mußte über eine sehr rasche Auffassungsgabe verfügen, denn als er von den Männern im Schatten keine Antwort bekam, fuhr er herum und stieß Kelso, ehe dieser eine Bewegung machen konnte, den Pistolenlauf vor die Brust. Mit zusammengekniffenen Augen spähte er Kelso ins Gesicht. »Nun, Labouche«, sagte er, »Ich denke, es ist Zeit für eine Erklärung!«

»Monsieur?« fragte Kelso mit möglichst blöder Miene.

»Eine Erklärung, Labouche – wenn dein Name wirklich Labouche ist. Was sollen diese Männer? Wo ist der Wachhabende? Was ist mit den Gefangenen?«

»Aber, *mon commandant*«, jammerte Kelso, »ich tu' doch nur, was mir befohlen wird!«

»Aha.« Die Augen des Kommandanten verschwanden fast in den fleischigen Falten seines Gesichts. »Der Wachhabende steckt also mit drin, eh? Was ist das – Meuterei?«

»Aber nein, *mon commandant*«, protestierte Kelso empört, »es ist, wie ich sage . . .«

»Spar deinen Atem«, befahl der Kommandant. »Höchstens kannst du deinen Meuterergenossen sagen, wenn einer eine Bewegung macht, kriegst du die volle Ladung meiner Pistole in die Brust.«

»Aber, Monsieur . . .« Während er immer noch den verängstigten Wachtposten mimte, tastete Kelso nach seinem Bordmesser im Gürtel. Er wußte, daß es nur eine Sache von Sekunden sein konnte, bis der Kommandant entdeckte, daß sie keine Meuterer, ja nicht einmal Franzosen waren. Und sobald er das merkte, würde er zweifellos den Finger am Abzug krümmen. Doch Kelso sorgte sich weniger um sein Leben als um das Krachen der Pistole. Jetzt kam alles auf Lautlosigkeit an.

Er hatte das Messer in der Hand, sah jedoch keine Möglichkeit, es zu benutzen. Der Stich mußte automatisch einen Pistolenschuß zur Folge haben, und dann war das ganze Gefängnis alarmiert. Doch er hatte nicht mit der Findigkeit eines britischen Midshipman gerechnet.

»Monsieur!« rief Winston und trat ins Mondlicht – und der Kommandant drehte sich um.

Sofort wich Kelso rasch zur Seite und schlug mit der Faust die Hand des Kommandanten weg. Ein stechender Schmerz fuhr ihm durch den Arm bis zur Schulter und erinnerte ihn daran, daß seine Wunde noch keineswegs geheilt war; doch als er, um nicht aufzuschreien, scharf Atem holte, hörte er die Pistole auf die Steine klirren. Der Kommandant bückte sich danach, aber bevor er sie fassen oder einen Alarmruf ausstoßen konnte, hatte ihm Kelso das Messer zwischen die Rippen gestoßen.

Mit einem Aufstöhnen sank der Kommandant zu Boden. Kelso trat über ihn hinweg und nahm die Schlüssel auf. »Mir nach!«

Am Ende des Kreuzganges befand sich eine Tür, durch die ein übler Gestank nach Schweiß, Urin und Exkrementen herausdrang. Als sich die Augen der Befreier an die Dunkelheit gewöhnt hatten, erkannten sie eine Zelle, nicht größer als die Offiziersmesse der *Paragon*, auf deren Fußboden hundert oder mehr Männer lagen, teilweise übereinander wie Leichen. Im schwachen Mondlicht sah Kelso schweißüberströmte Körper, ineinander verschlungene Arme und Beine, in Ohnmacht niedergesunkene Köpfe, offene Münder.

»Wasser!« schrie jemand, und in der Masse der Halbtoten nahmen ein paar den Ruf auf: »Wasser!«

Kelso trat in die Zelle und mußte dabei auf einen Mann treten. Er schloß die Tür hinter sich, denn es durfte kein Geräusch nach außen dringen. »*St. George*!« rief er leise, aber deutlich, nach dem Brauch der Company den Schiffsnamen als Anruf benutzend.

»*St. George* hier«, antwortete jemand erstaunt. »Wer, um Himmels willen, ist das?«

»Gut Freund«, entgegnete Kelso. »Aber seid ruhig! Wir kommen euch befreien. Kein Laut, versteht ihr? Kein Laut!«

Jetzt wurden die Männer wach. Langsam kam Bewegung in die halbtoten Leiber. Einzelne richteten sich hoch, unter Stöhnen, Schmerzenslauten, gotteslästerlichem Fluchen. Doch ihre Kameraden riefen sie zur Ruhe: »Still! Wir werden befreit!«

»Befreit? Wieso? Was ist das wieder für ein Trick?«

»Kein Trick«, erklärte Kelso ruhig. »Ich heiße Kelso und bin Kommandant der *Paragon*. Ich habe zehn Mann bei mir und noch zehn draußen vor dem Tor.«

»Kelso!« schrie jemand. »Habt ihr gehört, Jungs? Das ist Captain Kelso!«

»Ruhe!« befahl Kelso ärgerlich. »Der nächste, der Lärm macht, stirbt – sofort, ohne Warnung. Ist das klar?«

Unsicher sahen sie einander an. »Aye, aye, Sir.«

»Schön. Jetzt gehen wir hier raus. Ihr kommt immer zu zweit hinter mir her, außen um den Hof herum bis zum Haupttor. Ist das klar?«

»Aye, aye, Sir.« Langsam begriffen sie die neue Lage und schöpften wieder Hoffnung. Nur einer schien noch etwas auf dem Herzen zu haben. »Sir! Bitte, Sir!«

»Nun?«

»Draußen auf dem Platz ist Jefferson, Sir. Die verdammten Frogs haben ihn gepeitscht und gefoltert und wollen ihn da verrecken lassen.«

»Wir nehmen ihn mit. Sind Offiziere hier?«

»Nein, Sir, die sind da hinten im nächsten Raum. Commodore Braithwaite und Leutnant ...«

»Geh einer und hol sie«, befahl Kelso, »aber leise!«

Ungeduldig wartete er, bis die innere Tür geöffnet wurde und nach einem von abgerissenen Ausrufen unterbrochenen Stimmengewirr eine schmächtige Gestalt im Türrahmen auftauchte.

»Kelso? Das ist wie ein Wunder! Sind Sie das wirklich?«

»Jawohl, Sir. Ich bin mit ein paar Leuten hier. Wir wollen Sie befreien.«

»Aber lieber Freund, wie kommen Sie her? Was ist geschehen?«

»Ich erkläre es Ihnen gern, Sir«, erwiderte Kelso, »aber wir haben nicht viel Zeit. Mit Ihrer Erlaubnis tue ich es sofort, damit alle es verstehen. Wie gesagt, die Zeit ist knapp.«

»Gewiß doch, Kelso. Wie Sie denken.«

Kelso wartete, bis die Matrosen still waren und die Offiziere sich hinter ihrem Commodore in der Tür drängten. Dann begann er in ruhigem, sachlichem Ton: »Mein Schiff, die *Paragon*, liegt eine Meile vor der Küste. Wir sind nach Sonnenuntergang vor Anker gegangen, und soviel ich weiß, hat uns niemand gesichtet. Wir sind mit dem Kutter an Land gekommen, der jetzt an einem einsamen Strand vor der Stadt versteckt liegt.«

»Nur ein Kutter, Sir?« krächzte jemand enttäuscht. »Wir sind über hundert, und dann noch der Captain, die Offiziere und Ihre Abteilung – da müssen wir ja fünf- oder sechsmal fahren, bis alle an Bord sind.«

»Eben nicht«, erwiderte Kelso, »wir nehmen nämlich gar nicht den Kutter. Hört jetzt gut zu!« Er hielt einen Moment inne, weil er draußen ein Geräusch hörte; doch ein Alarm erfolgte nicht, und so nahm er an, daß einer seiner Matrosen oder vielleicht der französische Wachhabende unruhig geworden war.

»Wir nehmen den Kutter nicht«, fuhr er fort, »weil wir etwas Größeres vorhaben. Wir gehen zur Stadt hinunter, möglichst durch Nebenstraßen, und direkt zum Hafen.«

»Was, wir alle? Hundert, hundertfünfzig Mann? Da werden wir wieder geschnappt!«

»Kaum. Erstens gehen wir nicht alle zusammen. Am Stadtrand teilt ihr euch in Zehnergruppen. Vielleicht, Sir«, wandte er sich an den Commodore, »könnten Ihre Offiziere und Deckoffiziere das übernehmen.«

»Natürlich! Mr. Bartholomew, wollen Sie das bitte veranlassen?«

»Wir müssen so schnell und heimlich wie möglich vorgehen«, sprach Kelso weiter, »und es muß ganz unauffällig aussehen. Gesprochen darf nicht werden, zumindest nicht englisch.«

»Und wenn wir angerufen werden?« fragte jemand.

»Möglichst nicht darauf eingehen; tut so, als ob ihr betrunken seid.«

»Und wenn auch das nicht klappt?«

»Dann muß der Betreffende erledigt werden – aber in aller Stille.« Kelso hatte keine Bedenken, diesen Befehl zu geben, obwohl es ebenso Zivilisten wie Soldaten treffen konnte. Es war Krieg, und er schob den Gedanken an Ritterlichkeit und *noblesse oblige* beiseite. Du oder ich – das war sein Motto.

»Der Hafen wird ja nicht schwer zu finden sein«, fuhr er fort. »Auf jeden Fall werdet ihr wohl die Takelage eurer eigenen *St. George* erkennen.«

»Die *St. George*, Sir?« rief einer. »Liegt sie noch im Hafen?«

»Ja, und sie macht gerade seeklar.«

»Diese französischen Bastarde!« Unruhe entstand, einige rappelten sich hoch. »Das müssen wir verhindern!«

»Stimmt. Und das haben wir auch vor – aber vor Sonnenaufgang läuft sie bestimmt nicht aus.«

»Dann müssen wir aber gleich los, Sir. Wenn die Frogs uns zuvorkommen . . .«

»Das werden sie nicht«, entgegnete Kelso, »wenn ihr leise und entschlossen seid und vor allem nicht den Kopf verliert.«

Sie traten aus der stinkenden Zelle in die thymianduftende Nacht hinaus. Der Mond stand jetzt hoch, und der Platz glänzte wie in flüssigem Silber. Drüben in der entferntesten Ecke hing der Gefolterte grotesk verrenkt am Pfahl.

Kelso schritt voraus und vertraute dem gesunden Verstand der Engländer; sie würden schon Ruhe bewahren und sich so weit wie möglich im Schatten halten. Als er um die Ecke bog und dabei zurückblickte, sah er die hundert oder mehr Gefangenen hinter sich so leise und ruhig marschieren, daß kaum eine Bewegung zu erkennen war. So vollkommen hielten sie Disziplin, daß er kaum gewußt hätte, daß sie hinter ihm waren, wenn nicht hier und da der Schatten eines größeren Mannes eine Türnische überragt hätte oder jemand einmal mit einem Fuß in den Mondschein getreten wäre.

Rascher als gedacht waren sie an der Wachstube, wo ihn Winston mit großer Erleichterung begrüßte.

»Endlich, Sir. Hatten Sie Schwierigkeiten?«

»Keine. Wie war es hier?«

»Alles ruhig, Sir. Einer von der Wache wollte aufbegehren, aber er wurde – zur Ruhe gebracht.« Der junge Mann konnte einen Schauer nicht unterdrücken, als er das sagte; und Kelso konnte sich die brutale Szene vorstellen – den britischen Matrosen, der voller Haß und Entschlossenheit mit gezogenem Bordmesser in die Zelle ging.

»Danke, Mr. Winston. Sie haben sich gut gehalten.« Kelso wandte sich nach Commodore Braithwaite um, doch da sah er etwas, das ihn wütend machte: draußen im Hof, im vollen Mondschein, drängte sich ein Dutzend Engländer um den Gefolterten.

»Mr. Larkins!« rief er in scharfem Flüsterton. »Was haben die Kerle da zu suchen? Holen Sie sie zurück in den Schatten!«

»Aye, aye, Sir – aber der Mann ist ihr Kamerad. Er ist schwer verletzt, und sie wollen ihn ...«

»Ganz egal, was sie wollen. Wenn sie nicht gehorchen, werden wir alle getötet.«

Zögernd wandte sich der Bootsmann um, doch noch ehe er beim Pranger war, hatten sie den Bewußtlosen schon losgebunden und zogen ihn in den Schatten.

Kelso schluckte seinen Zorn hinunter und wandte sich dem Wachhabenden zu. Als Padstow diesen auf Befehl losließ, sank er zu Boden wie ein Stückchen Unglück.

»Hoch mit ihm!«

Grob wurde der Sergeant am Kragen gepackt und auf die Füße gestellt. Als er Kelsos Messer sah, kehrten seine Kräfte wieder, und er wand sich angstvoll. »Nein, Monsieur, nein!«

»Still!« sagte Kelso. »Ich weiß nicht, ob ich dich umbringen muß oder auf deinen gesunden Verstand vertrauen kann, daß du keinen Alarm gibst.«

»Kein Arlam, Monsieur, ich gebe bestimmt keinen Alarm, ich schwöre es!«

»Na schön«, nickte Kelso. »Mr. Larkins, nehmen Sie sich ein paar Mann und binden Sie ihn und die anderen. Stecken Sie ihnen Knebel in den Mund.«

»Aye, aye, Sir.«

»Und, Mr. Larkins . . .«

»Sir?«

»Suchen Sie nach Waffen. Die Musketen haben wir schon. Sehen Sie zu, daß Sie Säbel finden oder Messer. Wir können schließlich nicht mit bloßen Händen gegen ganz Port Louis kämpfen!«

25

Zwischen Heidekraut, Tamarisken und süß duftendem Thymian gingen sie die Senke hinunter, überquerten eine wacklige Brücke über ein ausgetrocknetes Flußbett und gelangten ein paar Minuten später in die Olivenhaine. Dahinter, wo der Hang sanft zum Meer hin abfiel, zogen sie durch Weizen- und Rübenfelder, sahen Bauernhäuser mit wenigen erhellten Fenstern, hörten Hunde auf den Höfen bellen. Irgendwo brüllte eine Kuh, und auf der tiefergelegenen Straße sang ein Betrunkener der Nacht etwas vor.

Am letzten Feldrand hielt Kelso an und wartete, bis alle heran waren. Manche waren in sehr schlechtem Zustand; und Jefferson, der Mann, den sie vom Prügelpfahl losgeschnitten hatten, mußte von zwei Kameraden getragen werden. Während Kelso wartete, bis sich alle auf dem Pfad gesammelt hatten, überlegte er, daß es nicht leicht sein würde, wie geplant mit einem Bluff die Stadt zu durchqueren. Die meisten waren barfuß, alle hatten langes, verfilztes Kopfhaar, struppige Bärte und trugen Lumpen. Selbst bei flüchtigem Hinsehen mußte jeder Bürger auf die Idee kommen, daß sie entflohene Gefangene waren.

Commodore Braithwaite trat hinkend herzu. »Nun, Kelso? Warum der Aufenthalt?«

»Ein paar Minuten Rast, Sir, bevor der schwierige Teil des Marsches beginnt.«

»Aye, schwierig wird es.« Der Commodore blickte den steilen Abhang hinunter, auf die erhellten Fenster, die offenstehenden Türen und die belebten Straßen. »Sehr schwierig.«

»Aber nicht unmöglich, Sir«, entgegnete Kelso und fuhr zu den Männern gewandt fort: »Solange wir nur daran denken, daß wir Engländer sind und die da Frogs.«

»Aye.« Ein zustimmendes Murmeln und ein rasch unterdrücktes Hurra. »Sind ja bloß 'n Haufen Frogs.«

»Aber mit Ihrer Erlaubnis, Sir«, sprach Kelso weiter, »sollten wir unseren Plan ändern.«

»Inwiefern?«

»Ich denke, wir sollten zusammenbleiben, Sir, und uns den Weg zum Hafen notfalls erzwingen. Ganz egal, was wir tun, es wird immer Verdacht erregen. Wir werden einen Bluff auf keinen Fall lange durchhalten können.«

Der Commodore überlegte einen Moment und nickte dann. »Ich glaube, Sie haben recht. Hört ihr, Leute? Wir bleiben zusammen. Und wir kämpfen zusammen, wenn's nötig wird.«

»Das ist der richtige Wind, Sir«, rief einer. Kelso spürte die vorwärtsdrängende Erregung der Männer.

»Aber denkt daran«, rief er, denn ein paar liefen bereits den Pfad hinunter, »keine Gewalt, wenn es irgend vermeidbar ist. Und wenn wir tatsächlich angegriffen werden, kämpfen wir lautlos. Habt ihr verstanden?«

»Verstanden, Sir.«

Jetzt war der Sturm nicht mehr aufzuhalten; wenn Kelso nicht die Kontrolle verlieren wollte, mußte er sich beeilen. »Padstow!« rief er. »Komm mit!«

Er ging im Laufschritt vor, bis er an der Spitze der Truppe war. Padstow neben ihm bahnte ihm mit Fäusten, nötigenfalls mit Fußtritten, den Weg durch die Masse.

Endlich befanden sie sich an der Spitze der Kolonne, nur ein Dutzend aufgeregter Matrosen waren ihnen dicht auf den Fersen. Sie gelangten ohne Aufsehen an den ersten Häusern vorbei, und an der Kreuzung schlug Kelso die Hauptstraße ein, welche, so hoffte er wenigstens, zum Hafen hinunterführte. Sie war jetzt belebt; ihr geschlossener Vormarsch löste erstaunte Rufe und Fragen am Straßenrand aus, doch es stellte sich ihnen niemand in den Weg.

Auf halber Höhe befand sich ein Gasthaus, durch dessen offene Fenster Lachen und Gesang in die Nacht drang; draußen standen ein paar Tische mit trinkenden, streitenden, schwatzenden Männern. Einer der Zecher hielt inne, als er die buntscheckige Prozession kommen sah, und rief erst seinen Tischgenossen, dann den Gästen in der Schankstube etwas zu. Sie kamen herausgeströmt und starrten ungläubig die entschlossen vorbeimarschierenden Engländer an. Offensichtlich wußte niemand, was tun. Doch wie immer, gab es einen Mann, der klaren Kopf behielt. Kurze Zeit später hörte Kelso rasche Schritte und Alarmrufe: einer der Zecher kam hinter ihnen hergelaufen und brüllte jedem zu, der es hören wollte – Soldaten, Gendarmerie oder Hafenpolizei: »*Attention! Attention! Les Anglais!*« Ihm folgten weitere Gäste, doch die meisten waren unsicher; manche hielten noch Humpen in Händen.

»*Attention*!« Der Aufmerksame war jetzt auf gleicher Höhe mit ihnen. »Kümmere dich um ihn, Padstow«, sagte Kelso, »es geht nicht, daß er solchen Krach macht!«

»Aye, aye, Sir«, antwortete Padstow befriedigt und blieb stehen, um das Gros der Engländer passieren zu lassen; doch man hatte ihm die Arbeit bereits abgenommen. Ein Mann von der *St. George* war einen Schritt zurückgetreten und hatte den unglücklichen Franzosen bei der Kehle gepackt. Sein nächster Warnruf erstarb, als der Matrose zudrückte; und unter den Augen der zerlumpten Gefangenen und erschrockenen Franzosen wurde das grimmige Werk vollendet.

Erst als die Engländer sich wieder in Marsch gesetzt hatten und die Franzosen mit dem Leichnam des Unglücklichen allein blieben, wurde ernstlich Alarm gegeben.

»*Assassins! Attention, les Anglais! Assassins!*«

Türen und Fenster flogen auf. Der Ruf wurde mit wachsender Panik weitergegeben.

»*Assassins! Les Anglais!*« brüllten die Leute und schüttelten die

Fäuste; doch verschwanden sie sehr rasch hinter verschlossenen Türen, wenn die Kolonne näherrückte.

Commodore Braithwaite eilte keuchend an die Spitze. »Wie weit noch, Kelso?« fragte er und fügte, da er dessen entschlossene Miene sah, erklärend hinzu: »Manchen von den Leuten geht's wirklich sehr schlecht.«

»Es kann nicht mehr lange dauern, Sir. Aber wir müssen unbedingt weiter.«

»Natürlich. Wir tun unser Bestes.«

Widerwillig trat Kelso zur Seite und ließ das Gros der Engländer vorbei. Einige Gefangene schienen tatsächlich zu Tode erschöpft zu sein. Die beiden Matrosen, die Jefferson trugen, gingen so gebückt, daß ihre Schultern sich berührten und der arme Kerl fast am Boden schleifte. Andere mußten sich beim Nebenmann einhängen.

»Weiter, Leute«, drängte Kelso, »noch ein paar Minuten, und ihr seht die *St. George*!«

Ein schütteres Hurra erscholl, und selbst die Müdesten richteten sich auf. Es war, als hätte der Name ihres Schiffes magische Eigenschaften und wirke wie eine Medizin, die ihnen Hoffnung und Stolz einflößte.

Kelso eilte wieder nach vorn und erreichte die Spitze der Truppe, die soeben am Fuß des Abhang ihre Marschrichtung änderte. Dort gab es noch mehr Häuser, Kneipen, Läden und einen offenen Platz, der, wie er im Mondlicht erkennen konnte, schon der Kai war. Und dort, direkt vor ihnen, lag die *St. George*.

Kelsos erster Gedanke war, daß sie jetzt nur unter größter Vorsicht weitergehen konnten, denn er war sicher, daß an Bord der Lärm in der Stadt gehört und die Absichten der Engländer erraten worden waren. Hundert oder auch nur zwanzig gutbewaffnete Franzosen mußten eine schwere Bedrohung für den Haufen schlechtgenährter und schlechtbewaffneter Engländer sein. Doch der französische Kommandant, der es vielleicht schon einmal mit britischer Kampfentschlossenheit zu tun bekommen hatte, dachte anders. Als Kelso sich vorsichtig dem Kai näherte, vernahm er das Klicken des Ankerspills.

»Hören Sie das, Sir?« schrie ein Matrose. »Die Frogs lichten Anker!«

»Sie lichten Anker!« nahmen andere den Ruf auf. »Die Frogs

hauen ab!«

»Nicht wenn wir's verhindern können«, rief Kelso mit aller Kraft. »Jetzt hört zu, Leute! Wir müssen über den Kai und an Bord. Bestimmt wird ein Empfangskomitee da sein; aber ihr wißt ja wohl, wie man mit dem fertig wird, wie?«

»Aye, aye, Sir«, lachten sie. »Lassen Sie uns nur erst an Bord sein!«

»Recht so! Also dann, alle zusammen: Angriff!«

Säbel in der einen, Pistole in der anderen Hand, stürmte Kelso auf den Kai. Ihm zur Seite drängten sich die Matrosen; jeder wollte als erster an Bord sein. Kelso hörte ihr erregtes Keuchen, ihre unwillkürlichen Schmerzensschreie, wenn sie versuchten, ihre geschundenen Körper und wunden Füße zu vergessen. Als er ins Mondlicht hinausrannte, sah er das hohe Heck und die offenen Stückpforten der am Kai vertäuten *St. George*: das Schanzkleid war mit Franzosen besetzt; wohl zwanzig Musketen richteten sich auf die Anstürmenden.

»*Tirez!*«

Eine Reihe heller Blitze stach in die Nacht, als die Franzosen feuerten. Kelso hörte eine Kugel pfeifen und sah seinen Nebenmann stolpern und fallen. Auch andere wurden getroffen, und für Sekunden kam der Angriff der Engländer ins Stocken. Aber nur für Sekunden. Über die Leiber ihrer gefallenen Kameraden stürmten die Männer vorwärts, brüllend, Drohungen ausstoßend, fluchend. Einer schrie unaufhörlich in den höchsten Tönen, als reiche auch seine äußerste Lungenkraft nicht aus, um seinen Haß kundzutun. Und dann hatten sie den Ostindienfahrer tatsächlich erreicht.

Die Flut war auf ihrem höchsten Stand, die *St. George* lag hoch im Wasser, die Fallreepspforte war geschlossen, und bis zum Schanzkleid war es ziemlich hoch. Doch für die Engländer war das kaum ein Hindernis. Ohne zu zögern, bückten sich die vordersten, um ihren Kameraden das Erklettern der Bordwand zu ermöglichen, so daß sie sich in den Kampf stürzen konnten.

»Padstow!« rief Kelso. »Hilf mir!«

Der Steward ließ sich auf ein Knie nieder, und als Kelso einen Fuß in seine verschränkten Hände setzte, richtete er sich mit einem Schwung hoch. Mehr brauchte Kelso nicht. Er hatte das Schanzkleid gefaßt und zog sich mit seinem gesunden Arm hoch, die Knie gegen die Bordwand gepreßt, bis er ein Bein über das Füll werfen und sich an Deck fallen lassen konnte.

Dabei glitt ihm der Säbel aus der Faust, doch instinktiv rollte er sich zur Seite, packte den Griff und vermied dadurch, wie sich herausstellte, den Pikenstoß eines Franzosen. Noch im Knien parierte er den nächsten und führte dann einen blitzschnellen Hieb, der den Arm des Franzosen überm Handgelenk halb durchschlug. Er rannte zur Bordwand, um zu sehen, ob Padstow Hilfe brauchte; doch der Steward kletterte bereits wie ein Affe an der Bordwand hoch, sein Messer zwischen den Zähnen.

»Alles klar, Sir?« fragte Padstow noch im Springen und nahm das Messer in die Rechte.

»Erst das Gangspill«, sagte Kelso. Das Ankermanöver war unterbrochen worden, entweder aus Angst vor den Engländern oder weil der Anker schon kurzstag war. Aber sie mußten die Franzosen unbedingt daran hindern, daß sie den Anker wieder fallenließen. Die ganze Stadt war alarmiert, und es konnte nicht lange dauern, bis Verstärkung kam. Je eher die *St. George* auslief, um so besser.

Miteinander kämpften sie sich zum Vorderkastell durch und machten nur halt, um eine Gruppe Franzosen zu attackieren, die verzweifelt das Fallreep verteidigten.

Jemand von den Engländern war so vernünftig gewesen, die Pforte zu öffnen und das Fallreep hinunterzulassen, über das die Kranken und Verwundeten jetzt an Bord geschafft wurden.

Die Franzosen waren hier am Fallreep zahlenmäßig etwa im Verhältnis zehn zu eins überlegen, und es hätte sehr übel für die Engländer ausgehen können, wenn Kelso und Padstow nicht erschienen wären. Die Franzosen dachten nur daran, den Zugang zum Schiff zu sperren, nicht an etwaige Gefahren in ihrem Rücken. Ein halbes Dutzend von ihnen wurde blitzartig erledigt: ein Arm um die Kehle, ein rascher Messerstoß zwischen die Rippen, und es war vorbei. Minuten vergingen, bis ihre Kameraden überhaupt merkten, was da vorging.

Dann folgte ein blutrünstiger Kampf Mann gegen Mann, gnadenlos auf beiden Seiten. Die Zahl der Toten und Verwundeten wuchs, und die immer weniger werdenden Franzosen sahen sich angstvoll nach Fluchtmöglichkeiten um. Aber es gab keine. Jetzt waren nur noch sechs Franzosen auf den Füßen – dann fünf. Und dann, ehe die bärtigen, wildäugigen Engländer die restlichen vier abschlachten konnten, ließen diese die Arme sinken und fielen flehend auf die Knie.

Padstow, der bereits zum tödlichen Hieb ausgeholt hatte, blickte voller Verachtung auf sie hinunter. »Was jetzt, Sir? Sollen wir sie erledigen?«

»Nein. Schmeiß sie über Bord!«

»Aye, aye, Sir.« Padstow war offensichtlich nicht einverstanden, doch zerrte er die jammernden Franzosen mit Hilfe einiger Kameraden hoch und stieß sie durch die Fallreepspforte. Einer nach dem anderen rutschten sie über die Rundung des Schiffsrumpfes und fielen, mit den Füßen noch nach einem Halt suchend, aus geringer Höhe auf den Kai.

Grinsend sahen sich die Engländer nach weiteren Franzosen um, die etwa noch lebten und willens waren, weiterzukämpfen. Doch sie suchten vergebens. Zwar wurde auf dem ganzen Deck noch gekämpft, doch einer nach dem anderen nahmen die Franzosen jede sich bietende Gelegenheit zur Flucht wahr. Knochenbrüche schreckten sie offenbar weniger als die vor Wut und Haß verrückten Engländer. So sprangen sie über das Schanzkleid und fielen kläglich auf den Kai.

Als der letzte Franzose verschwand, brachen die Engländer in laute Hurrarufe aus. Die alte Mannschaft der *St. George* wanderte herum, manche mit Tränen in den Augen, andere zerrten die toten Franzosen zur Bordwand und begannen, sie ohne Federlesen auf den Kai zu werfen.

»Commodore Braithwaite!« rief Kelso. »Hat jemand den Commodore gesehen?«

»Hier, Kelso, hier bin ich.« Übermannt von Erschöpfung und innerer Erregung saß der Commodore auf einem Poller, die Fuße auf einen Leichnam gestützt, den blutigen Säbel noch in der Hand.

»Commodore, sind Sie verletzt?«

»Nein, Kelso, nur ein bißchen müde.«

»Mit Ihrer Erlaubnis, Sir, möchte ich Segel setzen. Es wird bald Tag, und wir müssen noch an den Kanonen des Forts vorbei.«

»Aber sicher, Kelso, setzen Sie Segel.« Doch dann zögerte der Commodore. »Allerdings, meine Leute . . .«

»Das geht schon klar, Sir. Meine Männer haben noch Kraft genug, und es sind lauter Toppmatrosen.« Er wandte sich um. »Mr. Larkins!« rief er.

Nach kurzem betroffenem Schweigen antwortete jemand: »Entschuldigung, Sir, aber Mr. Larkins ist tot.«

Kelso preßte die Lippen zusammen, sagte aber nichts. Eine Minute lang, nein, nicht ganz eine Minute, dachte er an Larkins beim ersten Gefecht mit der *St. George* und daran, wie er die Männer gegen die Mahratten angefeuert hatte, wie er im Zyklon fast über Bord gerissen worden wäre. Ärgerlich schüttelte er diese Erinnerungen ab und rief: »Mr. Winston!«

»Hier, Sir!« Mit blutverschmiertem Gesicht und Arm, einem zerfetzten Ärmel und schiefem Dreispitz sah Mr. Winston nicht mehr dem eleganten jungen Midshipman der *Paragon* ähnlich.

»Setzen Sie die Bramsegel und das Großmarssegel, bitte!«

»Bram- und Großmarssegel, aye, aye, Sir.«

Der junge Mann flitzte weg, und Kelso wandte sich wieder an den Commodore. »Und jetzt, Sir, wäre ich Ihnen verbunden, wenn Ihre Leute, soweit sie nicht an den Schoten und Brassen arbeiten, an Steuerbord Posten beziehen würden.«

»Rechnen Sie mit weiteren Schwierigkeiten?«

»In der Stadt sind Soldaten, Sir, und bewaffnete Gendarmerie. Bis wir das Fahrwasser erreicht haben, sind wir in Gefahr.«

»Natürlich. Mr. Oxenham! Wollen Sie das bitte übernehmen?«

Den Offizieren der *St. George* schien es noch schlechter zu gehen als den Männern, doch Oxenham, der Erste, erhob sich mühsam und besetzte die Reling mit bewaffneten Matrosen.

»Und nun, Sir, möchte ich mit Ihrer Erlaubnis das Kommando übernehmen.«

»Aber gewiß doch, Kelso, tun Sie, was Sie für richtig halten. Ich fürchte, im Moment fühle ich mich nicht . . .«

Er hielt inne, denn Kelso hob die Hand.

»Was war das?«

Kelso versuchte, durch die Schiffsgeräusche hindurch den einen merkwürdigen Ton zu identifizieren, den er eben vernommen hatte.

Da – wieder: Metall klirrte gegen Metall.

Dann wußte er Bescheid: »Herrgott im Nachthemd! Der Anker!« Er riß dem verblüfften Commodore den Säbel aus der

Hand und rannte zum Vorschiff; über die tot oder lebendig an Deck Liegenden sprang er hinweg. Ein Verwundeter – Franzose oder Engländer, er wußte es nicht – richtete sich auf die Knie hoch und bat um Hilfe. Doch Kelso hatte nur einen Gedanken im Kopf: den Anker.

Als er das Vorderkastell erreicht hatte, sah er im grauen Frühlicht einen französischen Offizier auf dem Deck knien und – er hatte wohl nicht mehr viel Kraft – mit einem Hammer gegen den Sperrbolzen schlagen. Offensichtlich war er verwundet. Ein Hosenbein war blutverkrustet, und er hielt den Hammer nur mit einer Hand. Als Kelso dazukam, schlug der Franzose eben wieder zu. Ein ordentlicher Schlag hätte ausgereicht, um die Sperre zu lösen, und dann konnte die Kette durch die Klüse ausrauschen und der Anker wieder fallen.

Kelso sprang zu, packte den Franzosen mit der gesunden Hand und zerrte ihn weg. Der Verwundete leistete zwar Widerstand, sank dann aber zusammen, als hätte ihn die Anstrengung die letzte Kraft gekostet. In diesem Moment kam Padstow dazu.

»Ein Frog, Sir – soll ich ihn über Bord schmeißen?«

»Nein«, sagte Kelso, »das ist ein tapferer Mann. Nimm ihn mit und bring ihn in irgendeiner Kajüte unter, so gut du kannst.«

Er hatte kaum Zeit, sich umzuwenden, da rief ihn auch schon der junge Winston an: »Bramsegel sind gesetzt, Sir. Übernehmen Sie das Ruder?«

»Gewiß, Mr. Winston. Ich gehe schon. Sowie ich auf der Kampanje bin, können Sie ablegen und das Großmarssegel setzen lassen.«

»Aye, aye, Sir.«

Wieder rannte Kelso über das Deck und die Kampanjeleiter hinauf, wo er damals den Bluff des Franzosen durchschaut hatte. Er faßte ins Rad, blickte nach oben und sah trotz der Dunkelheit, daß der Wind bereits in den Bramsegeln stand. Die Trossen wurden losgeworfen, das aufgegeite Großmarssegel ausgeschüttelt und belegt, die *St. George* bekam Ruderdruck, drehte vor den raumen Wind und glitt elegant der offenen See zu.

»So hast du also dein Vorhaben ausgeführt«, sagte Elspeth McPhee mit starrem Gesicht und ohne ihn dabei anzublicken.

»Ja.« Neugierig, doch ohne Unmut, sah Kelso sie an. Jetzt fühlte er sich müde, sogar ausgehöhlt, obwohl er, um wieder munter zu werden, nur nach Steuerbord zu blicken brauchte, wo die *St. George* pompös unter Vollzeug segelte. Sie waren kurz nach Sonnenaufgang zur *Paragon* gestoßen, und Kelso war mit dem französischen Offizier und zwölf Mann seines Landekommandos wieder an Bord seines eigenen Schiffes gegangen. Von den restlichen acht Mann waren vier gefallen und vier vorläufig als Toppmatrosen auf der *St. George* geblieben. Ein solcher Erfolg war damit nicht zu teuer erkauft, fand Kelso.

Elspeth dachte offensichtlich anders. Sie wandte sich von ihm ab und blickte, das spitze Kinn vorgeschoben, über die Heckreling. Ihre Wangen waren gerötet – ob vor Ärger, oder von der Brise, die ihr das Haar über die Stirn blies, konnte er nicht sagen.

Um das Thema zu wechseln, fragte er: »Was hältst du von Lieutenant Chevalier?«

Mit einem scharfen Blick fuhr sie herum. »Weiß ich nicht. Was sollte ich wohl von ihm halten?« Zu seiner Verwunderung war sie jetzt wirklich rot geworden.

»Du hast dir doch seine Wunden angesehen. Denkst du, daß er durchkommt?«

»Er hat den rechten Glauben«, sagte sie. »Und Gottvertrauen. Selbstverständlich kommt er durch.«

Lächelnd blickte Kelso sie an. »Du scheinst ja in bemerkenswert kurzer Zeit eine Menge über ihn herausgefunden zu haben.«

»Warum auch nicht?« erwiderte sie trotzig. »Du brauchst nicht zu denken, daß er keine Kultur hat, bloß weil er Ausländer ist. Im Gegenteil.« Sie hielt einen Moment inne und stieß dann hervor: »Er hat sogar eine ganze Menge mehr Kultur als mancher andere, den ich kenne.«

»Er ist ein tapferer Mann«, sagte Kelso schlicht, »daß muß ich zugeben.«

Er hatte Chevalier, den französischen Offizier, in der winzigen Kajüte des gefallenen Bootsmanns unterbringen lassen. Schiffsarzt

Foulkes hatte ihn untersucht und seine Verletzungen für gefährlich erklärt. Elspeth, die nach den anderen Verwundeten als letzten besucht hatte, kam eben von ihm.

»Er spricht englisch, wenn auch nicht besonders gut«, fuhr sie fort. Anscheinend lag ihr daran, von ihm zu reden.

»Jedenfalls gut genug, daß du feststellen konntest, was er für ein gläubiger Mensch ist«, entgegnete Kelso trocken.

»Ja.« Sie wandte sich wieder ab und blickte aufs Meer. »Eigentlich brauchte es dazu keine Worte.« Anscheinend dachte sie, Kelso wurde neugierig werden, doch er stellte keine Frage, und so fuhr sie fort: »Er hat ein Kreuz um den Hals, und als ich ihm die Heilige Schrift hinhielt, streckte er den Arm aus und nahm sie mir aus der Hand.«

»Da kannst du ja zufrieden sein, daß du endlich einen Gleichgesinnten gefunden hast.« Kelso war wütend über sich selbst, weil seine Worte so ärgerlich klangen, aber noch wütender auf sie, weil sie ihn aus der Ruhe gebracht hatte.

Vielleicht merkte sie das, denn auf einmal rückte sie zu ihm heran und faßte ihn unter. »Jawohl, Roger, er ist ein Gleichgesinnter – ach, Liebling, ich wünschte so sehr, daß du es statt seiner wärest!«

»Ich bin, wie ich bin«, entgegnete Kelso steif. »Daran ist nichts zu ändern.«

»Bist du sicher?« Sie schmiegte sich noch zärtlicher an ihn. »Manchmal, wenn ich gesehen habe, wie brutal du sein kannst und wie gleichgültig dir Menschenleben sind, dachte ich, ich könnte dich nie ändern. Aber dann kannst du auf einmal so gut sein. Du hast Leutnant Chevalier das Leben gerettet, hast ihn sogar zu dir an Bord gebracht. Warum?«

Er dachte kurz über ihre Frage nach und zuckte die Achseln. »Ich weiß es nicht«, sagte er offen. »Vielleicht weil er so tapfer war, vielleicht weil er anders war als die anderen Frogs.«

»Oh!« Sie rückte wieder von ihm ab. »Das ist unchristlich von dir.«

»Mag sein.« Er blickte hinüber zu dem mächtigen Indienfahrer, der vor diesem Wind, unter vollem Tuch, ein Bild der Schönheit war. »Ich bin Seemann«, erklärte er, »Kapitän in der Kampfflotte. Halte mich nicht für jemanden, der ich nicht sein kann.«

Aus irgendeinem Grund wurde sie auf diese Antwort hin ruhiger.

Wieder nahm sie seinen Arm. »Ich weiß, Liebling. Ich verstehe, daß ich Zugeständnisse machen muß.«

»Was soll das heißen – Zugeständnisse?«

»Wegen deines Berufes. Die *Paragon* ist ein Kampfschiff, und du bist ihr Kommandant, das ist mir klar.«

»Also dann . . .« Auf einmal hatte er genug von diesem Thema, wenn er es auch als durchaus angenehm empfand, Elspeth neben sich zu haben. Aber er war doch froh, als Padstow dazu kam.

»Kaffee, Sir?«

Sie hatten darüber gesprochen, ob man einen Menschen ändern könne – jetzt fragte er sich, ob er Padstow jemals würde ändern können. Soviel war jedenfalls sicher: bei jedem Wetter, ob heiß oder kalt, in jeder Lage, selbst bei größter Gefahr, würde Padstow pünktlich wie die Glasenglocke bei jeder Wache mit dem Kaffee erscheinen.

Zögernd nahm Kelso den Becher und bot ihn Elspeth an, doch sie lehnte ab, und er trank ihn selbst. Gelassen wartete Padstow.

»Hat Ihnen der Captain von unseren Abenteuern erzählt, Miss?« fragte er munter.

»Das habe ich nicht«, fiel Kelso hastig ein. »Und bestimmt wünscht Miss McPhee sie nicht von dir zu hören.«

Ohne jede Betroffenheit blickte Padstow frohgemut und erwartungsvoll in ihre Gesichter und wurde auch nicht enttäuscht, denn Elspeth sagte: »Da irren Sie sich, Captain. Ich würde gern etwas davon hören.«

Befriedigt nickte Padstow. Den warnenden Blick seines Kommandanten schien er nicht zu sehen. »Na ja, Miss, wir sind glatt hingekommen, weil der Captain so gut gesteuert hat, und dann, als wir an Land gingen . . .«

»Das reicht, Padstow«, unterbrach Kelso. »Hast du nichts zu tun?«

»Nicht, was nicht warten könnte, Captain. Und die junge Dame will es ja schließlich wissen . . .«

»Er hat völlig recht, Captain«, mischte sich Elspeth ein. »Darf er nicht ein paar Minuten bleiben und mir berichten, was Sie ganz offensichtlich nicht zu erzählen wagen?«

Mit einem wütenden Blick wandte sich Kelso ab, als wolle er mit der ganzen Sache nichts zu tun haben. Padstow nahm das offenbar als Erlaubnis zum Weitersprechen.

»Also, Miss, wir sind glatt hingekommen, und weil uns ja niemand sehen durfte, gingen wir quer über Land, bis wir eine Kabellänge vor dem Gefängnis waren.«

»Ganz unbemerkt?«

»Keine Seele hat uns gesehen, Miss. Wir allerdings haben 'n paar gesehen. Lautlos wie die Gespenster waren wir. Dann mußten wir haltmachen; denn, wie Sie sich leicht vorstellen können, Miss: bis zum Gefängnis zu kommen war eine Sache, aber hineinzukommen eine andere – das war das Problem.«

»Und was habt ihr gemacht?«

»Das war der Captain, Miss. Hat uns in Deckung bleiben lassen und ist ganz kalt auf dem Zugangsweg hineinmarschiert.«

»Euer Captain ist ein tapferer Mann«, sagte sie leise, »daran habe ich nie gezweifelt.«

»Ja, und was meinen Sie, Miss – nach zwei Minuten stößt der Captain auf 'ne Doppelpatrouille, die am Straßenrand lag und sich ausruhte – klarer Fall von Nachlässigkeit im Dienst, kann man da nur sagen.«

»Und?« fragte sie gespannt.

»Na ja, der Captain reißt seine Pistole raus . . .«

»Und hat sie erschossen?« fragte sie scharf.

»Aber nicht doch, Miss. Das ging selbstverständlich nicht, das wäre doch zu laut gewesen.«

»Oh, natürlich – zu laut, daran hatte ich nicht gedacht.«

»Ja, wir haben sie sozusagen außer Gefecht gesetzt, und dann – was meinen Sie?« Er lachte bei der Erinnerung daran leise auf. »Dann zogen wir ihnen die Uniformen aus, der Captain und ich, und sie selber an. Wie zwei Frogs gingen wir ans Tor.« Er hielt inne und schüttelte den Kopf. »Ich kann Ihnen sagen, mein Herz klopfte so laut, daß ich dachte, die drin müßten's hören; aber dem Captain war nichts anzumerken. Der redete mit dem Wachhabenden – er kann ja Französisch –, und ehe ich wußte, was los war, waren wir schon drin.«

»Und der Wachhabende war tot, nehme ich an?«

»O nein, Miss. Den Wachhabenden konnten wir doch nicht umlegen, wenn er auch 'n Frog war. Der Captain wußte, daß er ihn noch brauchte.«

»Gewiß.«

»Na ja, um 'ne lange Geschichte kurz zumachen, wir holten unsere Maaten rein und ließen die Hälfte als Wache beim Tor. Wir anderen gingen hinter dem Captain her zum Schlafzimmer des Gefängniskommandanten. Der Captain ging rein und wollte den Schlüssel holen, ohne den Alten zu wecken.«

»Ist es ihm geglückt?«

»Nein, Miss. Habe leider zu melden, daß der alte Herr aufgewacht ist – und das war natürlich unangenehm.«

»So wurde er also getötet?«

»Noch nicht, Miss, nicht gleich.«

Lange und schweigend sahen Elspeth und der Steward einander an; sie wollte eine Frage stellen, und Padstow ermunterte sie wortlos dazu. Da fuhr Kelso dazwischen: »Genug, Padstow! Geh in meine Kajüte und hol mir . . .«

Das Mädchen hob die Hand. »Nein. Er soll zu Ende erzählen.« Leise und gepreßt fragte sie Padstow: »Wann wurde der Kommandant getötet?«

»Erst als wir an die Zellentür kamen. Dort drehte sich der Kommandant auf einmal um und brummte: ›Da stimmt doch was nicht!‹ Er riß 'ne Pistole raus und hielt sie dem Captain vor die Brust.«

Sie holte tief Atem. »Bestimmt war der Captain imstande, mit so einer Situation fertig zu werden.«

»Na, für den Captain war das 'n Kinderspiel, Miss. 'ne kleine Ablenkung, und als der Kommandant den Kopf wandte, trat der Captain einen Schritt zur Seite und verpaßte ihm eins mit dem Bordmesser – genau zwischen die Rippen.«

Sie schlug die Hände vors Gesicht. »Wie schrecklich!«

»Ist Ihnen nicht gut, Miss?« fragte Padstow, und es klang echt betroffen. »Das ist jedenfalls alles, was ich Ihnen von Blutvergießen berichten kann, bis wir die Leute von der *St. George* befreit und sicher durch die Stadt an Bord geführt hatten.«

Sie nahm die Hände vom Gesicht und fragte: »Was dann?«

»Padstow!« sagte Kelso warnend. »Ich finde, du hast genug geredet!«

Aber sein Steward war nicht zu bremsen. »Bitte um Entschuldigung, Sir, aber ich bin doch schon ziemlich fertig mit der Geschichte . . .«

»Bitte weiter«, sagte Elspeth.

»Ja, gewiß. Am Kai gab's 'n bißchen Keilerei, ehe wir an Bord kamen. Als ich hinaufkletterte, hatte der Captain gerade einem Franzosen den Arm abgehauen – so'n feinen Hieb sehen Sie nicht alle Tage!« Er lächelte versonnen. »Dann kämpften wir uns durch zur Ankerkette. Aber da kamen wir nicht gleich hin, weil 'n Haufen Frogs unsere Leute daran hindern wollten, übers Fallreep an Bord zu kommen. Jedenfalls haben der Captain und ich das schnell in Ordnung gebracht.«

»Wie?« fragte sie mit schwacher Stimme. »Was habt ihr getan?«

»Haben sie von hinten erstochen«, erläuterte Padstow frohgemut. »Arm um die Gurgel, Messer zwischen die Rippen – aus. Ging ganz fix. Zehn oder mehr lagen uns blutend zu Füßen, und die Speigatten liefen beinahe über . . .«

»Still!« Elspeth wandte sich ab. »Ich kann es nicht mehr hören.« Sie lief übers Achterdeck, direkt in die Arme Fentons, der gerade kam, um die Wache zu übernehmen. Schluchzend lag sie an seiner Brust, bis sie sich, von seinem Streicheln und beruhigenden Zureden getröstet, von ihm unter Deck führen ließ.

Als sie weg war, blickte Kelso seinen Steward mit steinernem Gesicht an. »Da hast du ja was Schönes angerichtet, Padstow. Die junge Dame ist vollkommen durcheinander.«

»Aye, Sir«, antwortete der Steward selbstgefällig. »Das ging ihr bestimmt mächtig unter die Haut.«

Nach kurzem Schweigen fragte Kelso: »Warum hast du das getan, Padstow?«

»Was getan, Sir?« fragte der Steward im Ton beleidigter Unschuld.

»Warum hast du sie so gegen mich aufgebracht? Erzähl mir nicht, daß du nicht gewußt hast, was du tust!«

Der Steward schlug die Augen nieder und schien sich nun doch etwas unbehaglich zu fühlen. Dann sah er Kelso voll ins Gesicht und erwiderte: »Sie haben mir damals das Leben gerettet, Sir, auf der alten *Shropshire*. Wenn Sie nicht gewesen wären, stünde ich heute nicht hier.«

»Und?«

»Diese junge Dame paßt nicht zu Ihnen, Sir. Ihr Lebensinhalt – und meiner auch – ist die *Paragon*, die Schlacht, Pulverrauch, Klirren von Stahl. Aber diese junge Dame, Sir, ist stramm gottesfürchtig, 'n Bibelwurm, wie wir vor dem Mast sagen, wenn Sie entschuldigen, Sir. Sie haßt Gewalt, sie verabscheut Blutvergießen. So ziemlich gegen alles, was Sie als Kommandant dieser Fregatte tun, hat sie was einzuwenden.« Er holte wie in starker innerer Bewegung tief Atem. »Die ist nichts für Sie, Sir. Sie macht Ihnen die Karriere kaputt, ohne daß sie es will, und versaut Ihr Leben. Als ein Mann, der nur Ihr Bestes will, Sir, bitte ich Sie – lassen Sie sie laufen!«

Als Padstow zu Ende gesprochen hatte, war sein Gesicht ziegelrot. Ängstlich blickte er seinen Captain an, nicht weil er Tadel fürchtete, sondern weil er ihn sogar jetzt vielleicht noch nicht überzeugt hatte.

Mit eisernem Gesicht hielt Kelso ihm den Kaffeebecher hin. »Danke, Padstow. Ich glaube, du nimmst den Kaffee lieber wieder mit. Er ist viel zu heiß.«

27

Fünf Tage lang segelten die *Paragon* und die *St. George* mit Westkurs. Obwohl sie sich zu weit südlich befanden, um den Passat mitzubekommen, blieb der Wind günstig, und bei ruhiger See und ständig blauem Himmel würden sie bald das Kap der Guten Hoffnung runden. Kelso war ungeduldig, diesen Teil der Reise hinter sich zu bringen. Die ereignislosen Tage, die leere See machten ihn nervös. Hätte er nicht ausdrücklich Order gehabt, die *St. George* nach St. Helena zu eskortieren, hätte er gewendet und sich auf die Suche nach jenen Fregatten und Schaluppen gemacht, den einzigen französischen Kriegsschiffen in diesen Gewässern, wenn man dem Fischer Paraton aus Port Louis glauben durfte. Und die *Espérance* – sie hatte er ganz vergessen. Aber das war ja nur eine Schaluppe, mit der jeder gut geführte Indienfahrer fertig werden konnte. Immer noch bedauerte er, daß er bei der lautlosen Durchfahrt zum offenen Meer kurz vor Sonnenaufgang dicht an der *Espérance* hatte vorbeisegeln müssen, ohne einen Schuß abzugeben. Angesichts der Geschütze oben in der Festung hatte Commodore Braithwaite nicht gestattet, dieses bequeme Ziel unter Feuer zu nehmen, so groß die Versuchung auch gewesen war. Über die *Espérance* und den Verlust seines Kutters, der wahrscheinlich noch irgendwo zwischen den Klippen versteckt lag, ärgerte sich Kelso auch jetzt noch. Und über Elspeth McPhee.

Gerade sah er sie wieder mit Fenton an der Leeseite des Achterdecks stehen. Sie unterhielten sich angeregt, und sie lachte dabei. Vielleicht hatte Padstow recht gehabt: sie hatten nichts miteinander gemeinsam; es war nur Sinnlichkeit gewesen. Er dachte daran, wie es an jenem kleinen Bergsee gewesen war, als sich das feuchte Hemd an ihren Körper schmiegte; wie sie in seiner Koje neben ihm gelegen hatte und ihre scharfen Züge, ihre puritanischen Augen vor Liebe weich und sanft geworden waren.

Jetzt schien sie, aus ihrem häufigen Lachen zu schließen, ganz vergnügt zu sein, und Fenton, offensichtlich in sie verliebt, war ständig um sie herum. Kelso hörte von dem redseligen Padstow, daß Fenton sogar dabei war, wenn sie die Verwundeten unten im Orlopdeck pflegte. Ärgerlich wandte er sich ab, als ihr Lachen über das Achterdeck tönte. Wußte sie nicht, daß dieses Gekicher die Männer nervös machen konnte? Aber vielleicht wußte sie es recht gut. Manchmal hatte er das Gefühl, daß ihre falsche Fröhlichkeit ihm galt, und daß der arme Fenton nur ein Werkzeug weiblicher List war. Ob das nun zutraf oder nicht – Fenton hatte jedenfalls keine Ahnung, daß eben diese Miss McPhee jedesmal, wenn er Wache hatte, stracks in die Kajüte des französischen Offiziers ging. Anfangs hatte Kelso eifersüchtig gegrübelt, was sich dort wohl abspielen mochte, bis er eines Morgens, als er aus der Offiziersmesse kam, Gesang vernahm: eine Männer- und eine Frauenstimme. Er wollte seinen Ohren nicht trauen. Erst als er weiterging und merkte, daß die Töne aus der Kajüte des gefallenen Bootsmanns kamen, wurde ihm klar, daß Leutnant Chevalier und Elspeth McPhee miteinander Kirchenlieder sangen.

»Segel an Steuerbord voraus!«

Obwohl es sich seiner Ansicht nach allenfalls um eine Hochsee-Dhau handeln konnte, schlug sein Puls doch rascher; er beschattete die Augen mit der Hand und sah zum Vortopp auf.

»Ausguck! Was siehst du?«

»Drei Schiffe, Sir. Rumpf noch unter Kimm.« Nach einer kurzen Pause meldete der Mann erregt: »Nein, Sir. Es sind mehr als drei. Ich kann noch zwei andere ausmachen – sie kommen gerade über die Kimm.«

Jetzt bekam Kelso wirklich Herzklopfen, doch zwang er sich zur Ruhe. »Was hältst du davon?«

Wieder eine Pause, und dann mit Überzeugung: »Franzosen, Sir. Ich seh's an den Oberbramsegeln. Drei sind Fregatten, die anderen beiden – weiß nicht genau. Könnten Kriegsschaluppen sein.«

»Recht so. Behalt sie im Auge und melde alles, was du siehst!«

Jetzt bekam er also doch noch die Chance, seine Aufgabe ganz zu erfüllen.

»Mr. Heslop! Zwei Strich Steuerbord!«

»Zwei Strich Steuerbord liegt an.«

»Mr. Baker, bitte Signal setzen: Feind in Sicht. Greife an.«

Erst im letzten Moment war ihm die *St. George* wieder eingefallen. Er entschloß sich zu vergessen, daß Commodore Braithwaite sein Vorgesetzter war und eigentlich den Gefechtsbefehl hätte geben müssen. Nötigenfalls war er bereit, die fünf Schiffe allein anzugehen.

»*St. George* antwortet, Sir: Viel Glück. Folge mit Höchstfahrt.«

Also hatte Commodore Braithwaite keine Angst vor einem Gefecht.

»Mr. Achribald!« rief Kelso. »Alle Segel setzen, bitte! Mr. Fenton: Lassen Sie gefechtsklar machen!«

Unter dem Wirbel der Trommel stürmten die Männer an Deck. Rasche Befehle wurden ebenso rasch ausgeführt. Die Toppmatrosen schwärmten in die Masten auf, um die Bram- und Oberbramsegel zu setzen; die Deckmatrosen standen an Brassen und Schoten bereit. Unter Craigs wachsamen Augen wurden die Stückpforten aufgezogen, Mündungsschoner abgenommen, Geschütze ausgerannt. Pulverjungen liefen zwischen den Batterien und der Pulverlast hin und her. Gleich darauf erschien Tregowan mit seinen Marine-Infanteristen, geschniegelt wie Gardesoldaten in ihren roten Monturen. Unter dem Kommando von Bootsmannsmaat Gridiron begossen einige Matrosen das Deck und streuten Sand.

»Ausguck! Was siehst du?« rief Kelso hinauf.

»Kann sie jetzt klar erkennen, Sir. Es sind drei französische Fregatten und zwei Schaluppen.«

»Auf welchem Kurs?«

»Auf Backbordbug, Sir.«

Backbordbug? Wollten die Franzosen etwa ausreißen? Aber da kam schon der schrille Ruf vom Ausguck: »Sie halsen jetzt, Sir. Ich kann die Masten in Linie sehen. Jetzt sind sie rundgekommen, segeln uns auf Steuerbordbug direkt entgegen.«

»Gut!« Im Geiste rieb Kelso sich zufrieden die Hände: die Franzosen würden angreifen.

»Die *St. George* gibt sich alle Mühe, Sir«, bemerkte Fenton. Kelso wandte sich um und sah den breitgebauten Indienfahrer schwer stampfend unter Vollzeug herankommen: Tief tauchte der Bug in die Wogen, im Steigen und Fallen schnitt das Bugspriet den Horizont.

»Sie kommt so schnell sie kann«, sagte Kelso. »Es mag noch eine Weile dauern, aber wenn sie da ist, sind wir vielleich froh über ihre Feuerkraft.«

»Wenn nicht die Franzosen genug Verstand haben, um sie zuerst anzugreifen.«

»Das sollen sie mal versuchen«, erwiderte Kelso grimmig. Er hatte so viel Vertrauen in sein Schiff, daß er die Möglichkeit, ein feindliches Schiff könne ihn aussegeln, gar nicht in Betracht zog.

»Da sind sie, Sir, genau auf Gegenkurs«, sagte Fenton und zeigte voraus.

Kelso nahm sein Glas und stellte es ein. Er erwischte einen weißen Fleck, dann noch einen und noch einen. »Das ist«, sagte er befriedigt, »der Rest der Flotte, von der Paraton gesprochen hat.«

»Sieht so aus, Sir.« Fenton blickte ihn voller Verständnis, fast mit Zuneigung an. »Freut mich, daß wir die Chance kriegen, auch die noch zu erledigen.«

»Mich auch, Fenton«, erwiderte Kelso lächelnd und ließ das Glas sinken.

Es würde noch eine Stunde oder länger dauern, bis sie auf Schußweite waren, und so ging er aufs Hauptdeck, um eine Inspektionsrunde zu machen, die sicherlich überflüssig war, die er aber unter den Umständen als beunruhigend empfand. In den paar Wochen, seit die *Paragon* in Dienst gestellt worden war, hatten Offiziere und Mannschaft aus ihr ein echtes Kampfschiff gemacht. Rückschauend dachte Kelso an das lange Kreuzen gegen den Passat, das blutige Gefecht mit den Mahratten, das Zusammentreffen mit der *Toulon* und deren Vernichtung. Selbst wenn die *Paragon* heute versenkt wurde, hatte sie ein nützliche und erfolgreiche Laufbahn gehabt.

Versenkt! Ärgerlich schüttelte er den Kopf und schritt wieder nach achtern.

Da hörte er, wie Elspeth ihn anrief, und blieb widerwillig stehen. Sie stand an der Kampanjetreppe, wie immer in Schwarz, doch die Ärmel aufgerollt und mit einer Segeltuchschürze über dem Rock. Sobald das Gefecht begann, würde sie ins Orlopdeck hinabsteigen und Schiffsarzt Foulkes helfen.

»Du solltest unter Deck sein«, sagte er, »wenn das Gefecht beginnt . . .«

»Wann wird das sein?«

»Bald. In einer knappen Stunde vielleicht.«

Sie nickte. »Und du willst dich tatsächlich vorsätzlich und wissentlich mit fünf Schiffen einlassen.«

»Es sind doch feindliche Schiffe«, sagte er schlicht.

»Ja. Aber fünf gegen einen – ist das nötig?«

»Was heißt das?«

»Niemand könnte dich tadeln«, beschwor sie ihn, »wenn du einen so ungleichen Kampf meiden würdest.«

»Ich selbst würde mich tadeln«, antwortete er. »Und überhaupt – sobald die *St. George* heran ist, sind wir zu zweit.«

»Bis dahin können sie dich versenkt haben«, erwiderte sie bitter.

Lächelnd erwiderte er: »Das ist eine Möglichkeit, aber ich würde sie nicht höher ansetzen als so –«, er hob die Hand in Kniehöhe. »Das sind doch Franzosen!«

Enttäuscht wandte sie den Kopf ab. »Entschuldige. Ich wußte ja – es ist Zeitverschwendung.«

»Ja, aber . . .« Unsicher hielt er inne. »Meinst du nicht, du solltest unter Deck gehen?«

»Gewiß.« Müde wandte sie sich ab, doch als er schon gehen wollte, fuhr sie rasch herum und ergriff seine Hand. »Paß auf dich auf, Roger«, flüsterte sie, »und viel Glück!«

Das französische Geschwader war jetzt schon viel näher. Vom Achterdeck aus waren die einzelnen Schiffe bereits mit bloßem Auge auszumachen. Bis jetzt hatten sie sich noch nicht in Gefechtslinie formiert, und Kelso konnte ihre scheinbar taschentuchgroßen, windgefüllten Segel überkommen sehen, als sie halsten und auf den anderen Bug gingen. Wenigstens hatte die *Paragon* die Luvposition, dachte er.

Und die *St. George*? Er blickte zurück: der große Ostindienfahrer lag fast ebenso weit achteraus wie das französische Geschwader voraus. Mindestens den ersten Teil der Schlacht würde er allein durchstehen müssen.

Immer näher und näher kamen sie. Kelso war jetzt ganz ruhig, und da die *Paragon* gefechtsklar war, brauchte er auch noch keine Befehle zu geben. Den nächsten Zug mußten die Franzosen tun.

Und der kam eher als erwartet. Die Franzosen waren eben wieder auf Steuerbordbug gegangen und segelten hart am Wind in exakter Formation; auf einmal erschienen weiße Flecken an den Bordwänden – sie sahen aus wie Wattebällchen.

»Die eröffnen das Feuer, bei Gott!« rief Fenton aus. Kaum zu glauben, aber Tatsache: nach entsprechender Verzögerung war fernes Donnergrollen zu hören. Die See spritzte auf, aber so weit entfernt, daß man es nur durch das Telekop als die Spuren einschlagender Kugeln erkennen konnte.

»Auf diese Distanz!« rief Archibald aus. »Die müssen verrückt sein!«

»Sollen sie ruhig Munition verpulvern«, erwiderte Kelso. »Wenn sie denken, wir machen da mit, werden sie enttäuscht.« Gelassen, Hände auf dem Rücken, wartete er auf die nächsten Rauchwölkchen. Er brauchte nicht lange zu warten.

»Da sind sie wieder!« rief Winston aus. Die Zeitdifferenz zwischen Abschuß und Schall war jetzt schon viel geringer, Da die *Paragon* und das französische Geschwader auf Gegenkurs lagen, addierten sich ihre jeweiligen Geschwindigkeiten zu etwa fünfzehn Knoten Fahrt, und so konnte es in der Tat nicht mehr lange dauern, bis sie in Schußweite waren.

Diesmal jedoch war es nochinicht soweit. In zwei oder zweieinhalb Kabellängen Entfernung schlugen die Geschosse breitgestreut ins Meer.

»Probiert's noch mal, ihr Herzchen«, brüllte eine rauhe Stimme vom Hauptdeck. »Mit'n bißchen mehr Elevation!«

Beim Anblick seiner braungebrannten, muskelbepackten Landsleute, die dem Kampf mit Spannung entgegensahen, spürte Kelso Zuneigung in sich aufwallen. Diese Männer von der Kampfflotte waren die Elite der Company – auf der ganzen Welt gab es keine

Seeleute, die ihnen gleichkamen.

»Nächstes Mal«, bemerkte Archibald gespannt, »liegen sie schon näher dran.«

Kelso sagte nichts dazu und rührte auch kein Glied, als die nächste Breitseite jaulend über sie hinwegflog und die See achtern aufspritzen ließ. Er schaute hoch und sah ein Loch im Großmarssegel und noch eins im Oberbramsegel des Fockmastes.

»Etwas mehr müssen sie sich schon anstrengen«, bemerkte Fenton kühl.

Kelso trat an die Querreling und rief zum Hauptdeck hinunter: »Mr. Craig!«

»Sir?«

»Ich gehe sie jetzt von Luv an. Wenn sie, wie ich hoffe, Formation halten, geben wir jedem *en passant* eine Breitseite.«

»Aye, aye, Sir.«

»Wir luven gleich an. Wenn wir aufkommen, lassen Sie alle Steuerbordgeschütze auf das erste Ziel richten.«

»Aye, aye, Sir.«

»Und – Mr. Craig!«

»Sir?«

»Sorgen Sie dafür, daß niemand vorzeitig feuert!«

Kelso hatte sich gerade zum Ruder umgewandt, als die nächste Breitseite kam. Eina Kugel zumindest hatte das Hauptdeck getroffen; in dem allgemeinen Durcheinander sah er ein Gewirr sich windender Körper bei Geschütz Nummer sieben, und einen Matrosen, der auf den Planken saß und idiotisch auf die Stelle unterm Knie starrte, wo sein Unterschenkel gewesen war. Doch sofort erschienen die Sanitätsgasten und trugen ihn unter Deck.

Eine zweite Kugel hatte das Achterdeck gestreift. Die Reling, an der Kelso eben noch gestanden hatte, war verschwunden; nur eine gebrochene Spiere und ein Ende Tau waren noch da. »Diesmal liegen sie ein bißchen besser«, bemerkte er und wandte sich zum Ruder.

»Besser, Sir, aber noch nicht gut genug«, entgegnete Fenton. »Die sollen bloß mal abwarten, bis wir anfangen!«

Und in der Tat wartete das ganze Schiff darauf. Die Mannschaft hatte schon unter Kelso gekämpft und wußte daher, daß er seine erste Breitseite gern so lange wie möglich aufsparte. Unter seinem

Kommando würden sie im feindlichen Feuer immer dicht heransegeln und auf die Befriedigung verzichten müssen, jeden Schuß sofort zu vergelten. Doch gerade deswegen respektierten sie ihn; und ein paar Männer, die gesehen hatten, wie knapp er soeben einem Treffer entgangen war, schrien ein Hurra auf ihren Kommandanten.

Immer noch feuerten die französischen Geschütze. Die Schiffe hatten die Formation geändert, so daß jetzt ihre Backbordbatterien zum Schuß kamen. Obwohl die Distanz sich rasch verringerte, bedeutete dieser Wechsel eine Erleichterung für die *Paragon*, denn die Backbordkanoniere mußten sich, genau wie ihre Kameraden an Steuerbord, erst einschießen; so richteten die ersten beiden Breitseiten nicht viel Schaden an.

Anders jedoch die dritte: Kelso hörte noch von den Matrosen das altvertraute, gotteslästerliche »Und segne, was du uns bescheret hast«; im selben Moment stürzte er auch schon mitten in einen Alptraum von Lärm und Luftdruck, dumpf aufschlagenden Planken, reißender Leinwand, brüllenden Verwundeten. Als er wieder auf den Füßen war, lagen Tote und Sterbende überall auf dem Hauptdeck; die Besanbramrah war dicht am Mast abgerissen worden, Spieren, Tauwerk und Segel lagen wüst überm Achterdeck.

»Gridiron!« brüllte er. »Nehmen Sie ein paar Mann mit Beilen, und kappen Sie den Mast!« Dann wandte er sich Heslop zu, der immer noch am Ruder stand: »Zwei Strich Steuerbord!« Und der Deckswache im Vorschiff befahl er: »Klar bei Schoten und Brassen!«

Es sprach sehr für den Ausbildungsstand seiner Mannschaft, daß sie mitten im Gefecht und schwer angeschlagen sofort reagierte, weshalb er trotz allem wie geplant anluven konnte.

Die *Paragon* kam in weitem Bogen auf, und nur die vorderste Fregatte hatte noch Schußfeld. Das war die *Poitiers*. Kelso konnte ihren Namen durch das Glas lesen, als die *Paragon* wieder vor den Wind drehte und zur Attacke segelte.

Gelassen, ohne sich um die Männer mit den Beilen zu kümmern, die zu seinen Füßen herumhackten, beobachtete er, wie sich die Distanz zwischen den beiden Schiffen verringert.

»Feuer frei, wenn Sie in Schußweite sind, Mr. Craig!«

Immer näher kamen sich die beiden Schiffe. Befriedigt stellte Kelso fest, daß der französische Oberkommandierende Gefechtsformation hielt und immer nur eins der feindlichen Schiffe Schußfeld hatte, so lange die *Paragon* in Luv blieb.

»Feuer!«

Unmittelbar auf Craigs Kommando brüllten die Geschütze los; durch den Rückstoß holte die *Paragon* nach Backbord über. Von den erstklassig ausgebildeten Kanonieren gezielt, fegten die Kugeln vom Bug bis zum Heck über die *Poitiers*. Etwa eine Minute lang lagen die Schiffe so zueinander, daß Kelso mit raschem Blick die furchtbaren Schäden registrieren konnte, die Craigs Breitseite beim Feind angerichtet hatte. Eine gutgezielte Salve durch die ganze Länge des gegnerischen Schiffs war immer am tödlichsten; nach dem furchtbaren Chaos an Deck der *Poitiers* zu urteilen, mußte es mindestens einige Minuten dauern, bis sie sich wieder aktiv am Gefecht beteiligen konnte. Ihr Vorderkastell war zerstört, zwei oder möglicherweise drei Geschütze zerschmettert, das Großmarssegel baumelte schlaff von der Rah – die Fregatte sah aus, als sei sie zunächst aktionsunfähig. Und die Mannschaft schien, soweit überhaupt noch am Leben und unverwundet, von Panik ergriffen zu sein: er konnte sehen, wie sie zum Schanzkleid rannten und fäusteschüttelnd die ›englischen Teufel‹ beschimpften, die sie überfallen hatten. Mehrere waren sogar über Bord gesprungen.

Doch Kelso hatte keine Zeit für weitere Beobachtungen, denn sie näherten sich bereits dem zweiten Gegner, einer Schaluppe. Beinahe verächtlich fuhr Kelso diesen Angriff.

Als besonders schnelles Fahrzeug hatte die Schaluppe das Geschwader überholt und lag jetzt, wenn keines der beiden Schiffe auswich, auf Kollisionskurs zur *Paragon*. Heslop am Ruder hatte das auch gemerkt, denn er rief: »Kursänderung, Sir?«

»Nein, Mr. Heslop. Kurs beibehalten!« Er rief Baker an, der mit einigen Männern die Schäden auf dem Achterdeck reparierte: »Lassen Sie das, Mr. Baker. Gridiron kann übernehmen.«

Als der junge Mann rot vor Eifer herbeigeeilt kam, befahl ihm Kelso: »Gehen Sie rasch nach vorn, Mr. Baker, und nehmen Sie zwei Mann mit Wurfankern mit.«

»Aye, aye, Sir!«

Kelso selbst trat zur Kampanjeleiter und rief: »Mr. Tregowan!«

»Sir?«

»Klar zum Entern!«

»Aye, aye, Sir.«

»Mr. Winston!«

»Sir?«

»Ich brauche ein Enterkommando für diese Schaluppe. Nehmen Sie sechs Matrosen, und gehen Sie mit Mr. Tregowan hinüber, sobald wir festgemacht haben!«

»Aye, aye, Sir.«

»Wenn Sie die Schaluppe genommen haben, steht sie unter Ihrem Kommando. Falls wir getrennt werden, ist Ihr Ziel St. Helena.«

Es freute ihn, daß der Junge so selbstverständlich Gefahr und Verantwortung akzeptierte. Noch ein paar Reisen und ein paar solcher Gefechte, und Winston würde einen guten Offizier abgeben. Es kam Kelso gar nicht in den Sinn, daß er ziemlich viel von einem Sechzehnjährigen forderte: das Kommando über sechs Matrosen und einen halben Zug Marine-Infanterie zu übernehmen, mit der Order, die ganze Besatzung eines französischen Kriegsschiffes zu überwältigen. Aber schließlich waren es ja nur Franzosen, sagte sich Kelso.

»Sir! Wir kollidieren!«

Er sah gerade noch, wie der Bugspriet der französischen Schaluppe auf sie zukam, da rief er auch schon Heslop ins Ohr: »Hart Steuerbord!«

Das Rad wirbelte herum, der Bugspriet der *Paragon* beschrieb einen Bogen, so daß die beiden Schiffe jetzt nicht mehr Bug gegen Bug, sondern im spitzen Winkel zueinander standen. Es gab einen mächtigen Ruck, als sie zusammenstießen; ein paar Sekunden lang trieben sie mit Bordberührung; der Raum zwischen beiden betrug höchstens zehn Fuß.

»Feuer!«

Als die Geschütze auf Craigs Befehl losdonnerten, hatte Kelso Zeit, sich einzugestehen, daß er einen Fehler gemacht hatte, weil er nicht Schrapnellfeuer befohlen hatte. Auf diese kürzeste Entfernung wäre eine Schrapnellsalve wirkungsvoller gewesen als das schwere Eisen. Doch jetzt war es zu spät. Der Rückstoß der Breitseite hatte die Schiffe auseinandergesissen; Heslop, der wußte, worauf es ankam, warf das Ruder herum und brachte sie wieder aneinander.

»Fangleinen fest, Sir«, rief Baker.

»Dann hinüber, Mr. Tregowan und Mr. Winston«, rief Kelso.

»Und viel Glück!«

Beide Schiffe waren jetzt miteinander verbunden; die Seesoldaten und Winstons Matrosen hangelten sich an den Leinen der Wurfanker hinüber auf das Deck des Franzosen. Es blieb keine Zeit zu sehen, wie sie dort vorankamen, denn sobald der letzte Mann drüben war, gab Kelso Befehl zum Ablegen. Aber noch während die *Paragon* den nächsten Gegner angriff, sah Kelso die Schulter an Schulter kämpfenden Engländer gegen den halbherzigen Widerstand der weichenden Franzosen vorrücken.

»Abzug spannen!« schrie Craig. »Ziel erfassen!«

Jetzt waren sie schon fast an der nächsten Fregatte, und Kelso sah, daß er abdrehen mußte, wenn er die Luvposition behalten wollte. Es blieb gerade noch Zeit, am Bug der ansegelnden Fregatte vorbeizukommen; doch hinter dieser kam die dritte, die *Abbeville*.

»Feuer!«

Die detonierende Hölle, die auf Craigs Befehl losbrach, war kaum verebbt, da trieb er seine Kanoniere schon aufs neue an: »Stopfen! Ausputzen! Neu laden!«

Es war klar, was Craig vorhatte. Wenn er diese Breitseite früh genug abfeuerte, hatte er vielleicht noch Zeit für eine weitere. Das hing von vielem ab: ob die beiden Schiffe auf ihrem gegenwärtigen Kurs blieben, ob der Wind hielt; doch am meisten hing es von erstklassiger Geschützausbildung ab.

Und die hatten die Kanoniere der *Paragon*.

Als ihr Bug die französische Fregatte überlappte, waren die englischen Geschütze bereits wieder ausgerannt; als die Fockmasten auf gleiche Höhe kamen, wurde bereits mit aller Sorgfalt gezielt; und als ihr Heck vorbeiglitt, kam Craigs Feuerbefehl.

Während sich der Qualm verzog und bevor Kelso noch die Zeit fand zu überlegen, wie er die *Abbeville* angehen wollte, konnte er den furchtbaren Schaden erkennen, den die beiden Breitseiten drüben angerichtet hatten. Der Fockmast der Fregatte war kurz über Deck abgeschossen und hatte im Fallen Leinwand und Spieren des Großmastes bis auf Höhe der untersten Rah weggerissen. Weitere Kugeln hatten das Hauptdeck verwüstet, Matrosen getötet, Kanonen zerschmettert; eine oder zwei Kugeln waren auf dem Achterdeck eingeschlagen, hatten den Steuermann und mehrere Offiziere getötet und das Rad zerschmettert.

»Hart Backbord!«

Kaum hatte Kelso den Befehl gegeben und den Bug durch den Wind gehen sehen, da kam auch schon von der letzten Fregatte die entsprechende Antwort. Sie war kräftig und wirkungsvoll. 24-Pfünder-Kugeln, auf kürzeste Entfernung abgefeuert, krachten ins Deck, in den Rumpf, in das Vorderkastell der *Paragon.* Etwa zwanzig Mann lagen tot oder verwundet; ihr Schreien übertönte den Schlachtenlärm. Ein weiteres Geschütz war getroffen, die Bedienung gegen die Lafette geschmettert worden und kaum noch als menschliche Wesen zu erkennen.

Mit eisernem Gesicht berechnete Kelso seinen nächsten Zug. Sie hatten furchtbar unter dieser letzten Breitseite gelitten, doch der Augenblick der Vergeltung nahte. Während die *Paragon* halste und mit höchster Fahrt die *Abbeville* passierte, brüllten die Steuerbordgeschütze los, die bisher geschwiegen hatten. Die Kanoniere der *Abbeville*, die jene letzte mörderische Breitseite abgegeben hatten, waren mit Ausputzen und Nachladen noch nicht fertig, so daß die *Paragon* im Moment nicht gefährdet war. Die beiden Schiffe passierten einander so schnell, daß keine Zeit für eine zweite Salve blieb; doch sowie sie auseinander waren, rief Kelso: »Anluven!«, und als sie das ungeschützte Heck der *Abbeville* passierten, gab Craig Feuerbefehl.

Diesmal war der Erfolg des Angriffs noch deutlicher zu erkennen. Die französischen Offiziere auf dem Achterdeck hatten sich niedergeworfen, als sie sahen, was bevorstand, doch einer, tollkühner als die anderen, stand aufrecht an der Heckreling, schüttelte die Fäuste und brüllte gallische Flüche. Aber seine Bravour bekam ihm übel, denn er wurde getroffen und als formlose Masse über das Achterdeck geschleudert.

»Abfallen und klar zum Halsen!«

Kelso wußte genau, daß er im Feuer der *Abbeville* und der anderen Schiffe, die noch das Herz hatten zu kämpfen, Spießruten laufen mußte, wenn er die Luvposition wiedergewinnen wollte, was unbedingt nötig war. Doch er nahm an – und mit Recht, wie sich herausstellte –, der französische Kommandant würde erwarten, daß die *Paragon* nach Backbord abfiel, was am schnellsten gegangen wäre; und in der Tat kam die *Abbeville* auch bereits heran, um ihr den Weg abzuschneiden. Als der Franzose merkte, was Kelso wirklich vorhatte, war die *Paragon* bereits eine Kabellänge entfernt und ging nochmals durch den Wind.

»Feuer!« brüllte Craig, und diesmal waren die Steuerbordkanoniere an der Reihe, Vergeltung zu üben. Die *Abbeville* halste jetzt, um ihre eigene Steuerbordbatterie einzusetzen, doch bevor sie feuern konnte, hatten Craigs Männer bereits ausgeputzt, neu geladen und eine weitere Breitseite in den Rumpf der Fregatte geschmettert.

»Großartig!« schrie Archibald. »Die verdammten Frogs bohren wir in den Grund!«

Und so sah es auch aus. Die nächste Breitseite der *Abbeville* war lückenhaft und wirkungslos; die zweite Schaluppe, die bisher noch nicht eingegriffen hatte, benahm sich ausgesprochen zurückhaltend und kam nicht näher. »Bei freiem Schußfeld Einzelfeuer!« schrie Craig – da brach, unerwartet angesichts des scheinbar sicheren Sieges, das Unheil über sie herein.

Die erste Schaluppe war offenbar in Winstons Gewalt, denn sie lag eine gute Viertelmeile in Lee, wo sie weder angreifen noch angegriffen werden konnte; die zweite Fregatte, die *Duc d'Orléans*, war übel zugerichtet und sank schnell. Doch in der Hitze des Gefechts hatte Kelso die *Poitiers* vergessen oder im Geiste schon abgeschrieben.

Das war falsche Lagebeurteilung. Da sich ihre ganze Aufmerksamkeit auf die *Abbeville* konzentrierte, war niemand auf die Breitseite gefaßt, die von Backbord achtern aus den Geschützen der schwer angeschlagenen *Poitiers* kam. Gewiß war sie kaum exakt gezielt, sondern nur eine stotternde Folge von Schüssen. Doch einer zumindest tat seine Wirkung. Die Kugel schlug über dem Eselshoofd in den unteren Teil der Großmaststenge. Und nun kam das gefürchtete Krachen berstenden Holzes, das Kreischen reißender Leinwand: der oberhalb der Marsrah gebrochene Großmast hing wie ein Treibanker an Steuerbord achtern ins Wasser.

Der Schock kam so plötzlich, daß Kelso nicht gleich begriff, was passiert war. Die *Paragon* holte über und war zumindest eine Zeitlang völlig außer Kontrolle. Heslop bemühte sich am Rad mit aller Kraft, sie herumzubringen. Das Deck krängte so heftig nach Steuerbord, daß es momentweise aussah, als wolle sie kentern; aber das wußte Kelso besser. Nachdem der erste Schreck vorbei war, hatte er sich so weit gefaßt, daß er die Lage beurteilen und sich darüber klarwerden konnte, daß sie aufrecht bleiben würde, solange er sie so halten konnte, wie sie war, und der Wind von Steuerbord achtern einfiel die Frage war einfach, wie schnell die Männer mit den Beilen das Deck wieder klarieren würden – und wann die übriggebliebenen französischen Schiffe erneut angreifen würden.

Und das letztere kam viel schneller als gedacht. Die *Poitiers*, die den Schaden angerichtet hatte, schien neuen Mut zu fassen; sie hatte gehalst und kam rasch vor dem Wind heran. Auch die schwer angeschlagene *Abbeville* zögerte nicht. Sogar die zweite Schaluppe schien sich ein Herz zu fassen und kam, wenn auch ziemlich spät, um beim Kampf oder – wie ihr Kommandant zweifellos glaubte – beim Gnadenstoß dabeizusein.

Eine Zeitlang sah es so aus, als hätte er mit seiner Annahme recht. Bedroht von zwei Fregatten, die – obwohl schwer beschädigt – immer noch über starke Feuerkraft verfügten, und von einer Schaluppe, die sich bis jetzt überhaupt noch nicht am Gefecht beteiligt hatte, war die *Paragon* tatsächlich in einer äußerst kritischen Lage. Die Fregattenkommandanten nahmen ihre Chance wahr, segelten in Linie von Luv heran und konnten die hilflose *Paragon* nach Belieben unter Feuer nehmen. Gleichzeitig kroch die Schaluppe herbei wie ein Schakal, der nach den Hinterläufen des geschlagenen Wildes schnappt, und schmetterte ihre Breitseite in das ungeschützte Heck der *Paragon*.

Wütend sah Kelso auf dem Achterdeck, wie sein geliebtes Schiff zusammengeschossen wurde. Das Getöse war unbeschreiblich; das Schiff war ein einziges Chaos.

Doch nicht lange. Fenton, den es umgerissen hatte, kam rasch wieder auf die Beine, warf nur einen Blick auf seinen Kommandanten und rannte schon nach vorn, um dort den Befehl zu übernehmen. Kelso sah ihn in großen Sprüngen die Kampanjetreppe hinabeilen und die Aufräumarbeiten organisieren. Das war keine leichte Aufgabe. Obwohl die Großmaststenge sauber abgeschossen war, wurde sie samt Rahen, Segeln und Spieren immer noch von den Stagen und Gordingen*) gehalten. Dieses Durcheinander zu kappen, erforderte geschickte und gefährliche Arbeit im Mast, unter

*) Verbindung zwischen unterer und oberer Rah (Anm. d. Übers.)

feindlichem Feuer und mit allen Aussichten auf einen tödlichen Absturz. Das Gewirr von Leinwand, Spieren und Tauwerk auf dem Hauptdeck, das die Steuerbordseite völlig verdeckte, hinderte Craigs Kanoniere am Schießen, so daß der Gegner fast längsseits kommen und seine Breitseiten nach Belieben zielen konnte. Die Schaluppe, ständig am Heck der *Paragon* kreuzend, feuerte ebenso kühn, bis eine entschlossene Salve der Achterdeckgeschütze sie veranlaßte, sich schleunigst in Sicherheit zu bringen.

»Hievt, verdammt noch mal, hievt!« brüllte Fenton die wenigen unverwundeten Männer an, die an den Trümmern zerrten. Fentons einziger Gedanke war, das Zeug über Bord zu bekommen, doch trotz aller Anstrengungen hing es immer noch an ein paar Tauen fest.

»Preston! Overdale!« brüllte Kelso. »Hinauf mit euch und kappt die verdammten Gordinge!«

Es schien unmöglich, daß ein so schweres Stück der Takelage so unsicher festhängen konnte; doch sosehr die Matrosen auch hackten, zerrten und schnitten, die Marsrah baumelte immer noch wie die Flagge eines Besiegten von ihrer Bruchstelle, die schlagende Leinwand und das vertörnte Tauwerk behinderten immer noch die Männer an Deck.

Und während der ganzen Zeit feuerten die Franzosen weiter. Wieder und wieder jagten sie mörderisches Eisen in die schwer arbeitenden Männer, immer wieder schwankte die *Paragon* unter den Einschlägen.

»Mein Gott, Sir! Die versenken uns!« schrie Archibald – er war zu erschüttert, um sich seiner Angst zu schämen. »Das hält die *Paragon* nicht mehr lange aus!«

»Braucht sie auch nicht!« erwiderte Kelso scharf. »Sobald der Mast klariert ist, kann sie wieder kämpfen!«

»Aber dann gnade Gott diesen Bastarden«, murmelte Heslop am Rad.

Wie zur Antwort auf seine Beschwörung fiel die Maststenge jetzt endlich klar, das letzte Stag war gekappt, die ganze Masse Spieren, Leinwand und Tauwerk neigte sich über Bord, weg vom Großmast und seinem Rigg, und fiel unter mächtigem Aufklatschen ins Meer. Die Freudenrufe an Deck wurden übertönt vom Aufbrüllen der noch einsatzfähigen Steuerbordgeschütze.

Alle Verbitterung, alle Rachgier der Besatzung lagen in dieser Breitseite. Die noch lebenden und kampffähigen Kanoniere konnten es kaum abwarten, an die Putzstangen und Züge zu kommen, und die *Abbeville*, die schon eine Breitseite ins Vorschiff bekommen hatte, bekam jetzt die zweite ins Heck. Bereits schwer angeschlagen, holte sie stark über und schien aus dem Ruder zu laufen. Ihr Bug schwang herum, als wolle sie die *Paragon* rammen, doch beim Näherkommen sah Kelso, wie sich der Mann am Ruder mit aller Kraft bemühte, sie wieder unter Kontrolle zu bekommen.

»Ihr Ruder ist defekt«, sagte Archibald. »Jetzt kann sie mal ein bißchen von ihrer eigenen Medizin schmecken!«

Diese Drohung war nicht unbegründet. Die neun Geschütze, die an Steuerbord noch einsatzfähig waren, begannen wütend und mit tödlicher Genauigkeit zu feuern. Breitseite folgte auf Breitseite, bis das Deck des Franzosen ein einziges Chaos war und die Toten und Sterbenden zuhauf bei den Geschützen lagen, bis Ruderrad und Kompaßgehäuse zerschmettert waren und der Rumpf so viele Löcher aufwies, daß das Schiff in der ersten schweren See vollschlagen mußte.

Aber diese schwere See brauchte es gar nicht. Wenigstens ein Schuß hatte unterhalb der Wasserlinie gesessen, und Kelso sah, daß sie stetig sank. Eine weiße Flagge stieg über dem Achterdeck hoch, und die Matrosen stürzten in Panik zu den Booten.

»Jetzt kommt die *Poitiers* dran«, sagte Kelso voller Wut auf das Schiff, das ihm den Großmast zerschossen hatte. »Feuer einstellen!« schrie er; und als die *Paragon* durch den Wind drehte, landete unerwarteterweise noch eine Kugel auf dem Achterdeck. Sie war, wie er später erfuhr, der letzte Racheschuß der Schaluppe. Angesichts der Notlage seiner Kameraden hatte sich der Kommandant zum Rückzug entschlossen, doch konnte er sich das Vergnügen eines letzten Schusses – aus sicherer Entfernung, wie er meinte – nicht versagen.

Vielleicht war es seiniPech, daß sein Geschützführer zu genau gezielt hatte. Die Kugel durchschlug die Heckreling, streifte die Achterdecksplanken und traf Leutnant Baker, der gerade die Kampanjeleiter heraufkam. Ohne einen Schrei stürzte Baker rücklings hinunter, doch als Kelso unten auf dem Hauptdeck und bei ihm war, lebte er schon nicht mehr.

»Klar zum Wenden!« brüllte Kelso, totenbleich vor Wut. Mit allen Kräften kämpfte die stark dezimierte Deckmannschaft mit den Brassen und Schoten. »Schneller, verdammt, schneller!« brüllte Kelso. »Oder er entwischt uns!«

Langsam kam die *Paragon* herum, doch mit dem halben Großmast war sie so schwerfällig wie der breiteste Indienfahrer.

»Mr. Craig«, brüllte Kelso, »Backbordgeschütze feuerklar!«

Craig und seine Kanoniere brauchten keine zweite Aufforderung. Zu lange hatte sie unter ihrer Untätigkeit gelitten. Die *Paragon* ging eben durch den Wind, da flogen die Backbord-Stückpforten schon auf.

Die Distanz betrug mindestens eine halbe Meile; doch diese erste Breitseite erwischte die fliehende Schaluppe mit tödlicher Genauigkeit. Ein Glückstreffer fuhr in den Großmast, und ebenso wie vorhin die *Paragon* war nun die Schaluppe plötzlich hilflos.

»Jetzt!« keuchte Kelso. »Gebe Gott, daß wir sie rechtzeitig erreichen!« Zermürbend langsam kam die *Paragon* auf. Sie machte höchstens zwei oder drei Knoten, und die Mannschaft der Schaluppe arbeitete fieberhaft, um den Mast zu klarieren.

»Schneller!« keuchte Kelso.

Die Distanz verringerte sich: eine Viertelmeile, dann eine Kabellänge. Der Mast der Schaluppe war immer noch nicht klar.

»Wir kriegen sie!« schrie Fenton. »Jetzt entwischt sie uns nicht mehr!«

Da hörte Kelso den Ruf: »Roger!« Irritiert fuhr er herum und sah Elspeth McPhee aufs Achterdeck laufen.

»Geh unter Deck!« rief er. »Hier hast du nichts zu suchen! Geh nach unten!«

Sie achtete nicht darauf, sondern eilte zur Reling, von wo aus sie die Schaluppe sehen konnte, deren Deck noch voller Trümmer lag. Ein Teil der Besatzung sprang bereits unter lautem Geschrei über Bord.

»Das Schiff ist hilflos!« rief sie. »Was hast du vor?«

»Wirst du gleich sehen!« erwiderte er grimmig.

»Nein, Roger, nein!« Sie wollte ihn beim Arm fassen, doch er entzog sich ihr ärgerlich. »Mr. Fenton, wollen Sie bitte Miss McPhee unter Deck bringen.«

Zögernd nickte Fenton; offenbar mochte er den Höhepunkt nicht versäumen. Doch Elspeth enthob ihn der Entscheidung. »Schon gut«, sagte sie, »ich gehe allein. Ich habe keine Lust, ein Verbrechen mitanzusehen.«

Die Schaluppe wurde mittschiffs gerammt, doch in einem solchen Winkel, daß die *Paragon* den Stoß abreiten konnte und, buchstäblich Bord an Bord, Fahrt genug behielt, um wieder klarzukommen. Die Schaluppe hatte nicht solches Glück. Schon vor der Kollision hatte sie unter dem Gewicht der überhängenden Takelung schwer nach Backbord gekränkt; jetzt holte sie noch mehr über, bis sie sich unter dem immer stärker werdenden Zug des zerschossenen Mastes müde und resigniert auf die Seite legte. Eine Zeitlang lag sie so, das Deck senkrecht, die Masten auf dem Wasser. Dann fing sie langsam an zu sinken.

»Bitte um Erlaubnis, Überlebende an Bord zu nehmen, Sir.«

Kelso wandte den Kopf. Archibald stand neben ihm. »Wie? Was haben Sie gesagt?«

»Bitte um Erlaubnis, die Überlebenden aufzunehmen, Sir.«

Ungeduldig schüttelte Kelso den Kopf. »Später! Das Gefecht ist noch nicht zu Ende.« Wohl hörte er die Schreie und Rufe der Ertrinkenden, doch er wollte sich nicht ablenken lassen.

»Entschuldigung, Sir«, beharrte Archibald, »aber ich glaube, es ist doch zu Ende.« Er deutete achteraus. Da sah Kelso die *St. George*, die endlich heran war und die unglückselige *Poitiers* unter Beschuß nahm. Das Gefecht hatte, wie er jetzt sah, mit einem vollen Sieg geendet. Die *Abbeville* war gesunken, die *Duc d'Orléans* driftete hilflos, die *Poitiers* hatte die weiße Flagge gesetzt. Eine Schaluppe war unter Prisenkommando, die andere versenkt. Innerhalb einer Stunde – nicht ganz einer Stunde – war die französische Seemacht in diesen Gewässern vernichtet worden.

28

Die Kirchenglocken voià Jamestown läuteten zum Frühgottesdienst, als Kelso und Fenton zum Hafen hinuntergingen. Sie hatten als Gäste des Gouverneurs in seiner festungsartigen, hoch auf einem Hügel gelegenen Residenz geweilt; doch jetzt, da die *Paragon* repariert war und ein Konvoi Indienfahrer auf das Auslaufen wartete, hatte das kurze, friedliche Zwischenspiel ein Ende. Beide waren die deswegen nicht traurig. Zwar hatten sie zuerst die Annehmlichkeiten St. Helenas sehr genossen: die absolute Stille auf dem Hügel, die süßen Eukalyptus- und Piniendüfte, das gelegentliche Ausschwärmen in die Stadt zu Dinner und Empfängen, die Aufmerksamkeiten hübscher Mädchen – das alles war eine erfreuliche Abwechslung im rauhen Leben auf See. Doch jetzt, nach zwei Wochen Nichtstun, wollten Kelso und Fenton wieder hinaus.

Immerhin waren sie in diesen vierzehn Tagen nicht ganz untätig gewesen. Die *Paragon* war mit einem Notmast, behelfsmäßiger Marsrah, einigen Löchern im Rumpf – glücklicherweise über der Wasserlinie – und drei nicht mehr reparierbaren Geschützen eingelaufen. Sie mußte schnellstens wieder einsatzfähig gemacht werden. Die Dockarbeiter waren zwar willig und sogar patriotisch, aber doch nicht gewohnt, während der Tageshitze durchzuarbeiten. Allerdings hatte Kelso ihnen ein paarmal so dringlich zugeredet, daß sie anderen Sinnes wurden.

Die *Paragon* war seeklar, und die *St. George*, die als Flaggschiff fahren sollte, segelte bereits vor der ablandigen Brise davon. Die Indienfahrer, die schon seit zwei Monaten oder länger in Jamestown warteten, sollten in regelmäßigen Abständen folgen.

»Wenigstens haben wir günstigen Wind«, sagte Fenton beim Anblick der geschwellten Bram- und Marssegel der *St. George*, die jetzt das offene Meer erreicht hatte.

»Günstigen Wind werden wir auch brauchen«, entgegnete Kelso, »und Geduld obendrein, wenn wir diese alten Damen nach Bombay bringen sollen.«

»Und keine Angriffe unterwegs«, warf Fenton ein.

Kelso zuckte die Achseln. »Ach was, dazu sind wir schließlich da.« Er sagte es fast bedauernd, denn die Möglichkeit, daß ein französisches Schiff angriff oder sich auch nur in diesen Gewässern befand, war in der Tat gering. Als sie den Hügel hinunterkamen, hatte er die erste französische Schaluppe gesehen und die Fregatte *Poitiers*, die bereits wieder neu ausgerüstet wurde; weiter hinten an der Küste lag einsam wie ein angetriebenes Seeungeheuer die Hulk der *Duc d'Orléans*, an derselben Stelle, wo sie vor vierzehn Tagen gestrandet war. »Immerhin«, sagte er hoffnungsvoll, »könnten wir auf Piraten stoßen.«

»Oder auf Freibeuter«, ergänzte Fenton lächelnd.

Kelso antwortete nicht, doch sein Trübsinn schwand allmählich, und als sie sich dem Hafen näherten und die Oberbram- und Bramrahen der *Paragon* über den Dächern sichtbar wurden, war er beinahe glücklich.

Dann erblickte er Elspeth McPhee. Sie schritt Arm in Arm mit Chevalier, der sich von seiner Verwundung erholt hatte und auf Ehrenwort freigelassen worden war. In der Stadt ging die Rede, daß die junge Schottin und der französische Kriegsgefangene in Kürze ihre Verlobung bekanntgeben würden.

Sowohl Kelso wie Fenton verstummten, als das Paar herankam; und Elspeth, immer noch Arm in Arm mit ihrem Begleiter, war totenbleich geworden. Eine kurze, unbehagliche Stille entstand, doch alsbald sagte Chevalier, der als einziger unbefangen schien, leichthin: »Sie gehen also in See, *mon capitaine*, und *lieutenant* Fenton auch!« Er verneigte sich kurz. »Meine besten Glückwünsche, Messieurs, und *bon voyage.*« Und nach kurzem Zögern fuhr er fort: »Würden Sie es für impertinent halten, wenn ich Ihnen sagte, daß wir Sie vermissen werden?«

»Wir?«

»Mademoiselle McPhee und ich. Obwohl Sie, für mich wenigstens, Angehörige einer Feindmacht sind, waren Sie sehr noble Feinde, und – ich brauche es kaum auszusprechen – Sie sind beide sehr tapfere Männer.«

»Danke.« Kelso sah Elspeth an. Stand in ihren Augen ein verzweifeltes Flehen um Liebe? Um Verständnis? Er wußte es nicht. »Nun, wir müssen weiter«, sagte er kurz und streckte Elspeth die Hand hin. Sie nahm sie ohne Druck, als könne sie kaum glauben, daß alles Wirklichkeit sei. »Leben Sie wohl, Captain.«

»Wenn wir uns wiedertreffen«, sagte Chevalier heiter, »wird es hoffentlich nicht mehr nötig sein, daß wir einander als Feinde betrachten. Ich hoffe es von ganzem Herzen, daß wir dann Freunde sind.«

Kelso ließ Elspeths Hand los und ergriff die ihres Begleiters. »Sie sind ein tapferer Mann, Chevalier«, sagte er, »mit Stolz werde ich Ihr Freund sein, wenn dieser Krieg vorbei ist – und wir gesiegt haben.«

Chevalier lächelte etwas gequält. »Sie halten es für sicher, daß die Franzosen unterliegen werden?«

»Aber natürlich.« Kelso hielt inne und brachte dann genug Höflichkeit auf, um ein betroffenes Gesicht zu machen. Er zog sich aus der Affäre, indem er fortfuhr: »Allerdings, wenn alle Franzosen so kämpfen würden wie Sie, Monsieur, lägen die Dinge anders.«

Etwas Besseres fiel ihm nicht ein, und das erschien ihm auch ausreichend. Er trat zurück und drängte weiter, während Fenton sich verabschiedete.

Je näher sie dem Hafen kamen, um so leichter wurde es Kelso ums Herz; obwohl er sekundenlang schmerzhafte Eifersucht, ja sogar Bedauern gespürt hatte, dachte er schon nicht mehr an Elspeth, sondern an die *Paragon.* Gestern hatte er eine Probefahrt um die St. James Bay gemacht. Die neuen Matrosen hatten unter Gridirons scharfem Regiment gut gearbeitet, und die *Paragon* erschien Kelso mit ihrem neuen Großmast und den schneeweißen neuen Segeln als ein Juwel der Schiffbaukunst. Kein Kapitän, weder im Dienste der Company noch von König George, hatte jemals ein solches Schiff kommandiert.

»Da liegt sie.« Er sagte es mit Freude, als sie um die Ecke bogen und der Hafen, der Kai und die *Paragon* mit ihren breiten Rahen und sauber aufgegeiten Segeln vor ihren Augen lagen.

»Ja«, antwortete Fenton zerstreut, denn er war an der Ecke stehengeblieben, weil er hoffte, Elspeth McPhee würde sich noch einmal umdrehen. Und das tat sie auch wirklich; als sie sah, daß er sich ebenfalls umgewandt hatte, hob sie die Hand zu einem melancholischen Abschiedsgruß. Kelso konnte es nicht mehr sehen, denn er war bereits um die Ecke und ging eiligen Schrittes der See zu.